Allegria

Das Buch

Halb erfroren und dem Tode nahe strandet eine junge Frau auf einer geheimnisvollen Insel. Zu ihrem großen Glück wird sie von Gelehrten und Heilern gefunden, die bald erkennen, dass Lily zu etwas ganz Besonderem berufen ist. Niemand Geringeres als Eva, die Mutter allen Lebens, lädt sie ein, Zeugin der Schöpfungsgeschichte zu werden und zu erfahren, was wirklich im Garten Eden geschah. Die dramatischen Ereignisse, die zur Vertreibung aus dem Paradies führen, bewegen Lily zutiefst, und sie versteht, dass Gott sich von den Menschen niemals abgewandt hat. Ihre Aufgabe ist es nun, die Geschichte neu zu erzählen. William Paul Young hat bereits in »Die Hütte« zentrale spirituelle Fragestellungen neu beleuchtet und ein Millionenpublikum damit begeistert. In seinem Roman »Eva« zeigt er dem Leser eine ungewöhnliche und faszinierende Interpretation der ältesten Geschichte unserer Welt.

Der Autor

William Paul Young arbeitete viele Jahre als Büroangestellter und Nachtportier in Hotels. Der gebürtige Kanadier wuchs als Sohn von Missionaren in Papua-Neuguinea auf, war selbst viele Jahre lang Mitarbeiter einer christlichen Gemeinde. Mit seinem Buch »Die Hütte Ein Wochenende mit Gott« gelang ihm ein Weltbestseller, der 2016 verfilmt wurde.
William Paul Young lebt mit seiner Frau Kim, seinen sechs Kindern und Enkeln in Happy Valley im US-Bundesstaat Oregon.

Von William Paul Young sind in unserem Hause
außerdem erschienen:

Die Hütte
Der Weg
Die Hütte für jeden Tag
Lügen, die wir uns über Gott erzählen

WILLIAM PAUL YOUNG

Eva

Wie alles begann

Aus dem Amerikanischen von
Maja Ueberle-Pfaff

Ullstein

Besuchen Sie uns im Internet:
www.ullstein-taschenbuch.de

Neuausgabe im Ullstein Taschenbuch
Ullstein Taschenbuch ist ein Verlag der Ullstein Buchverlage
GmbH
1. Auflage April 2018
© für die deutsche Ausgabe Ullstein Buchverlage GmbH,
Berlin 2016
© für die Originalausgabe EVE by William Paul Young 2015
All Rights Reserved.
Published by arranmgement with the original publisher,
Howard Books, a division of Simon & Schuster, Inc.
Umschlaggestaltung: FranklDesign, München
nach einer Vorlage von
The BookDesigners & Shutterstock
Druck und Bindearbeiten: CPI books GmbH, Leck
ISBN 978-3-548-74659-3

Diese Geschichte
ist meiner Schwester Debbie gewidmet.
Ich bin ewig dankbar,
dass ich dein Bruder sein darf.

INHALT

GEFUNDEN

Unschlüssig, ob er diesen herrlichen Morgen mit stummen Gebeten würdigen oder sich ganz seiner staunenden Bewunderung überlassen sollte, saß John, der Bewahrer, an einen Baum gelehnt. Seine Zehen gruben sich in den kühlen Grund unter dem schon sonnenwarmen Sand. Vor ihm breitete sich ein leicht gekräuselter Ozean aus, der sich bis zum Horizont erstreckte, wo er in einen klaren kobaltblauen Himmel überging.

Die salzige Meeresbrise trug den Duft nach Eukalyptus, Myrrhe und den Blüten des Kosobaumes zu ihm herüber. John lächelte. So kündigte sie sich immer an – wie eine erste, liebevolle Umarmung. Er widerstand dem Impuls aufzuspringen und rückte stattdessen ein wenig zur Seite, um ihr Platz zu machen, senkte den Kopf und atmete tief ein. Es war lange her.

Die hochgewachsene, feingliedrige ebenholzschwarze Frau nahm seine unausgesprochene Einladung an und setzte sich neben ihn. Mit der Zärtlichkeit einer Mutter zerzauste sie ihm das graumelierte Haar. Ihre spielerische Berührung sandte ein wohliges, beruhigendes Kribbeln den Rücken hinunter, und die Last, die er unbewusst trug, wurde leichter.

Er wäre gerne noch eine Weile so sitzen geblieben, aber ihre Besuche geschahen nie ohne Absicht. Dennoch zügelte er seine Neugier vorläufig und genoss die sanfte Zufriedenheit, die ihre Gesellschaft ihm gewährte.

Nach einer Weile gab er sich einen Ruck. »Mutter Eva?«

»John?« Ohne ihr Gesicht zu sehen, wusste er, dass sie verschmitzt lächelte. So uralt und mächtig diese Frau war, sie strahlte doch immer eine ansteckende, kindliche Freude aus. Sie zog ihn zu sich heran und küsste ihn auf den Scheitel.

»Heute bist du hier seit …«, setzte sie an, und er beendete den Satz: » … seit genau einhundert Jahren. Wenn das der Grund für deinen Besuch ist, danke ich dir.«

»Zum Teil«, bestätigte Eva. »Hundert Jahre an ein und demselben Ort sind immer ein Grund zum Feiern.«

John stemmte sich hoch und klopfte sich den Sand von den Kleidern, bevor er Eva die Hand bot. Sie ließ sich von ihm aufhelfen, obwohl das nicht nötig gewesen wäre. Dichtes weißes Haar schmückte wie eine geflochtene Krone ihr von unzähligen Jahren gefurchtes Antlitz, das einer meisterhaften Skulptur ähnelte, modelliert aus Freude und Sorge. Durch ihr Strahlen glich sie mehr einem Kind als einer Matriarchin, ihre mahagonibraunen Augen funkelten erwartungsvoll.

Bevor Johns Fragen nur so aus ihm heraussprudeln konnten, brachte Eva ihn mit ihrer erhobenen Hand zum Schweigen.

»Denk daran: Eine gute Frage ist tausend Antworten wert.« Sie zwinkerte ihm zu. »Überlege sie dir gut.«

Er brauchte dafür nur einen Augenblick. »Wie lange?«, wollte er wissen. »Wie lange müssen wir noch warten, bis am Ende unsere Heilung vollendet sein wird?« Er ergriff Evas Hand und legte sie auf sein Herz.

»Viel früher, John, als an dem Tag, an dem ich dieselbe Frage gestellt habe.«

John atmete tief ein und ließ das bernsteinfarbene Licht auf sich wirken, das aus ihren Augen leuchtete. Er nickte.

»Aber ich bin wegen des heutigen Tages gekommen, John. Heute wird mein Kind in eure Welt hineingeboren.«

John runzelte die Stirn. »Dein Kind? Aber Mutter Eva, sind wir nicht alle deine Töchter und Söhne?«

»Ja, das seid ihr«, bestätigte sie. »Doch wir wissen seit Langem, dass es Drei gibt, die für uns alle stehen und uns vertreten. Die Eine, der das Versprechen des Samens gegeben wurde, die Eine, deren Samen den Kopf der Schlange zertreten wird, und die Eine, die für immer mit dem Samen vereint sein wird. Die Mutter, die Tochter, die Braut. Die Ankunft des Mädchens weist darauf hin, dass das Ende begonnen hat.«

Vor lauter Verblüffung nahm John nur am Rande wahr, wie Eva einen Kieselstein aufhob und damit zum Wasser ging, doch er folgte ihr instinktiv, als hätte er keinen eigenen Willen. Sie warf den Stein in hohem Bogen über das Meer, und die beiden sahen zu, wie er fast ohne Aufspritzen in die grünlichen Fluten eintauchte.

»John«, sagte Eva, »im Ozean des Universums können ein einziger Stein und seine Kreiswellen alles für immer verändern.«

John ließ eine kleine Welle über seine Zehen schwappen, die beim Zurückfließen Sand unter ihnen mit sich nahm. Evas Nähe empfand er immer als heilsam und verwirrend zugleich.

In diesem Augenblick durchschnitt eine schrille Stimme ihre Zweisamkeit. »John, du alter Trödler!«

Er drehte sich um. Während Evas Düfte ihn noch wie ein Lebewohl umwehten, fuhr ihm eine erfrischende, kühle Meeresbrise in den Nacken.

Vor ihm stand Letty, und als er sich nach Eva umschaute, war sie fort.

»Die Strandgutsammler rufen seit über einer Stunde nach dir, und da du der einzige Bewahrer im Umkreis von über hundert Kilometern bist …«

John wandte sich wieder dem Meer zu, suchte sich einen glatten Kieselstein und warf ihn mit Schwung in die Luft, damit er elegant und möglichst geräuschlos mit der scharfen Kante ins Wasser eintauchen würde. Warum ihn so ein kleines Erfolgserlebnis immer noch freute, war ihm selbst ein Rätsel.

»Wozu die Eile«, murmelte er ungehalten, als Letty eifrig herantrippelte, und hob widerspenstig den nächsten Stein auf.

Letty war ein kleines Hutzelweiblein, kaum einen Meter groß, mit einem Krückstock, einem Schultertuch und verschiedenen Socken in verschiedenen Schuhen. Sie sah aus wie ein rundlicher, verschrumpelter Apfel, der zu lange in der Sonne gelegen hatte. Ihr Blick war stechend, sie hatte eine Hakennase und fast keine Zähne mehr im mürrisch verzogenen Mund. Ihr Stock hätte ohne Weiteres als Zauberstab durchgehen können, und jetzt war er direkt auf John gerichtet. Als John ihre Anspannung bemerkte, ließ er den Stein fallen.

»Letty?«

Sie sprach betont langsam und deutlich. »Am frühen Morgen wurde heute vor der Küste ein großer Metallcontainer entdeckt, an Land gezogen und geöffnet. Die Gelehrten haben bereits herausgefunden, dass er in Echtzeit von der Erde hergetrieben ist.«

»Das passiert nicht zum ersten Mal«, sagte John.

»Wir haben ihn geöffnet und die Überreste von zwölf Menschen gefunden, alles junge Frauen, bis auf einen Mann.«

»Du lieber Gott!«, entfuhr es John, und es hätte ebenso gut ein Gebet wie ein Ausruf sein können.

»In dem Container scheinen Menschen über große Entfernungen transportiert worden zu sein, wahrscheinlich an Bord eines großen Frachters. Da kein anderes Strandgut angeschwemmt wurde, nehmen wir an, dass man ihn absichtlich über Bord geworfen hat, aber erst nachdem die Mädchen darin exekutiert worden waren. Zum Glück, wenn man bei einer solchen Tragödie überhaupt von Glück sprechen kann ...«

John ließ sich in den Sand fallen und legte den Kopf auf die Knie. Die Wärme des Tages und die sanfte Brise kamen ihm auf einmal wie ein Hohn vor. Evas Lebensfreude hatte sich zusammen mit ihr verflüchtigt.

Wut und Kummer stiegen in ihm auf. Da spürte er Lettys kleine Hand auf seiner Schulter.

»John, wir dürfen es der Schattenkrankheit nicht erlauben, in unsere Herzen einzudringen. In diesem beschädigten Kosmos empfinden wir nun einmal Schmerz.

Wir empfinden Wut, zu Recht, aber wir dürfen den Zugang zur Freude nicht verlieren, die jenseits unseres Verstandes existiert. Das alles zu fühlen bedeutet, dass wir lebendig sind.«

Er nickte. »Du sagst, diese Menschen seien alle weiblich, außer einem?«

»Ja, ein Mann mittleren Alters ist auch dabei. Vorläufig lautet die einhellige Meinung, dass er versucht hat, die Mädchen zu beschützen. Dahinter verbirgt sich zweifellos eine Geschichte, aber es könnte lange dauern, bis wir sie vollständig rekonstruieren können.«

»Ich will die Mädchen nicht sehen …«

»Keine Sorge. Die Körper wurden ins Heiligtum der Trauer überführt und werden gerade für die morgige Feuerzeremonie vorbereitet. Im Moment bist du gehalten, das zu tun, was nur du tun kannst … damit die Strandgutsammler den Container auseinandernehmen können und die Künstler sich einfallen lassen, wie wir dieser Kinder würdig gedenken können.«

John schloss die Augen und legte den Kopf in den Nacken, dem Himmel zugewandt. Er wünschte, sein Gespräch mit Eva hätte nicht mit einer so deprimierenden Nachricht geendet.

»Nun geh schon«, ermutigte Letty ihn, »die anderen warten.«

John war überrascht, wie groß der Container war. Er maß mindestens zehn Meter und war so schwer, dass ihn die Transporteure mit einem guten Dutzend ihrer Tiere über Baumstämme hatten aus dem Wasser ziehen müssen. Hinter dem Behälter hatten sich auf dem sandigen

Ufer der Bucht tiefe Spurrillen eingegraben. In mehreren Zelten waren Tische aufgestellt worden, auf denen sich der Inhalt des Containers stapelte: Kleidungsstücke, Decken und ein paar Plüschtiere. Es war kälter an diesem Strandabschnitt, als hätte sogar die Sonne ihr wärmendes Gesicht abgewandt.

John holte ein kleines Kästchen aus seiner Tasche, klappte es auf und steckte sich einen Ring an, den er so lange drehte, bis eine Art Prägestempel richtig eingestellt war. Nun würde alles, was er mit diesem Ring berührte, einen Datumsstempel tragen und später in sein Haus, die »Zuflucht«, gebracht werden, wo es gelagert, untersucht und dokumentiert würde. Aus der anderen Tasche zog er ein Paar dünne Handschuhe, die er sich überstreifte.

Der erste Gegenstand, der seine Aufmerksamkeit erregte, war ein kleiner schwarzer Aktenschrank mit drei verschlossenen Schubladen. Er markierte ihn mit seinem Ring. Das Schränkchen fühlte sich kalt an. John winkte eine Handwerkerin zu sich, die sich mit Schlössern und Schlüsseln auskannte und den Schrank in wenigen Sekunden öffnete, sodass John den Inhalt inspizieren konnte. Er fand, was er erwartet hatte: Ordner mit Aufzeichnungen und Informationen, Ladelisten, Rechnungen und verschiedene andere Dokumente.

Die unterste Schublade enthielt Mappen mit knappen persönlichen Daten der Mädchen, darunter jeweils ein Porträtfoto. Größe, Gewicht, Alter, Gesundheitszustand. Die Namen waren offensichtlich Decknamen; jedes der Mädchen hieß wie ein Land der Erde, beginnend mit den Buchstaben des Alphabets – Ägypten, Bolivien,

15

Chile, bis hin zum Libanon. John starrte die Bilder an. Die Augen auf den Fotos öffneten sich wie Fenster zu zwölf Lebensgeschichten, die eine angemessene Trauer erforderten.

John wollte gerade die Schublade schließen und weitergehen, als ihm ein Gedanke kam. Er zählte die Mappen. Zwölf, wie Letty gesagt hatte. Aber da stimmte etwas nicht! Letty hatte den Mann mitgezählt. John zählte noch einmal nach. Zwölf Fotos, zwölf junge Mädchen. Das bedeutete, dass ein Mädchen fehlte. Vielleicht hatte es fliehen können, oder aber die Unterlagen waren falsch. Diese Diskrepanz ließ ihm keine Ruhe.

Hatte Eva vorhin etwa von einem dieser Mädchen gesprochen?

Aus einer Eingebung heraus verließ er das Zelt und ging die wenigen Meter zum Container hinüber. Neben der Tür standen aufgereiht die schützenden Stiefel für die Arbeiter, die man später gründlich säubern und dekontaminieren würde. Er suchte sich ein Paar in seiner Größe.

Ein Ingenieur begrüßte ihn. »Hallo, John. Eine schreckliche Tragödie.«

John band sich die Schnürsenkel zu und nickte. »Ich will kurz hinein und etwas an den Aufzeichnungen überprüfen. Muss ich auf etwas achten?«

»Nein, es liegt immer noch allerlei Kram herum, den wir durchgehen sollten, aber alles Wichtige haben wir schon herausgeholt.«

John nickte traurig.

»Außerdem haben wir gerade erst das Kühlaggregat abgeschaltet. Es ist immer noch eiskalt da drinnen. Wahrscheinlich ist es kaputt und steckt im Kühlmodus fest, was ein Segen ist. Die Leichen waren fast steifgefroren. Sei vorsichtig, es ist ziemlich rutschig.«

Die Türen knarrten, ließen sich jedoch mühelos öffnen, und Sonnenlicht flutete ins Innere. Flackernd schaltete sich die Innenbeleuchtung an, was auf ein von der Kühlung unabhängiges Batteriesystem hindeutete. Nach den ersten Schritten merkte John, dass er unwillkürlich den Atem angehalten hatte. Er ließ ihn durch die zusammengebissenen Zähne entweichen, und die Luft verteilte sich in Form von Dampfwölkchen im Raum.

Der Laderaum war ungefähr zu einem Drittel mit größeren Gegenständen gefüllt – Kisten, Matten, Plastikbehälter –, daneben lagen Papierabfall und Müll. Irgendwann würde er dieses Durcheinander sichten müssen. An den Wänden und am Boden des metallenen Sarges klebte gefrorenes Blut. Vorsichtig wich John den Flecken aus. Jedes Geräusch, das er verursachte, hallte unnatürlich laut durch die Stille.

Am hinteren Ende sah er den Ventilator einer Kühlanlage, der sich nicht mehr bewegte und auf dessen Flügeln sich bereits Eis zu bilden begann. Er vergewisserte sich durch einen schnellen Blick nach allen Seiten, dass es keinen verborgenen Winkel gab, in dem sich das fehlende Mädchen verstecken konnte.

Ein ungewöhnliches Detail allerdings fiel ihm auf. Am hinteren Ende der Containerwand, in der Nähe des Kühlaggregats, ragte ein Metallrahmen etwa einen halben Meter aus der Wand. John ging vorsichtig auf ihn zu und nahm ihn genauer in Augenschein. Unter dem Rahmen waren Scharniere angebracht, und als er mit den

Fingern über das Wandstück darüber fuhr, stieß er auf zwei große Klemmen. Vermutlich würde, wenn er sie öffnete, die ganze Vorrichtung nach außen und unten klappen. Ein Schlafplatz vielleicht, eine Art Koje oder herausziehbare Tischplatte? Für einen Bewacher womöglich?

Er zögerte. Dann blies er sich in die Hände und zog die Klemmen auf, die mit einem dumpfen Klacken aufsprangen. Als er die Metallplatte nach unten ließ, spürte er die beißende Kälte des Stahls durch die dünnen Handschuhe an Fingern und Handflächen. Die Platte war schwer, und er musste sich mit einer Schulter dagegen stemmen, bis sich die starken Ketten an beiden Enden vollständig abgespult hatten. Endlich hielten sie die Platte in horizontaler Lage ein Stück über dem Boden. Und da fand er sie.

Jemand hatte das junge Mädchen in den viel zu engen Raum gepfercht, die Liege hochgeklappt, und sie hatte nicht genügend Platz gehabt. Man hätte meinen können, dass sie friedlich schlief, wenn auch mit seltsam verdrehten Gliedmaßen und stark nach unten geneigtem Kopf, wäre nicht ihr ganzer Körper von Schnitten und Rissen übersät gewesen, aus denen, als der Druck nachließ, eine Flüssigkeit sickerte. Ein Fuß war fast vollständig abgetrennt. John starrte wie aus Raum und Zeit gefallen auf den gefrorenen Körper.

Dann drehte er sich um und verließ den Container, zu schockiert, um dem geronnenen Blut auszuweichen. Er musste Menschen holen, die es gelernt hatten, mit so etwas umzugehen.

»Ich habe noch ein Mädchen gefunden«, schrie er aufgewühlt und löste damit eine hektische Betriebsamkeit aus. Noch während er die Stiefel aufschnürte und auszog, stürzte jemand an ihm vorbei in den Container. John ging zurück zu dem Zelt, in dem er das Schränkchen gestempelt hatte, setzte sich davor und ließ sich gegen die Zeltplane sinken.

»Gott, wie kann es sein, dass Du uns immer noch liebst?«, flüsterte er und blickte zum Container hin. »Bitte schenke ihr Deinen Frieden.«

Das geschäftige Hin und Her veranlasste ihn jedoch, wieder aufzustehen. Kurz darauf kam ein Transporteur zum Zelt gerannt. Der Mann umarmte ihn stürmisch.

»John! Das Mädchen, das du gefunden hast – es lebt noch! Knapp, aber es lebt.« Strahlend umarmte ihn der Mann gleich noch einmal. »Du bist jetzt ein Finder, John!«, rief er im Hinauslaufen. »Wer hätte das gedacht!«

John schlug die Hände vors Gesicht. Er fühlte sich wie benommen. Wenn dieses Mädchen Evas Kind sein sollte, so war es eine traurige und qualvolle Geburt, eine Geburt inmitten von Blut und Wasser. Wie sollte aus so viel Bösem etwas Gutes entstehen?

ANFÄNGE

Alles in ihrem Inneren explodierte. Alles schmerzte.

Doch warum? Ihre Erinnerung versagte.

Bilder stürzten übereinander. Lichtblitze stießen zu wie Schwerter, durchbohrten sie. Schroffe Geräusche – dissonant, schrill, furchterregend – lösten eine panische Angst aus. Ihr Atem ging schnell und stoßweise und rauschte in ihren Ohren.

Dann wieder ein Lichtblitz, der sich zu einem quälend grellen Lichtschein ausweitete. Schemenhafte Bewegungen, Musik … Streicher? Eine schwarze Frau, die sich erst in einen braunhäutigen Mann verwandelte, dann in eine rote Samtfliege. Zusammenhangloses Zeug. Sie musste aufwachen, unbedingt. Versuchte es. Konnte es nicht.

In ihrem Kopf tobte ein Hurrikan über dem tosenden Meer … eine Monsterwelle überspülte sie, drückte sie unter Wasser. Sie schnappte nach Luft … eine Wasserkaskade … sie bekam keine Luft mehr …

Als die Dunkelheit sie in sich aufnahm, begrüßte sie sie wie einen Freund.

Sie wurde von einem unbekannten Gesicht geweckt, das sich über sie beugte. Verschwommene Konturen. Eine Stimme? Wo war sie? *Wer* war sie? Sie kniff die Augen zusammen, aber die Bilder ließen sich nicht ausblenden. Ihre Lungen brannten. Die Luft war schwer. Flüssig. Diesmal waren die Schatten siegreich. Sie rückten immer näher an sie heran und verschluckten sie. Ein schwacher weißer Lichtschein schrumpfte zu einem Punkt und löste sich im Nichts auf.

Sie schrie. *Was ist mit mir los?* Kein Laut drang aus ihrer Kehle.

Unzusammenhängende, von Geräuschen begleitete Erinnerungsfetzen – oder waren es Träume, Halluzinationen? – verzerrten sich in ihrem Kopf zu Schreckensbildern wie in einem Spiegelkabinett. Sie zuckte zurück, versuchte sich zu verstecken, unsichtbar zu machen. Aber wohin konnte sie schon? Aus ihren erstickten Schreien wurde ein verzweifeltes Schluchzen.

Auf ihrer Stirn ein warmes Tuch. Tröstlich. Und ein stechender Geruch, dem sie keinen Namen geben konnte. Er drang in sie ein, floss durch die Kehle bis in den Bauch, in Arme und Beine, bis in die Zehen und Fingerspitzen. Eine unwiderstehliche Erleichterung. Der Geräuschpegel ließ nach. Stille senkte sich auf sie.

Sie schlief wieder ein.

Als sie das nächste Mal erwachte, drang in der diffusen Stille der Nacht ein Gespräch an ihre Ohren.

»John.« Eine hohe und schrille weibliche Stimme. »Diese junge Frau ist eine Anomalie. Die Heiler versuchen, etwas über ihre Herkunft herauszufinden, aber ihr genetischer Code treibt sie zum Wahnsinn. Keiner von uns hat je so etwas gesehen! Es ist absurd!«

Ein Mann antwortete in einem ruhigen, freundlichen Tonfall: »Gott tummelt sich anscheinend gern im Bereich des Unmöglichen und Absurden.«

Das Mädchen befahl ihren Augenlidern, sich zu öffnen. Sie weigerten sich. Ein Gewicht, das dem Mädchen alle Kraft raubte, schien sie niederzudrücken. *Warum kann ich mich nicht bewegen?*

»Sie werden mehr Zeit brauchen, dieses Rätsel zu lösen«, sagte die Frau mit der hohen Stimme.

»Wir werden viel Zeit haben. Mit ihrer Genesung wird es nicht so schnell vorangehen.« John seufzte. »Ich verstehe nicht viel, Letty, aber eines weiß ich: Das Mädchen ist zu meiner persönlichen Anomalie geworden!«

Letty lachte. »Schau mal an! Du klingst ja plötzlich so fürsorglich und weichherzig!«

Das Mädchen mobilisierte alle Kräfte. *Aufwachen! Aufwachen!* Der Raum um sie her füllte sich mit Schmerz. Ihr Körper schien in Schieflage zu geraten. Sie kämpfte gegen das Gefühl des Fallens an.

»Manchmal wundere ich mich über mich selbst!« John gluckste leise. »Warum ich? Was glaubst du? Warum hat Eva meine Mitwirkung gewollt?«

»Vielleicht weil du ein Zeuge warst?«

»Und was hat das mit dem Mädchen zu tun?«

Die Frau, die Letty hieß, summte als Antwort eine fröhliche Melodie. Das Schwindelgefühl hörte abrupt auf. Der Körper fand sein Gleichgewicht wieder. Die Stimmen wurden leiser. Das Mädchen schwamm in einem See des Friedens.

Tochter. Eine neue Stimme drang aus der Ferne an ihre Ohren. *Tochter.*

Der Duft von Gewürzen und Blumen lag in der Luft. Sie spürte eine federleichte Berührung auf dem Handrücken. Warm. Weich. Wohltuend.

Mein Kind.

Was für ein Kind? Als das Mädchen noch einmal ihre gesamte Willenskraft zusammennahm, konnte sie die Augen öffnen.

Neben ihrem Bett stand eine schwarzhäutige Frau. Sie war jung und alt, königlich und schlicht, zart und stark. Lächelnd beugte sie sich über das Mädchen und küsste es auf die Stirn.

Das Mädchen brachte nur ein Flüstern zustande. *Wer bist du?* Es schienen gedämpfte Laute angebracht, aber dann fragte sie sich, ob sie die Worte nicht nur gedacht hatte.

Ich bin deine Mutter. Du bist die Zeugin. Komm und sieh!, flüsterte die Frau, ohne die Lippen zu bewegen. Ihre langen Finger legten sich um die Handgelenke des Mädchens und hoben sie hoch, als wäre sie schwerelos und nicht ans Bett gefesselt.

Meine Mutter? Bei dem Wort *Mutter* stieg Bitterkeit in dem Mädchen auf. Es war alles so verwirrend. Sie wollte nicht weg von hier.

Komm, meine Tochter. Komm mit und werde Zeugin der Schöpfung, der Vollkommenheit, die deinen misshandelten Körper und deine wunde Seele heilen wird!

Das Mädchen wehrte sich gegen den sanften Griff und versuchte, sich den schlanken Fingern zu entwinden, aber es gelang ihr nicht. Ein Luftkuss auf der Wange löste in ihr ein Gefühl aus, als würde sie pfeilschnell in die Höhe schießen – und nun war sie es, die sich hilfesuchend an die Hand der Frau klammerte. Fassungslos sah sie, was sie unter sich zurückgelassen hatte: ihren eigenen Körper, aus dem sie gerade aufgestiegen war. Ihren halbtoten, geschundenen, bandagierten Körper. Er lag unter einem Gewirr von Gurten, Schläuchen und Kabeln, die an im Hintergrund surrende Maschinen angeschlossen waren.

Einen Moment lang war alles still. Entsetzt hielt das Mädchen den Atem an und kämpfte gegen eine jähe Übelkeit an.

Wie viele Male kann ich sterben?, dachte sie.

Nein – nicht Tod, sagte die Mutter. *Leben. Komm mit und sieh. Ich verspreche dir, dass du nicht enttäuscht sein wirst.*

Und dann gab sie die Hand des Mädchens frei.

Das Mädchen machte die Augen fest zu, um die aufsteigende Angst von sich fernzuhalten. Doch statt zu fallen, schwebte sie. Eine fremdartige Wärme flutete über sie hinweg, etwas Zähes, Öliges, das sich ihrer bemächtigte und sie zugleich wohltuend in sich barg. Doch dann schlüpfte die Substanz in ihren Mund. Die Erkenntnis, dass sie diesen glitschigen Schlamm schluckte, brachte sie wieder an den Rand der Panik. Sie schnappte nach Luft, woraufhin noch mehr Flüssigkeit in ihre Lungen floss.

Erst als sie merkte, dass sie nicht erstickte, entspannte sie sich nach und nach ein wenig.

Eine Flüssigkeit, die sich einatmen lässt? Unmöglich! Verrückt!

Mit weit geöffneten Augen ließ sie sich durch einen unsichtbaren Kosmos treiben. Sie widerstand dem Impuls, einen Anker, einen Halt in der Zeit oder im Raum zu suchen, an dem sie die Erinnerung festmachen konnte. Fast fühlte sie sich frei.

Ein tiefer Friede durchflutete sie, eine Ahnung, dass sie nicht allein gelassen wurde. Jemand wusste, dass es sie gab, wenn auch nur die Frau mit der ebenholzschwarzen Haut, die behauptete, ihre Mutter zu sein. Komm mit und sieh, hatte sie gesagt. Schau her. Aber das Universum, durch das sie trieb, war leer, verwaist und formlos.

Zorn regte sich in ihr. Wie unangenehm vertraut ihr das war – erst der Köder, und unmittelbar darauf verlassen zu werden.

Sie schwebte und hätte nicht sagen können, ob für eine Nanosekunde oder eine Million Jahre. Es gab keine Möglichkeit, den Unterschied zu erkennen. Es gab nichts zu beobachten, nichts zu sehen.

Dann ein lauter Knall. Sie schrak zusammen und zitterte. Unwillkürlich reckte sie den Hals, der Lichtexplosion entgegen. Innerhalb von Sekundenbruchteilen verteilte sich das Licht, überwältigende Energien und Informationen gingen von ihm aus, rasten auf das Mädchen zu, an ihm vorüber. Da war Farbe. Da war Gesang. Da waren Feuer und Jubel und Blut und Wasser. Da waren Stimmen – einzelne und viele, anschwellend und zupackend –, die sich mit der Leere vereinten.

Chaos und Materie prallten aufeinander, wodurch Verspieltheit und Kraft wie Funken davonstoben und Energie, Raum und Zeit erzeugten. Am Rand applaudierten anmutige Wesen dieser Darbietung, und ihre

Hochstimmung brach aus ihren Handflächen hervor wie glänzende Wassertropfen, glitzernde Schweißperlen, schimmernde Juwelen. Harmonien rankten sich um eine zentrale Melodie, und in der Gesamtheit ergab sich ein ungeheures Klanggewirr.

Sie fühlte sich größer als eine Galaxie und kleiner als ein Partikel. Um sie herum riss ein Freudentaumel die Substanz der Dinge auseinander und setzte sie wieder zusammen. Eine Flut von Stimmen erhob sich und hüllte sie in ein Bukett von Aromen. Weihrauchduft verwandelte sich in eine sehnsuchtsvolle Ballade, eine tänzerische Choreographie des Seins und der Einheit. Und um alles herum und durch alles hindurch vernahm man nicht Eine, nicht Zwei, sondern Drei Stimmen – und doch nur Eine. Ein herrliches, dröhnendes Gelächter voller Güte.

Der Große Tanz, bestätigte eine Stimme.

Der Tanz der Mutter? fragte sich das Mädchen.

Dies ist der große Anfang.

Das Mädchen drehte sich auf der Suche der Stimme in der Flüssigkeit einmal um sich selbst. Wo war die Frau? Zaghaft rief sie: »Mutter?«

»Ah, endlich wach, wie ich sehe, und nicht nur ein paar Sekunden. Willkommen im Land der Lebenden und in der Zuflucht.«

Die Stimme klang vertraut. Das musste *John* sein. Seine Stimme war fest und ganz und gar unauffällig, aber verglichen mit dem, was sie gerade erlebt hatte, empfand sie diese Normalität fast schon als ein wenig enttäuschend.

Toll, dachte sie. *Ich bin schon wieder gestorben, und das hier ist die Hölle und in ihr ist ein Mann.*

Sie versuchte, ihm das Gesicht zuzuwenden. Hörte ihn »Nicht!« schreien.

Zu spät. Ein stechender Schmerz presste ihren Nacken wie eine Schraubzwinge zusammen. Am Rand ihres Blickfelds sammelte sich Nebel, der auf die Mitte zu waberte. Sie gab auf. Das Letzte, was sie hörte, als das immer dunklere Grau sich auf sie senkte, war die unauffällige Stimme, die aufgebracht seufzte: »Und schon macht sie sich wieder davon …«

Etwas Weiches wischte ihr sanft übers Gesicht. Ein Flüstern.

Was du gesehen hast, war der Schoß der Schöpfung und seine Erschaffung. Was du gehört hast, war die allererste Empfängnis. Nun erwarten wir die Ankunft des Kindes.

Die Augen des Mädchens weiteten sich, und sie sah, dass sich der Kosmos immer noch entfaltete, durchdrungen von unbekümmerter Freude und unablässig in Bewegung.

Du meinst … das hier ist der Anfang der Welt?

Die allererste Geschichte. Die Stimme, die sprach, war körperlos, außen und innen, überall und nirgends.

Das Mädchen war noch nicht überzeugt. *Der Urknall?*

Als Antwort ertönte ein tiefes Gelächter. Aus dem Klang wurde ein goldenes Seil aus sichtbaren Harmonien und Melodien, die sich wie Teppichfäden miteinander verwoben, durchsetzt von Edelsteinen und Feuer, verflochten mit Glaube, Hoffnung und Liebe.

Der Schoß der Schöpfung wuchs und expandierte, dehnte sich weiter aus. Er war machtvoll, wild und ungezähmt, gleichzeitig geordnet und präzise.

Das Mädchen war fasziniert und beunruhigt. Erwartungsvoll und zynisch. Angezogen und abgestoßen. Sie kannte diese Geschichte – und auch wieder nicht.

Oder doch?

Es war alles so wunderschön und erschreckend. Inmitten des herrlichen Tumults tauchte eine kleine blaue Kugel auf, die sich drehte, zerbrechlich und ungeschützt.

Dies ist der Ort, an dem die Schwangerschaft sich bald in Wasser, Blut und Staub vollenden wird! Hier wird das Kind geboren. Und du wirst die Zeugin dieses Ereignisses sein, meine Tochter. Du bist eine Zeugin der Anfänge.

Die Worte marterten ihr Gehör. Sie waren hart und klangen nach Religion. Sie rissen eine innere Wunde in ihr auf.

Nein.

Es geschieht dir zuliebe, meine Tochter. Es ist ein Geschenk an dich und jeden Mann und jede Frau, die unter diesem aufkeimenden Licht geboren werden.

»Nein.« Sie hatte laut gesprochen. Das Wort bohrte sich in die Schönheit wie ein vergifteter Pfeil. »Ich bin keine Zeugin. Und ich will keine sein.«

Das Universum flackerte und erlosch.

Eine andere Melodie, ein kunstloses Summen und Zungenschnalzen, zog sie abrupt auf ihr Bett zurück. Der Kontrast zwischen diesen belanglosen Tonfolgen und den atemberaubenden Harmonien der Schöpfungsmusik war deprimierend. Es war, als verenge sich ein gewaltiger, tosender Wasserfall unversehens zu einem kläglichen, dünnen Rinnsal, das in ein stehendes Gewässer tröpfelt.

Doch sie war auch erleichtert.

Jemand summte eine Melodie, die sie nicht erkannte, trällerte ein Lied ohne Worte. Als das Mädchen kraftlos hustete, brach das Gesumm sofort ab. Schritte näherten sich ihrem Bett.

»Wollen wir es noch einmal versuchen?« Dieselbe Männerstimme wie vorher. John. Diesmal sah sie seine Gesichtszüge, wenn auch so verschwommen, als würde sie vom Grund eines Ozeans nach oben blicken. Ein braunhäutiger Mann mit einem kurzen Bart, buschigen Augenbrauen und graumelierten schwarzen Haaren. Seine Bewegungen verursachten ihr Übelkeit, und sie schloss rasch die Augen.

Das Summen setzte wieder ein, diesmal an einer anderen Stelle.

Der Mann wischte dem Mädchen sanft die Tränen fort, die sich unter dem Verband gesammelt hatten, der fast ihr gesamtes Gesicht bedeckte. Sie zuckte bei seiner Berührung zusammen und wollte protestieren. Aber sie konnte den Unterkiefer nicht bewegen. Er steckte in einer Art Käfig, der in ihrem Mund einen stark metallischen Geschmack hervorrief. Das Schlucken bereitete ihr Mühe. Wieder geriet sie durch das Gefühl des Eingesperrtseins an den Rand der Panik.

»Schon gut, immer sachte.« Der beruhigend und tröstlich gemeinte Ton verstärkte ihre Übelkeit nur noch. »Ich kann mir vorstellen, dass du gerade völlig durcheinander bist. Du hast sicher tausend Fragen. Ich habe jedenfalls viele. Halt, versuch nicht zu sprechen«, setzte er rasch hinzu, »es wird noch nicht funktionieren. Aber sie meinen, dass es bald wieder geht.« John stellte sich neben das Bett. »Wenn du verstehst, was ich sage, mach bitte die Augen weit auf und blinzele einmal für ja und zweimal für nein.«

Sie blinzelte einmal.

»Damit ich ganz sicher sein kann: Das war ein einzelnes Blinzeln für ja, richtig? Keine zufällige Reaktion oder ein schlechtes Timing meinerseits? Einmal für ja und zweimal für nein, das hast du verstanden?«

Sie empfand einen Anflug von Ärger und war versucht, sich bewusstlos zu stellen. Das Eingesperrtsein und Johns Anweisungen widerstrebten ihr. Trotzdem gehorchte sie.

Blinzel.

»Ausgezeichnet.« Er klang ehrlich erfreut. »Gut. Ich möchte nicht immer weiterquatschen, so toll finde ich meine Stimme nun auch nicht. Hm?«

Sie war verwirrt und beschloss, zweimal zu blinzeln. Hatte er ihr eine Frage gestellt?

»Es tut mir leid«, entschuldigte er sich. »Das ist unser erster Versuch, ein richtiges Gespräch zu führen. Ich muss mich mehr anstrengen. Wie wäre es, wenn ich am Ende jeder echten Frage ein ›ja‹ oder ›nein‹ anhänge? Würde dir das helfen? Ja oder nein?«

Sie blinzelte.

»Gut. Dann will ich mich zuerst einmal vorstellen. Mein Name ist John, und du wirst in meinem Haus betreut, das die meisten ›Zuflucht‹ nennen. Mit uns im Raum ist derzeit die kratzbürstige und etwas zu kurz geratene Letty …«

»Er meint klein, Schätzchen«, ertönte eine schrille Frauenstimme. Die unverhoffte Anwesenheit einer Frau im Zimmer beruhigte das Mädchen.

»Ich bin klein und älter als er, und er ist neidisch auf beides«, kicherte die Alte. »Und falls du dir Sorgen machst, Schätzchen, du bist vollständig bekleidet und zugedeckt, und außer mir gibt es noch mehr Frauen, die über dich wachen. Obwohl du von John wirklich nichts zu befürchten hast.«

Das Mädchen sah verschwommen, wie der Mann seinen Kopf drehte und die unsichtbare Person anlächelte. »Letty, ich könnte dir einen Hocker holen, damit sie dich sehen kann.«

»Das ist vorläufig nicht nötig, John. Ich bin nur eben vorbeigekommen, um nach deinem Schützling zu sehen und dir zu sagen, dass drei Fremde zu unserer Gemeinschaft gestoßen sind. Gelehrte, die, nach ihrem Äußeren zu urteilen, von sehr weit her kommen. Sie wollen mit dir und dem Mädchen sprechen. Das ist alles.« Das Gesumm setzte wieder ein, und damit war klar, dass es von Letty stammte.

Der Mann wandte sich wieder dem Mädchen zu. »Kennst du deinen Namen, ja oder nein?«

Blinzel. Blinzel.

»Nein? Hmm, dann muss ich annehmen, dass du auch nicht weißt, woher du kommst und nicht einmal *aus welcher Zeit.* Keine Frage, nur eine Beobachtung.« Das Mädchen schloss gelangweilt die Augen. Warum ging er nicht endlich weg? Sie wollte schlafen.

»Erinnerst du dich überhaupt daran, wie du hergekommen bist, ja oder nein?«

Blinzel. Blinzel.

In der nächsten Viertelstunde stellte er eine Frage nach der anderen. Aber die Kommunikation verlief sehr einseitig, und der ständige Anspruch, sie möge doch antworten, strengte sie an und frustrierte sie.

Nein, sie erinnerte sich nicht daran, woher sie kam, und auch nicht an ihre Familie. Sie war ein Mensch und eine Frau, das wusste sie, und dass er danach fragte, fand sie eigenartig.

Ja, sie hatte Schmerzen.

Das stimmte wirklich – ihr Kopf hämmerte im Takt ihres Pulsschlags –, aber nein, die Zehen konnte sie nicht krümmen und auch nicht die Füße bewegen, und sie spürte nichts, wenn er dagegen tippte. Sie konnte die Augenbrauen hochziehen, die Stirn runzeln und blinzeln, aber das war alles, was ihr an Mimik geblieben war.

Der Gedanke löste erneut Angst aus, und das Pochen in ihrem Kopf wurde stärker, aber John erklärte ihr sofort den Grund für ihre Lähmung. Man hatte ihr bestimmte Heilkräuter und Medikamente gegeben, weil sie, um vollständig gesund zu werden, absolut ruhiggestellt werden musste. Das beruhigte sie ein wenig, warf aber gleich wieder neue Fragen auf, die sie nicht stellen konnte.

Der Mann lief im Raum umher, während er redete, und ab und zu klapperte oder knarrte etwas, und sie musste ihre Phantasie bemühen, um sich vorzustellen, was er da wohl machte.

John bezeichnete sich selbst als Bewahrer. In seiner Eigenschaft als Bewahrer lagerte er bei sich Gegenstände, die von der Meeresströmung an Felsbuchten in der Nähe seines Hauses angeschwemmt worden waren. Sie selbst lag seit mehreren Monaten in dieser Zuflucht.

›Angespült‹ worden war sie laut John am Ufer einer ›Insel‹ zwischen den Welten, als Opfer einer ›Tragödie‹ – eines grauenhaften, brutalen Vorfalls. Mit ihr war noch mehr Strandgut angeschwemmt worden: ein buntes Durcheinander aus Metall, Papieren, Spielsachen und Holz, Kunstgegenständen und anderen Überresten ihrer Zivilisation und Zeit. Man hatte alles in Kisten gepackt und in einem anderen Raum ganz in der Nähe untergebracht. Wenn sie wieder gesund war, würde sie alles durchsehen können.

»Ich hatte gar nicht vor, dich zu finden«, sagte John. »Schließlich bin ich ein einfacher Bewahrer und kein Finder.«

Anscheinend waren Finder immer auf geheimnisvolle Weise mit ihrem Fund verbunden. Wenn sie John richtig verstand, galt dieses Gesetz grundsätzlich im gesamten Universum.

Dem Mädchen gefiel die ganze Geschichte nicht. Sie sollte mit einem Mann eng verbunden sein? Sie bekam Angst. Ihr war zumute, als säße ein nervöser Wolf in ihrem Inneren.

Seine Erklärungen dauerten fast eine Stunde, und dann entschuldigte er sich weitere fünfzehn Minuten überschwänglich dafür, dass sein Redeschwall den Eindruck vermittelte, an ihrer – und damit auch seiner – Situation sei ganz allein sie schuld.

Das war gemein, dachte sie, denn damit fügte er ihr einen grausamen Schmerz zu, der nicht weniger wehtat als eine körperliche Wunde.

Bald darauf wurde sie jedoch von dem melodischen Singsang seiner Worte und dem ruhigen Summen im Hintergrund eingelullt. Sie konnte sich nicht mehr auf seine Ausführungen konzentrieren und wollte es auch nicht mehr. Erschöpft ließ sie sich vom Strom der Worte davontragen und hoffte auf eine tiefschwarze Dunkelheit ohne jegliche Erwartungen.

Sie hoffte vergebens.

LILLY UND
DIE SCHLANGE

Das Mädchen schwebte langsam auf die Erdoberfläche zu und näherte sich einem kleinen, kahlen Hügel am Rand einer welligen Ebene, aus der Baumgruppen herausragten, die sich an manchen Stellen zu Wäldern verdichteten. Dahinter zog sich am rötlichen Horizont eine Hügelkette entlang, und noch weiter hinten ragten die Felszacken eines Gebirgszugs auf.

Sie nahm die großartige Szenerie kaum wahr, denn ihre Aufmerksamkeit wurde von dem gefesselt, was hinter ihr stattfand. Als sie sich neugierig umdrehte, fuhr sie erschrocken zurück. Über einem Hochplateau brauste ein gigantischer Sturm aus wirbelnder Energie und Wasser. Die Barriere reichte von rechts nach links und vom Erdboden bis zum Himmel, so weit das Auge reichte. Sie pulsierte, als wäre sie lebendig. Das Licht und die Hitze, die sie abstrahlte, glühte in jeder Zelle ihres Körpers nach.

»Mich verblüfft und bezaubert sie auch immer noch«, sagte eine Stimme neben ihr. Das Mädchen konnte sich kaum vom Anblick der Wand losreißen, aber die hochgewachsene, feingliedrige Frau interessierte sie dann doch mehr.

»Du bist diejenige, die sich Mutter nennt«, sagte sie.

»Du bist nicht meine Mutter.«

Die Präsenz der Frau war noch greifbarer und überwältigender als die Sturmbarriere. Sie stand in aufrechter Haltung da, beeindruckender und schöner, als das Mädchen sie von ihrer ersten Begegnung in Erinnerung hatte. In ihrem ebenmäßigen Gesicht lagen klare dunkelbraune Augen mit goldenen Reflexen, und die zu Zöpfchen geflochtenen weißen Haare fielen ihr wie kleine Sturzbäche auf die Schultern. Ihr herrlich schimmerndes, farbenfrohes Gewand wallte unablässig, als passte es sich jedem Gedanken und jeder Geste an.

Lächelnd beugte sich die Frau vor, bis ihre Stirn die des Mädchens berührte.

»Ja, ich bin deine Mutter, Lilly«, flüsterte sie.

»Lilly?« Der Name brachte etwas in dem Mädchen zum Klingen, und sie wusste sofort, dass dies ihr Name war. »Mein Name ist Lilly? Oh Gott, ja, ich erinnere mich. Mein Name ist Lilly Fields!«

Da erst fiel ihr auf, was die Frau noch gesagt hatte. »Und du bist meine Mutter? Wie kannst du meine Mutter sein? Du bist so …«

»Schwarz?« Die Frau lachte so hell und fröhlich, dass Lilly sich trotz ihrer Verwirrung von ihr anstecken ließ. »Mein Liebes, wie schön ist das Schwarz, das alle anderen Farben enthält und bewahrt!«

»Ich weiß immer noch nicht, wer du bist. Wie heißt du?«

»Eva.«

»Du bist Eva? Die von Adam und Eva?«

»Ja, mein Kind. Eva, die Mutter aller Lebendigen! Was glaubst du, wo wir sind, Lilly?«

»Das weiß ich nicht«, stotterte Lilly. »In einem Traum oder Drogenrausch oder irgendeiner grässlichen Psychose?« Sie holte tief Luft. »Werde ich verrückt?«

Sie ließ den Kopf hängen und starrte auf den Boden, als käme von dort Hilfe für ihre konfusen Gedanken. Überrascht stellte sie fest, dass sie selbst auch ein durchscheinendes, makelloses Gewand aus flirrendem Licht trug, das sie schützend umhüllte. Sofort meldete sich die gewohnte Angst, entblößt und ausgeliefert zu sein, aber gleichzeitig fühlte sie sich ungewohnt sicher – ein Widerspruch, der ihr schwer zu schaffen machte.

»Wenn du mich wirklich kennen würdest«, murmelte sie mit niedergeschlagenen Augen, »wüsstest du, dass ich nicht hierher gehöre.«

»Mein Liebes«, sagte Eva, »kannst du denn jemals behaupten, dass du dich wirklich kennst?« Sie brach ab, und ihre nächsten Worte klangen gebieterisch und Respekt einflößend. »Ich spüre die Anwesenheit einer Anklage. Zeige dich mir!«

Lilly hörte ein Knacken im Gestrüpp, und gleich darauf schob sich der Kopf einer kräftigen Natter hervor. Die Schlange schien Eva nicht zu bemerken – oder sie tat wenigstens so – und richtete sich sofort drohend vor dem Mädchen auf. Lilly sprang erschrocken zurück. Die Schlange starrte ihr in die Augen und stellte ihre Haube auf. Ihre gespaltene Zunge fuhr tastend durch die Luft. Eva beobachtete sie mit undurchdringlicher Miene und verschränkten Armen.

»Was bist du?«, zischte die Schlange. »Ich habe deine Art noch nie gesehen.«

Lillys Hals war wie zugeschnürt. Sie wandte den Blick ab. »Nichts«, wisperte sie. »Ich bin nichts.«

»Laut deinem eigenen Urteil bist du nichts. Aber das Nichts hat eine Stimme, wer bist du also?«

»Niemand«, sagte Lilly. »Ich gehöre nicht hierher.« Seltsamerweise schien die Schlange bei jedem ihrer Worte zu wachsen.

»Kurios!« Die Schlange bog ihren Vorderkörper zurück, als wolle sie das Mädchen besser in Augenschein nehmen. »Dann sag mir doch, warum sind Nichts und Niemand hier?«

Darauf hatte Lilly keine Antwort.

Die Schlange legte den Kopf schief und ließ die Zunge vorschnellen. »Du bist eine merkwürdige, mir ganz unbekannte Gattung. Nichts weiter als eine Störung.« Damit ließ sie sich zu Boden fallen und verschwand. Lilly hatte Herzklopfen und fühlte sich irgendwie abserviert, aber sie rührte sich nicht von der Stelle. Das Rascheln im Laub zeigte ihr an, wie schnell sich die Schlange entfernte.

»Was war das?«, fragte sie.

»Manchmal«, sagte Eva, »ist eine Schlange nur eine Schlange.«

»Aber sie hat mit mir geredet.«

»Manchmal ist eine Schlange aber auch mehr. Wenn eine Lüge zu viel Aufmerksamkeit erfährt, kann sie wachsen. Aber das ist es nicht, was mich beschäftigt. Sondern dass deine Anwesenheit anderen bekannt ist, und diese anderen sind dir nicht alle wohlgesinnt.«

Lilly schlang die Arme um sich. »Du machst mir ein bisschen Angst.«

»Hab keine Angst«, sagte Eva. »Ich habe gesehen, wie das alles hier entstanden ist.«

»Das alles ...«, Lilly breitete die Arme aus, als wolle sie ihre Umgebung umfassen, »ist mehr als einmal passiert?«

»Nein, es hat sich nur einmal ereignet, und nun existiert es«, erwiderte Eva, als wäre das eine Selbstverständlichkeit. »Und du bist hier, um es zu bezeugen.«

»Eva?« Impulsiv streckte Lilly die Hand nach der Frau aus. Ihrer beider Finger verflochten sich, und Lilly war überrascht, wie offen sie ihre Gedanken aussprechen konnte, ohne befürchten zu müssen, dass sie verurteilt oder bestraft wurde.

»Ja, meine Tochter.« Eva lächelte sanft und drückte Lillys Hand.

»Ich will keine Zeugin sein, egal, was das ist.«

»Es ist ein Privileg und eine Ehre.«

In Lillys Kehle bildete sich ein Kloß. Sie schämte sich und wusste nicht, warum.

»Das klingt für mich wie eine neue Möglichkeit zu versagen. Weißt du, ich hab's nicht so mit der Religion.«

Eva zog fragend die Augenbrauen hoch. »Von Religion habe ich nicht gesprochen.«

»Ich meine, die Geschichte kenne ich natürlich. Wahrscheinlich hab ich die mal gehört, als ich noch klein war. Gott erschafft die Welt, sie ist vollkommen, Gott erschafft den Mann, Gott erschafft die Frau, die Frau ruiniert alles ...« Lilly zögerte. »*Du* müsstest doch eigentlich wissen, was ich meine, oder?«

Die goldenen Pünktchen in Evas Augen funkelten. »Was soll ich wissen?«

»Na ja, dass seitdem alle ziemlich sauer auf die Frauen sind. Gott kommt mir auch ziemlich wütend vor, jedenfalls meiner Erfahrung nach.«

»Und welche Erfahrung ist das?«

Ihr Gedächtnis ließ sie im Stich, wieder einmal. Lilly betrachtete ihre Finger, die immer noch mit Evas verschränkt waren, und plötzlich war ihr ohne jeden ersichtlichen Grund zum Weinen zumute.

»Lass mich nicht allein, okay?«, bat sie mit erstickter Stimme.

»Ich bin nie weit weg.« Evas Augen funkelten nicht mehr schelmisch, nun standen Tränen in ihnen. »Du bist schließlich meine Tochter, deshalb existiere ich bereits in dir, und du in mir.«

Nach dieser Zusicherung war Lilly wieder etwas beruhigt. Eva hob den Kopf, und Lilly folgte ihrem Blick. »Siehe«, sagte Eva, »die festgesetzte Zeit ist gekommen. Ich will dir ein Versprechen geben: Du wirst es nie bereuen, eine Zeugin zu sein.«

»Na, wieder in der Gegenwart angekommen?« Lilly konnte John nicht sehen, aber sie wusste, dass er es war, der gesprochen hatte, und war ein wenig verärgert, weil er sie aus dem Schlaf gerissen hatte.

»Ich habe dir beim Träumen zugesehen.«

Na, toll. Was für ein Widerling.

John lachte leise, als hätte er ihre Gedanken belauscht, aber er war nicht im Mindesten gekränkt. Lilly errötete vor Scham. »Wenn du träumst, bewegen sich deine

Augen unter den Lidern, als wäre das, was du siehst, wirklich da.«

Nach einer kurzen Pause fügte er hinzu: »Tatsächlich könnte das, was du siehst, wirklich da sein. Ich bin kein Traumexperte. Das ist nicht mein Fachgebiet. Ich sollte einen Gelehrten fragen. Jedenfalls warst du völlig versunken in dem … was immer es war.«

Versunken, dachte Lilly. Ja, das war das treffende Wort. An einem Ort, der irgendwo zwischen dem Schmerz, der langweiligen Normalität dieses Zimmers und der überwältigenden Erhabenheit ihrer lichten Visionen lag. Sie wollte keine Zeugin sein, aber sie wollte auch nicht von Eva getrennt sein. Etwas in ihrem Inneren veränderte sich, und der leuchtende Traum versank wie die Sonne am Abendhimmel.

Ihre Augenbrauen hoben sich fragend, und John versuchte eine Deutung. »Meinst du das Träumen oder die Gelehrten? Soll ich dir von den Gelehrten erzählen, ja oder nein?«

Das Blinzeln war eine Plage, deshalb konzentrierte sich das Mädchen auf ihren Mund, den die Helfer von seinem Käfig befreit hatten. Was ihm entwich, war kaum mehr als ein Stöhnen, aber John interpretierte es als ein Ja. Sie hatte eigentlich ›weder – noch‹ gemeint.

»Ich hab's gehört! Großartig! Glückwunsch! Sehr gut gemacht!« John rückte seinen Stuhl näher an ihr Bett heran.

»Gelehrte«, sagte er, »sind gebildete Leute, die dieses und jenes studieren und ausgiebig darüber reden können. Sehr klug und maßlos gebildet. Gelehrte können nahezu alles erklären, selbst wenn nichts davon wahr ist.«

John versuchte, von Lillys Gesicht abzulesen, ob er sie aufgeheitert hatte. Als er keine Regung sah, fuhr er fort: »Leider unterhalten sie sich die meiste Zeit in einer Sprache, die niemand außer ihnen versteht. Ich muss gewöhnlich einen Übersetzer oder Dolmetscher holen, wenn ich etwas von der tiefsinnigen Gelehrsamkeit verstehen will. Das ist ziemlich mühsam. Aber als Menschen sind sie ganz umgänglich, das muss man zugeben. Und ich sage es klar und deutlich: Viele meiner besten Freunde sind Gelehrte!«

Diesmal gab Lilly ihm, was er ihrer Meinung nach von ihr haben wollte – ein schwaches, kaum wahrnehmbares Grinsen, das erste, das sie absichtlich zustande gebracht hatte.

Seine freudige Reaktion nahm ihr zu ihrem eigenen Erstaunen einen Großteil ihres Ärgers.

»Schon wieder gut gemacht!«, ermutigte er sie strahlend. »Ich habe es gesehen! Dein erstes Lächeln lässt hoffen, dass weitere folgen werden. Wie auch immer, ich will dir noch etwas anderes über die Gelehrten erzählen.« Er blickte sich um, als könnten sie belauscht werden, und senkte die Stimme. »Gelehrte erscheinen häufig als Besucher in der Zuflucht. Die drei Fremden, die dich sehen wollen, werden dich zweifellos unter dem Mikroskop studieren wollen. Irgendwann werden wir es ihnen erlauben müssen. Aber es gibt einen Trick, der meiner Erfahrung nach bei Gelehrten wirkt. Man muss ihnen Wein zu trinken geben, oder etwas Stärkeres. Je mehr sie trinken, desto leichter sind sie zu verstehen.«

John gluckste. Lilly musste zugeben, dass das *ein bisschen* witzig war. »Alles in allem sind sie eine liebenswerte Bande, und ich habe sehr viel von ihnen gelernt. Aber das gebe ich in ihrer Gegenwart nie zu!« Sein Blick schweifte nachdenklich ab. »Es muss anstrengend für sie sein, immer so begriffsstutzig durch die Welt zu gehen.«

Lachend stand John auf. Lillys Möglichkeiten, sich zu äußern, waren begrenzt, aber immerhin brachte sie ein Krächzen hervor und ihre Lippen verzogen.

John war selig. »Ich hab's gesehen! Und ich muss sagen, schon mit dem Anflug eines Lächelns siehst du wie eine wunderschöne Prinzessin aus!«

Er hatte ihr Selbstvertrauen stärken wollen, doch seine Bemerkung löste eine Reaktion aus, die sich ihrer Kontrolle entzog. Was er sagte, und wie er es gesagt hatte, stürzte sie in einen Abgrund der Furcht.

Es begann als eine Art Beklemmung, die wie eine Flutwelle über sie schwappte, und verstärkte sich durch die Tatsache, dass sie sich nicht bewegen konnte. Sie zwang sich, tief und langsam zu atmen. Langsam ebbte der Adrenalinstoß der Angst wieder ab. Zögernd ließ sie zu, dass sich ihr Körper entspannte, und atmete durch zusammengebissene Zähne ein und aus. Durch einen Tränenschleier hindurch starrte sie an die Decke.

Wieder trocknete ihr der Mann sanft die Augen und Wangen. Obwohl er es gut meinte, war ihr seine Berührung unerträglich. Doch sie konnte sich ihr nicht entziehen. Sie begann am ganzen Körper zu zittern.

»Mein liebes Mädchen.« John seufzte. »Ich wünschte, du könntest dich an deinen Namen erinnern.«

Die Tränen schienen vorläufig ihre einzige Sprache zu sein – eine Sprache aus unverständlichen, flüssigen Worten.

»Ich bin gleich wieder da.« John tätschelte ihren Arm und verließ den Raum.

Sie verbot sich den leisen Wunsch, er möge Verständnis für sie aufbringen. Stattdessen stieg der altbekannte Zorn in ihr auf, der sie immer fester in den Griff bekam. Sie war froh, dass John fort war, und schloss die Augen.

Eine Hand ergriff die ihre. Die Finger einer Mutter. Warm und weich. Die Lähmung wich aus Lillys Armen und Beinen, und ihr Zorn verflog.

»Lilly!« Evas Stimme streichelte ihr Gehör wie eine milde Brise. »Komm zurück! Komm und sieh her!«

Die Freude, die diese Stimme vermittelte, und die Geborgenheit durch die warme Hand besiegten Lillys Widerstände. Sie hob den Blick, in der Erwartung, Evas Gesicht zu sehen, und staunte. Nur eine Armlänge entfernt erhob sich die turmhohe Barriere aus Lichtblitzen und donnernden Wasserfällen. Doch als sie einen Schritt darauf zu tat und die Hand hob, um sie zu berühren, meldete sich eine Flüsterstimme tief in ihrem Inneren zu Wort: »Unwürdig.«

Sie drehte sich um und blickte hinter sich, wo am Horizont langsam eine feuerrote Sonne versank. Wie ein Blumenmädchen bei der Hochzeit warf die Nacht Schatten auf die Erde, um das Nahen eines Geliebten anzukündigen.

Leise fragte Lilly: »Mutter Eva, was ist das für eine Wand hinter mir?«

»Wir stehen vor der Grenzlinie von Eden.«

»Eden? Wie der Garten Eden?« Der Name weckte eine Erinnerung, die lange in ihr geschlummert hatte. »Als ich klein war, ist meine Mama immer mit mir zur Kirche an der Ecke gegangen und hat mich dagelassen, damit ich mir Geschichten anhöre. Ich dachte, Eden wäre überschwemmt worden.«

Evas Lachen klang hell und klar wie eine Gebirgsquelle, und Lilly wurde verlegen. Eva zog das Mädchen näher zu sich heran.

»Lilly, du hast von mir nichts zu befürchten. Ich amüsiere mich, weil du etwas Lustiges gesagt hast. Ich werde nie lachen, um dich zu beschämen.«

Das Mädchen wusste nicht, was es darauf antworten sollte. Als sie schließlich den Mund aufmachte, kam ein Geständnis heraus. »Ich komme mir dumm vor, wenn ich etwas nicht weiß, das ich wissen sollte.«

»Mein Liebes, wie kannst du etwas lernen, es sei denn, du weißt es vorher nicht?«

»Das weiß ich nicht.« Dann musste Lilly selbst lachen. »Ah, ich verstehe.«

Eva zeigte nach oben, nach unten, nach links und rechts, in die Nähe und die Ferne. »Eden hat sechs Grenzen, wenn du den Boden mitzählst. Eden ist ein Würfel. Weißt du, was ein Würfel ist, Lilly?«

»Ja«, murmelte das Mädchen. »Ich bin zur Schule gegangen. Ich will nicht unhöflich sein, weißt du, aber das ist doch nur ein Märchen. Das alles hier. Sogar du. Ich bin dabei, verrückt zu werden, hast du das vergessen?«

»Lilly, weißt du, dass Gott alles erschaffen hat, was existiert?«

»Nur in diesen Träumen hier«, antwortete Lilly. »In meinem echten Leben, ohne solche Halluzinationen, glaube ich an nichts von alledem. Ich glaube, dass alles aus dem Nichts entstanden ist.«

»Ich habe nicht gefragt, was du glaubst. Ich habe gefragt, was du weißt.«

»Was ist der Unterschied?«

»Sehr interessant! Diese Halluzinationen könnten dich von Dingen überzeugen, an die du bisher nicht geglaubt hast. Erfahrung ist eine Kraft, die man nicht zu schnell abtun sollte.« Lilly entging die Ironie der Herausforderung nicht.

»Es ist sicherer, alles abzutun«, sagte sie. »Gerade dann, wenn es so aussieht, als wäre es unbestreitbar wirklich.«

Eva war eine Weile still und wandte sich dann wieder dem Garten zu. »Eden ist eine Quelle der Freude, die tiefste und wahrste überhaupt. Es wird eine Zeit kommen, in der dieser Garten die gesamte Schöpfung und alle Dimensionen in sich einschließen wird.« Diese Aussage brachte etwas in Lilly zum Klingen, als habe ein zarter Windhauch eine Saite in Schwingung versetzt.

Dann wurde sie von neuen Vorgängen um sich herum in Bann geschlagen. Riesige, vielfarbige, hoch auflodernde Feuersäulen hatten sich am Rand des Plateaus postiert. Innerhalb des Areals, die diese Feuer bildeten, ordneten sich Geistwesen mit choreografischer Präzision zu mehreren Reihen. Jenseits der Grenze materialisierten sich, wie aus dem Erdboden, Himmel oder den Bäumen hervordrängend, die unterschiedlichsten belebten Vierbeiner, Menschenähnliche und Vögel. Lilly glaubte zu ahnen, dass sich hinter ihnen Scharen von Kriechtieren einfanden, Amphibien und Insekten, Reptilien, Sichtbare wie Unsichtbare. Und auch in den Ozeanen, viele Meilen entfernt, regte sich etwas. Das Universum hatte in seiner Betriebsamkeit, in den einfachen Bewegungsabläufen wie in den täglichen Überlebenskämpfen innegehalten, um andächtig und ergeben seinen Respekt zu zollen.

Während die Nacht Einzug hielt, erschienen Myriaden eleganter, blinkender Lichter in bunt zusammengewürfelten Farben. Unzählige flinke Wesen, in alle Farbschattierungen des Spektrums gekleidet, verteilten sich wellenförmig am Himmel. Die Zahl der Anwesenden stieg, ebenso die freudige Erwartung. Der gesamte Kosmos zog sich zusammen, zur vorgegebenen Zeit am vorgegebenen Ort. Es war wie ein verhaltenes und doch entschiedenes Atemholen, das die Geburtswehen einläutete.

Lilly fand sich unversehens, umgeben von Lichtwesen, im Mittelpunkt der Versammlung wieder. Immer mehr Reize stürmten auf ihre Sinne ein. Klänge verflochten sich wie Fäden zu einem lebendigen, wohlriechenden Teppich. Die Streicher dufteten nach Myrrhe und Sandelholz, die Bläser nach Weihrauch und Früchten, aus den Holzblasinstrumenten strömte der Duft von Hyazinthen, Fichten, Flieder, Lavendel und Geißblatt, die rhythmischen Schlaginstrumente tönten nach Zimt und Nelken, Kurkuma und Ingwer. Selbst die fernsten Sterne stimmten mit ihren Liedern ein. Die gesamte Schöpfung stand in Erwartung.

Sie mussten nicht lange warten, denn in dem Wall, der den Garten Eden umgab, tat sich majestätisch eine Öffnung auf und helles Licht strömte heraus. Sekunden später waren Lilly und Eva die Einzigen, die noch aufrecht standen. Alle anderen verbeugten sich tief in ehrfürchtiger, glückseliger Anbetung.

Eva stieß Lilly an: »Sie kommen.« Aber Lilly starrte längst wie gebannt in Richtung der näher kommenden

Glut. Sie sah einen Wirbel aus feurigem Karneolrot und blinkendem Smaragdgrün, eingefasst von schwirrendem Jaspis. Die Farben verschmolzen miteinander, bis aus ihrer Mitte eine einzelne Gestalt hervortrat … ein Mensch.

»Wer ist der Mann?«, flüsterte Lilly.

»Er ist nicht nur ein Mann. Er ist der Ewige. Der Immerwährende Gott! Adonai!«

»Ein Mann ist Gott?«

Aber Eva gab ihr keine Erklärung.

Der Ewige trug ein weißes Lichtgewand und schien zu tanzen. Ein einfacher Kranz aus Weinblättern schmückte Sein Haupt. Lilly war fasziniert; ihr ganzes Sein sehnte sich danach, zu Ihm zu laufen und Ihm all ihre Geheimnisse anzuvertrauen, neu zu werden, mit Seiner Herrlichkeit zu verschmelzen, sich von ihrer Scham zu befreien. Hier stand die Glaubwürdigkeit in Person. Mit einem Lächeln zur Begrüßung hob Er die Hände, und die Liegenden erhoben sich auf die Knie.

Was dann geschah, hatte Lilly nicht erwartet. Auch der Ewige kniete nieder und scharrte wie ein Kind im Sandkasten mit den Händen rötlich braunen Sand zusammen. Er spielte, aber er strahlte dabei vollkommene Konzentration und überströmende Freude aus. Dann setzte Er sich hin und schob den Staub zwischen Seine Beine. Ein sanfter Wind erhob sich, der ihm das Haar zerzauste und ihm half, Seinen Schatz aufzuhäufen. Lilly reckte neugierig den Hals. Mann und Wind waren vorsichtig und achteten darauf, dass nicht ein einziges Stäubchen verloren ging, denn jedes war bedeutsam.

Zwei Stimmen lachten. Eine war die des Ewigen, die andere die des Windes – ein klares, unbeschwertes Kinderlachen. Auch Tränen vergoss der Ewige mit Leichtigkeit, doch es waren Freudentränen, und sie tropften aus seinen Augen auf den Staub, den er mit Seinen kräftigen Händen zwischen den Schenkeln angehäuft hatte.

Dann begann er zu singen. Das Lied unterschied sich von den anderen Melodien, die Lilly bisher gehört hatte. Als das neue Lied über sie hinwegflutete, fiel sie auf die Knie. Etwas Größeres als Aufregung durchpulste sie. Zum ersten Mal, seit sie sich erinnern konnte, empfand Lilly Hoffnung.

Worauf sie hoffte, hätte sie nicht sagen können. Ihr Herz klopfte stärker.

Auf dem Staubhäufchen blubberten Blasen, und blutrotes Wasser quoll heraus, als befände sich darunter ein unsichtbarer Brunnen. Adonai sang hinein und tauchte lachend und weinend zugleich Seine Hände in die heilige Masse, und sein Gesang zwang Lilly aufzuspringen. Die Geburt war fast vollendet. Dann ertönte ein durchdringender Schrei, und Adonai hob ein Neugeborenes hoch in die Luft.

»Ein Sohn ist geboren, ein Sohn ist geboren!« Die gesamte Schöpfung brach in Jubel aus, und Lilly ließ sich von der Woge der Geburtstagsfreude mitreißen.

Um die Menge zu übertönen, rief sie, so laut sie konnte: »Mutter Eva, hast du das gesehen?« Doch Eva war unauffindbar. Lilly blickte sich suchend um. Aber sie *hatte* es gesehen, dessen war sich Lilly sicher. Eva hatte ihr Versprechen gehalten. Dass sie Zeugin dieser Geburt geworden war, hatte zwar starke Gefühle und Sehnsüchte in ihr geweckt, aber bedauern konnte sie es beim besten Willen nicht.

Als Nächstes ertönte über dem allgemeinen Tumult die kristallklare, weiche Stimme des Ewigen: »Dies ist meines Herzens Freude, die Krone der Schöpfung. Ich zeige euch meinen geliebten Sohn, den meine Seele liebt. Wir geben ihnen den Namen Adam.«

Ihnen?

Das Baby bewegte sich nicht. Lillys Hoffnung schwand schlagartig. Erst ratlos und dann entsetzt schrie sie: »Das Baby! Das Baby atmet nicht!«

»Sie hat einen Krampf!«, schrie John wie aus weiter Ferne. »Tu etwas!«

Lilly spürte, wie ihr Körper erbebte und Muskeln zuckten, sich zusammenzogen und wieder ausdehnten. Durch ihre geschlossenen Lider nahm sie ein warmes, waberndes Licht wahr. Gleich darauf fühlte sie sich schwerelos, und ihre Krämpfe wurden von dem, was sie umfloss, abgeschwächt.

»Schalte es ab!«, befahl eine Frauenstimme.

Aber das Baby atmet nicht!, schrie sie stumm, kurz bevor ein blendend weißes Licht aufblitzte. Ihre Augen klappten wie von selbst auf, und sie erblickte einen weiten Raum, in dem sich nichts bewegte. Einen Himmel, der kein Himmel war. Blau, flach, unansehnlich. Sie befand sich wieder in ihrem Zimmer und lag ebenso steif auf dem Rücken wie das leblose Kind.

GEHEIMNISSE

Die Sorge um das Baby nagte an ihr. Wie eine Zunge, die immer wieder eine neue Zahnlücke erforschen muss, kehrten ihre Gedanken zu ihren Erlebnissen zurück. Nach zwei Nächten ohne Visionen und Träume jedoch, regten sich die ersten Zweifel. Was sie gesehen hatte, während sie in der dichten, atembaren Dunkelheit schwebte, musste eine Reaktion auf die Medikamente gewesen sein, die man ihr eingeflößt hatte. Ungeordnet zogen Bildfolgen durch ihren Kopf, ein Mischmasch von Geschichten aus dem Kindergottesdienst und Fernsehsendungen aus einer fernen Vergangenheit. Das war die einzig plausible Theorie, die einzige Deutung, die sie sich zusammenschustern konnte, denn die Alternativen waren zu bizarr, um sie ernsthaft in Erwägung zu ziehen. Andererseits … gab es da dieses Baby.

Obwohl Lilly spürte, dass ihre Kräfte allmählich zurückkehrten, blieb ihr Blick starr nach oben gerichtet. Ihr Zimmer ähnelte einer Höhle. Die gewölbte Decke war in Muschel- und Elfenbeintönen gestrichen, durchzogen von welligen Streifen in Porzellanweiß und Perlmutt.

Vom Rand her schoben sich Lavendel- und Taubenblau in ihr Gesichtsfeld. Die Decke erinnerte an das Himmelsgewölbe, dieser Himmel jedoch veränderte sich nie. Vielleicht bestand er aus Marmor, und seine seltsam tröstlichen Muster wurden durch die stets gleichbleibenden Lichtverhältnisse hervorgehoben.

Lilly hielt Ausschau nach etwas, das sich bewegte, und wenn es nur ein Käfer oder ein anderes Insekt gewesen wäre, aber der Raum war steril und ihre einzige Gesellschaft bestand aus John und Letty. John hatte ihr keinerlei Anlass gegeben, sich vor ihm zu fürchten, doch Lilly war lieber auf der Hut.

Während ihrer langen Rekonvaleszenz hörte sie Johns ungezwungenem Geplauder zu und nahm alle Informationen gierig in sich auf. John war weder attraktiv noch hässlich, er hatte ein nettes Gesicht, das aufleuchtete und fast schön wurde, wenn er lächelte oder lachte. Sie studierte dieses Gesicht jedes Mal, wenn er sich über sie beugte, und suchte nach verborgenen oder verdächtigen Zügen. Hundertprozentig trauen konnte man ihm nicht, lautete ihr Fazit. Seine Haut war von einem sehr dunklen Braun, als hätte er sich lange in der Sonne aufgehalten, und er trug einen kurzen, gepflegten Bart. Sein Haar war graumeliert. Seine Gesichtszüge hätte sie am ehesten dem Nahen Osten zugeordnet. Er war alt, wenn auch nicht sehr alt. Auf gewisse Weise mochte sie ihn, aber dieser Gedanke war ihr unangenehm.

Ihre eigene Identität und Geschichte blieben weiterhin ein Rätsel. Sie waren von dunklen Flecken umgeben, die zu dicht und düster waren, als dass sie sie hätten erforschen wollen. Und einer Sache war sich Lilly ganz sicher, unabhängig von allen persönlichen Details: Männer waren unberechenbar und gefährlich.

John redete zwar viel, aber zu viele Informationen schien er nicht preisgeben zu wollen. Vielleicht fürchtete er, das Mädchen zu überfordern oder einen neuen Krampfanfall auszulösen. Es war ein Tanz auf dem Drahtseil, ein gegenseitiges Umkreisen von zwei Leben, die unauflöslich miteinander verbunden waren und doch argwöhnisch Distanz hielten.

So wie das Augenblinzeln für ›Ja‹ und ›Nein‹ mit der Zeit von einem rauen Krächzen und Stöhnen abgelöst worden war, so wurde aus diesem allmählich ein mühsames, von kurzen Atemstößen begleitetes Geflüster.

»Mein Name ist Lilly«, keuchte sie eines Tages, als sie John in den Raum kommen hörte. »Lilly Fields. Ich erinnere mich wieder.«

»Oh, hallo, Lilly Fields!«, rief John erfreut. »Die Lilien auf dem Felde! Das ist ein wunderbar bildhafter Name. Er passt viel besser zu dir als Ägypten. Nicht dass ich etwas gegen Ägypten hätte.«

»Ägypten?«

»In dem Container, in dem du gefunden wurdest – in dem *ich* dich gefunden habe –, lagen auch Ordner und Fotos. Das wenige, was wir über deine Identität wissen, stammt von Dokumenten mit einem Bild von dir, auf denen du Ägypten genannt wirst. Das ist offensichtlich ein Deckname. Du siehst für mich sowieso mehr wie ein Inselmädchen aus und nicht wie ein Wüstenkind, obwohl du nach Auskunft der Heiler genetische Marker von Menschen aus beiden Regionen hast.«

»Äh, ja, danke schön.«

John schob sich in ihr Blickfeld. »Ich bin neugierig«, sagte er. »Was hat dich an deinen Namen erinnert?«

»Ein Traum«, erwiderte sie. »Oder eine Halluzination. Weiß nicht genau.«

»Ah, noch mehr Träume. Das ist gut. Willst du mir von ihnen erzählen? Du scheinst viel zu träumen.«

Lilly überlegte. »Nein. Sie sind verwirrend.«

Wie konnte sie ihm etwas erzählen, das sie selbst nicht verstand? Sie zog sich wieder in sich selbst zurück. Sie fand keine Erklärungen für das Baby und Anfänge oder für diese großartige, fremde schwarze Frau namens Eva, die behauptete, ihre Mutter zu sein. Woher sollte sie wissen, ob sie nicht doch schon längst auf den Rand des Wahnsinns zutaumelte?

In jener Nacht hatte Lilly, nachdem es still geworden und das Licht abgedunkelt war, den Eindruck, sich im Freien zu befinden und in den weiten kosmischen Raum zu blicken. Ferne Lichtquellen blinkten in ihr dunkles Gefängnis hinein und wanderten hin und wieder in einem grandiosen, souveränen Tanz über den Himmel. Ein Muster war in diesem unregelmäßig an- und abschwellenden Schauspiel nicht zu erkennen. Die Bewegungen entfachten starke Gefühle, die das betrafen, was sie mit Eva zusammen erlebt hatte – das tiefe, immer dichter werdende Dunkel, und dann das wunderbarste Aufblühen, das man sich vorstellen konnte.

Sie glitt zwischen Wachen und Schlafen dahin, wie auf einem Strom, doch immer, wenn sie auf das Ufer des Friedens zutrieb, rührte der klägliche Schrei eines Kindes wieder an ihre Angst.

Einmal glaubte sie spätabends eine Unterhaltung zu hören. Während das Pendel zwischen Nacht und Tag hin und her schwang, wurde sie von kargen Erinnerungsfetzen heimgesucht, aber sie blieben ihr nie lange erhalten.

»Komm mit und sieh her«, sagte eine Frau und ergriff einmal mehr Lillys Hände.

»Eva?« Schlagartig war Lilly wach.

Die Frau lachte und schloss Lilly in die Arme. »Mein Liebes«, flüsterte sie, »du bist am Leben und ich bin die Mutter der Lebendigen. Du musst mitkommen und das Kind bezeugen, das dich so sehr beschäftigt.«

Wieder hatte Lilly das Gefühl, durch einen schwarzen, alles verschlingenden Vorhang zu treten, der die Zeiten und Welten voneinander trennte, eine dunkle Barriere zwischen der Zuflucht und den Anfängen. Kaum hatte sie die Grenze durchquert, ließ Eva ihre Hand los, blieb aber neben ihr stehen, hinter ihnen war der wandähnliche Vorhang aus Licht und Wasser.

»Und das Baby?«, fragte Lilly und wollte auf die Stelle zugehen, wo der Ewige es aus dem Staub gehoben hatte.

Ein leichter Druck an der Schulter hielt sie zurück. Im selben Moment hob der Ewige, der vor der Grenze saß, den Kopf. Er drückte das reglose Neugeborene, das in strahlendes Licht getaucht war, lächelnd an die Brust. Er sah Lilly in die Augen, und sie spürte, wie Sein Friede sie durchflutete und einhüllte. Einen Moment lang erlöste sie dieser Blick von ihrem Kummer und den Einflüsterungen der inneren Stimmen. Dann riss sie sich von ihm los und drehte sich achselzuckend weg.

Der Wind und die Energie, die durch die Grenzwand wogten, sammelten sich nun um den Mann. Aus den dreien bildete sich ein Antlitz, das sich über das Kind beugte, um es zu küssen. Doch dies war mehr als die Berührung zweier Lippenpaare. Hier floss der Atem des Lebens, und mit diesem Atem wurde aus dem verletzlichen Säugling eine lebendige Seele.

Ein zarter Schrei durchdrang die Nacht, und Lilly atmete erleichtert auf.

»Mein Adam ist geboren«, flüsterte Eva, deren Hand noch immer auf Lillys Schulter lag, dem Mädchen zu.

Auf den ersten, lebensbejahenden Schrei des Kindes folgte donnerndes Jubelgeschrei, und zahllose Geistboten trugen die Botschaft bis an die äußersten Ränder des Kosmos.

»Sie kennen die Pforten und Fenster, die in das Gefüge der Welten eingebaut sind«, erklärte Eva. »Sie machen sich auf, um die Botschaft weiterzutragen, die gute Nachricht des Vaters.«

Drei mächtige Gestalten näherten sich der Versammlung, zwei von entgegengesetzten Enden der Wand und eine aus der Dunkelheit dahinter.

»Wer ist das?«

»Cherubim«, erwiderte Eva ehrfürchtig. Neben den Gestalten wirkte der riesige Wall, der Eden umgab, geradezu unbedeutend, aber als sie näher kamen, veränderte sich ihre Größe und sie überragten die anderen Anwesenden nicht mehr. Lilly allerdings fühlte sich, als wäre sie geschrumpft. Die Füße der Gestalten schienen den Boden nicht zu berühren, und Lilly nahm undeutlich die Bewegungen gewaltiger, unsichtbarer Flügel wahr.

Die beiden, die vom Wall gekommen waren, senkten die Häupter, der dritte jedoch wartete noch ein wenig, bevor er es ihnen nachtat. Auf seiner prächtigen Krone funkelten zwölf Edelsteine in allen Regenbogenfarben. An diesen Engel richtete der Ewige das Wort.

»Schaue und sieh, Gesalbter Cherub. Hier in meinen Armen liegt, von meiner Brust genährt, der höchste Ausdruck meiner Schöpfung. Diese Geschöpfe herrschen über alle anderen, die sichtbaren wie die unsichtbaren.«

Tausend Fragen stürmten auf Lilly ein, aber sie war hilflos dem allgegenwärtigen Hochgefühl ausgeliefert und fühlte sich aus Gründen, die sie nicht benennen konnte, von dem Neugeborenen stark angezogen.

Die Stimme des Engels war warm, sein Ton beherrscht. »Adonai, was ist dieses Anhäufen von Erdenstaub? Gibt Dein Atem ihm eine neue Bedeutung? Sie mögen nach Deinem Abbild und Angesicht geschaffen sein, aber sie sind so anfällig, schwach, und deshalb … bedeutungslos. Du bist der Eine, der die Bedingungen festlegt. Dein Wesen ist unantastbar, warum also hast Du Dich in ewiger Schwäche offenbart? Du möchtest, dass wir unsere Hoffnung und unser Leben auf dieses … hilflose Stückchen lebendiger Materie setzen?«

Lilly fühlte sich persönlich angegriffen. »Alle Babys sind schwach«, knurrte sie durch zusammengebissene Zähne.

»Und wir bleiben es«, konterte Eva liebevoll. Lilly blickte zu ihr auf, aber Eva sprach nicht weiter.

»Überrascht?«, fragte der Ewige den Cherub. Sein Blick, der mütterliche Zuneigung und väterliche Güte in sich vereinte, war rein und gut und voller Liebe. »Es liegt in meiner Natur zu überraschen. Willst du, Geliebter und Gesalbter Cherub, eine ehrenvolle Aufgabe übernehmen?« Er hielt Sein Kind dem Engel entgegen. Lilly sah, dass die Nabelschnur des Babys noch mit der Erde verbunden war.

Einen Moment lang wirkte das mächtige Wesen verwundert. »Machiara?«

Der Ewige nickte.

Evas Griff an Lillys Schulter wurde fester. Der Engel nahm das Kind nicht zu sich, sondern holte aus seinen flirrenden Gewändern einen kleinen, rasiermesserscharfen Dolch hervor und präsentierte ihn den Anwesenden. Lilly hielt die Luft an. Er konnte mit Leichtigkeit dem Kind die Kehle durchtrennen und damit die Anfälligkeit des kleinen Wesens beweisen.

Doch der Engel durchtrennte nur die Nabelschnur, und Adonai barg das Baby wieder an seiner Brust. Es schlief friedlich weiter in der sicheren Obhut Gottes.

»Ich danke dir.«

»Ich bin auf immer geehrt«, erwiderte der erstaunte Engel, während er das Messer untersuchte. Winzige Blutstropfen hingen an der Klinge. »Dies ist das Beste und Höchste, das Du geschaffen hast?« So leise die Frage gestellt wurde, sie war nicht zu überhören. Der Engel wischte die Klinge an seinem leuchtenden Gewand ab und steckte sie in die verborgene Scheide zurück.

»Es gibt Mysterien, die selbst dir verborgen sind, Glänzender.« Adonai hielt das Baby in den Armen und wiegte es, Sein vordem weißes Gewand war mit Erde, Blut und Wasser befleckt. »Dieses Wesen muss nichts beweisen, um geliebt zu werden. SIE sind Knochen von meinem Knochen, Fleisch von meinem Fleisch, und meine immerwährende Liebe zu IHNEN wird nie nachlassen oder sich trüben. SIE können nicht in den Zustand der Unwürdigkeit abgleiten.«

Lilly traten Tränen in die Augen, und ihr Hals wurde eng. Sie kannte den Grund dafür nicht und schämte sich. »Warum nennt Er Seinen kleinen Jungen SIE?«, fragte sie Eva und wischte sich die Nässe von den Wangen.

»Schau nur hin«, erwiderte Eva freundlich, »dann wirst du es bald verstehen.«

Adonai ergriff wieder das Wort. »Hört meine Einladung an euch: Verweilt an dem euch zustehenden Platz, bleibt demütig, neigt Kopf und Herz und lasst euer Handeln von den Feuern der Liebe, der Verbundenheit und des Dienstes läutern.«

»Gewiss neige ich mich.« Der Cherub zögerte, immer noch unsicher. »Vor Dir?«

»Nicht nur vor Mir«, sagte der Gott-Mann. »Sondern vor diesem Kleinen. SIE sind deine Könige, SIE haben die Herrschaft inne, IHNEN dienst du und für SIE bleibst du an deinem angestammten Platz. Ich lade dich ein, IHNEN bedingungslos und uneingeschränkt zu dienen.«

»Mit Freuden neige ich mich und gelobe, dem Menschen zu dienen, wie ich Dir diene!«, erklärte das Himmelswesen. Von Lichtwirbeln umgeben, verneigte sich der Gesalbte Cherub, umarmte das Kind und küsste den Ewigen auf die Wange.

»Das ist sehr gut!«, verkündete Gott. »Seht das Kind! Der Schoß der Schöpfung ist wahrlich gesegnet. Lasst nun alle, einen jeden auf seine Weise, mit Stimme oder Atem, diese Ankunft feiern. Die gesamte Schöpfung ist das große Gute! Mit dieser Geburt ist der Sechste Tag gekrönt und vollendet. Wir ruhen von Unserer Arbeit.«

Als Lilly erwachte, rannen Tränen über ihre Wangen in ihre Ohrmuscheln. Hier in der Zuflucht konnte sie sie nicht abwischen.

Hatte sie gerade die Geburt Adams miterlebt? Wie war das möglich? Das Neugeborene hatte in ihr die tiefe Sehnsucht geweckt, zu jemandem zu gehören, von jemandem gehalten zu werden, der einen grundlos liebt. Es war sicherer, solche verwirrenden Gefühle von sich fernzuhalten. Und Adonai? Warum hatte sie den Impuls verspürt, zu Ihm zu laufen? Ja, im Grunde hatte sie *in Ihn hineinlaufen*, von Ihm erkannt werden wollen. War Er Gott? War Er ein Mann? Ihre Gedanken kreisten immer schneller und zogen sie in die Dunkelheit hinab. Sie konzentrierte sich auf den Atem. Ein, aus, ein, aus, ein, aus.

John trat mit einem Lappen an ihr Lager, der weich war wie Katzenfell, und tupfte ihr die Tränen ab. »Wenn du kräftiger bist und aufstehen kannst, bringe ich dich in die Kammer, wo ich die angeschwemmten Gegenstände aufbewahre. Das könnte dir helfen.«

»Welche Gegenstände?«, krächzte sie.

»Alles Mögliche. Die Sachen aus deiner Zeit und deinem Herkunftsort. Kein einziges gutes Buch allerdings. Liest in deiner Welt denn keiner mehr?«

»Ich kann mich nicht erinnern, dass ich viel gelesen hätte«, sagte Lilly. Ihre Stimme klang heiser, und John gab ihr etwas zu trinken, um die Kehle zu beruhigen.

»Traurig«, sagte er kopfschüttelnd. »Das richtige Buch kann den gesamten Kosmos verwandeln, genau wie das richtige Lied oder die richtige Liebe – für die richtige Person natürlich nur. Und von da aus geht die Verwandlung weiter.«

»Warum kann ich mich an nichts erinnern?«

Johns Gesicht schob sich zwischen sie und die Marmordecke. »Traumata und Tragödien können eine Form von Gedächtnisverlust auslösen, aber solche Erinnerungen kehren gewöhnlich im Lauf der Zeit zurück. Als der Rat beschloss, dass du hier in der Zuflucht behandelt werden sollst, kam es zu beängstigenden Vorfällen. Du hattest immer wieder Krämpfe, die all das, was wir erreichen wollten, fast zunichtegemacht hätten. Deshalb setzten wir eine Reihe von Gedächtnishemmern ein.«

»Was?«

»Nicht auf Dauer. Wir haben die Dosis in den letzten Tagen nach und nach reduziert. Es könnte sein, dass du demnächst Flashbacks hast. Das bedeutet, dass blockierte Erinnerungen zurückkehren. Nicht dass du verrückt wirst.«

»Jippie!«, murmelte sie.

Er lachte und setzte zu einem langen Vortrag über Kinderbücher und ihre Bedeutung als Bausteine der Zivilisation an. Als er ein bestimmtes Buch erwähnte, merkte Lilly, wie sie auf einmal ohne Vorwarnung in einen Strudel von Gedankenfetzen gesogen wurde.

Bilder aus ihrer Kindheit stürmten ungebeten auf sie ein und erstickten ihre Gedanken wie ein Wasserschwall ein Feuer.

Sie war ein kleines Mädchen. Eine Frau las ihr eine Geschichte über einen Prinzen, eine Schlange, einen Fuchs und eine Rose vor, während sie in einem schäbigen Fähnchen zu einer inneren Melodie, Pirouetten drehte. Sie drehte sich, bis die Schatten um sie her näher rückten, und dann bekam sie Angst und rannte weg.

Die nächsten Bilder überfielen sie blitzschnell und brutal: Sie versteckte sich in einem dunklen Schrank unter einem Haufen muffiger Kleider. Als sie durch die Ritzen spähte, sah sie eine Frau schlaff am Boden liegen. Ein Mann stand über ihr. Dann näherten sich ihrem Versteck Schritte. Sie kniff die Augen zu und verkroch sich an dem einzigen Ort, der ihr sicher schien, ganz tief in ihrem Inneren. Langsam drehte sich der Griff.

Wieder stiegen ihr Tränen in die Augen, die sie nicht aufhalten konnte.

»Manchmal rede ich zu viel«, sagte John entschuldigend und tupfte ihr das Gesicht ab.

»Schon okay.« Mehr brachte sie nicht heraus. Aber sie wollte auf keinen Fall, dass er sie für noch verletzlicher und hilfloser hielt, als sie sich schon fühlte.

»Stell dir vor, Lilly«, fuhr John fort, »ich habe gute Neuigkeiten! Du hast so gut auf die Medikamente reagiert, dass wir nun tun können, was nötig ist, um dir deinen eigenen Körper zurückzugeben.«

»Was soll das heißen?«

»Das heißt, dass wir die medikamentöse Behandlung einstellen, Lilly, und die Regeneration des Körpers einleiten. Wir beginnen mit dem Sitzen. Mit der Zeit wirst du wieder gehen, tanzen und singen können – du wirst wieder alle Fähigkeiten haben, die bei der Geburt in einem Kind angelegt sind.«

Bei dem Wort ›tanzen‹ zuckte Lilly zusammen, aber woher hätte John ahnen sollen, was er damit anrichtete?

John redete munter weiter. »Das bedeutet für dich harte Arbeit, aber ich persönlich glaube, dass es nichts gibt, was du nicht erreichen kannst. Was meinst du dazu?«

»Ich bin mehr als bereit.« Der Atem strömte aus ihr heraus, als hätte sie ihn seit Monaten angehalten.

»Gut! Und zur Feier des Tages habe ich dir ein kleines, selbst gemachtes Geschenk mitgebracht.«

»Ein Geschenk?« Eine Welle von Übelkeit erfasste sie. Verstört fragte sie sich, wieso die Erwähnung eines Geschenks sie so aus der Fassung brachte.

»Du sagst, du hättest nicht viel gelesen, aber meiner Meinung nach ist jede Person eine Geschichte und damit auch ein Geschichtenerzähler. Das Problem ist, dass viele befürchten, sie könnten versagen, und deshalb gar nicht erst anfangen. Aber du, liebe Lilly, bist ein mutiges Mädchen.« Er hielt einen flachen Gegenstand hoch, der in geblümtes Papier eingeschlagen und mit einer smaragdgrünen Schleife verziert war.

»Ach, John, du weißt doch, dass ich mich nicht bewegen kann.«

»Natürlich! Ich habe es selbst eingepackt, was beweist, dass ich über die nötigen Gene verfüge, um es auch wieder auspacken zu können.«

»Also dann?«

Er wickelte vor Lillys Augen sorgfältig das Papier ab, bis ein elegantes Tagebuch mit Ledereinband zum Vorschein kam. Eine Reihe von Kreisen war per Hand aufgeprägt, und es hatte einen raffinierten Verschluss. In dieses Tagebuch konnte sie täglich Gedanken, Gedichte oder irgendwelche Einfälle notieren. Wenn sie auf Privatsphäre Wert legte, konnte sie den Inhalt sichern, indem sie die Hand auf den Einband legte. John zeigte ihr, wie es funktionierte. Er schlug den hinteren Deckel auf, dessen schiefergraue Oberfläche an ein Tablet erinnerte.

»Das ist ein eingebauter Rekorder. Aber ein besonderer, denn er kann deine Erfahrungen und Gefühle aufzeichnen. Du musst nichts tun, um ihn zu aktivieren, er arbeitet einfach im Hintergrund.«

Lilly merkte, wie Dankbarkeit ihren Argwohn verdrängte. Das Tagebuch war ein wunderbares Geschenk, vielleicht das netteste, das sie je bekommen hatte. »Danke, John.«

»Gern geschehen. Ich hoffe, du findest darin einen sicheren Ort. Ich schreibe auch gelegentlich. Schreiben ist auch eine Art von Zuflucht. Ich hoffe, du wirst selbst diese Erfahrung machen.«

»Vielleicht«, erwiderte sie. »John, hast du irgendwo in deiner großen Bibliothek eine Geschichte über einen Prinzen, eine Schlange, einen Fuchs und eine Rose?«

John dachte nach. »Ja«, rief er dann, »ich weiß, was du meinst! Seit Jahren habe ich nicht mehr daran gedacht. Ich suche gleich danach.« Er lächelte. »Soll ich sie dir vorlesen?«

»Ja. Du bist nie zu alt, zu bekloppt oder zu konfus, um ein Buch in die Hand zu nehmen und einem Kind vorzulesen. Das hat Dr. Seuss gesagt.«

John lachte. »Ha, Dr. Seuss und seine Kinderbücher! Was sagtest du, wie alt du bist?«

Lilly spürte, dass sie rot wurde. Sofort verfiel sie in eine Trotzhaltung und blaffte sarkastisch: »Fünf!«

Stille. Dann erschien sein Gesicht über ihr.

»Ich wollte dich nicht in Verlegenheit bringen oder kränken«, sagte er sanft. »Ich hatte keine Ahnung, dass meine Frage dich verletzen könnte. Aber sie hat dich verletzt, und deshalb entschuldige ich mich.«

Sie versuchte, die Sache mit einem Achselzucken abzutun. Schließlich wusste sie selbst nicht, warum sie
gekränkt war.

»Schon gut.« Sie beherrschte sich, so gut es ging, aber
das Luftholen fiel ihr schwer. »Mir tut es auch leid …
dass ich dich angeknurrt habe.«

»Dann verzeihst du mir?«

Dieser kleine Akt der Freundlichkeit machte ihre Ent-
schlossenheit zunichte. Der Sturzbach an Gefühlen, den
sie mühsam zurückgehalten hatte, brach wie ein reißender Strom über sie herein. Sie weinte nicht einfach, sie
wehklagte. Sie schluchzte herzzerreißend um Verluste,
an die sie sich nicht einmal mehr erinnerte, um ganze
Schätze von Erinnerungen, zu denen sie keinen Zugang
hatte, um einen Schmerz, zu dem nur Gnade und Freundlichkeit vordrangen, sie trauerte, weil die Angst nicht
weichen wollte und sie nur ein kleines Mädchen war, das
nicht wusste, wo ihre Heimat lag, und das sich verloren
fühlte, verloren und schmerzgepeinigt. Sie konnte das
alles einfach nicht mehr zurückhalten.

Und der Mann, dieser nette Mann, weinte mit ihr. Er
neigte sich ihr zu, bis seine Stirn an ihrer Stirn lag, und
nahm ihren Kopf zwischen die Hände. Und ihre Tränen
vermischten sich. Wie eine Art Taufe, dachte sie. Verloren
und wiedergefunden, für immer und ewig miteinander
vereint.

GOTTES GARTEN

»Komm, Lilly«, flüsterte die Frau, und als das Mädchen aufstand, zuckten um sie herum Lichtblitze auf und sie fürchtete, schon wieder das Bewusstsein zu verlieren.

Doch dann kehrte ihre Sehfähigkeit zurück, und sie schnappte nach Luft. »Mutter Eva, wo sind wir jetzt?« Ihre Sinne waren überwältigt von den Farben, Klängen und Gerüchen eines großen Waldes.

»Innerhalb von Eden, vor dem Tor.« Evas starke Präsenz erfasste auch Lilly. »Adams Geburt hast du außerhalb der Grenzen erlebt.«

Der Garten war ein erstaunlicher Ort, an dem sie sich merkwürdigerweise gleich ausgesprochen wohlfühlte. Seine Wärme und Feuchtigkeit wirkten tröstlich, anheimelnd und aufheiternd. *So sollte sich Normalität anfühlen,* dachte sie. Doch auf diesen Gedanken folgte gleich ein anderer: *Du bist alles andere als normal. Du gehörst nicht hierher.*

»Lilly, möchtest du mehr sehen?«

Als Lilly nickte, ergriff Eva ihre Hand. Von einem Luftstrom getragen, stiegen sie in die Höhe. Lilly war es, als stünde sie auf festem Boden, dabei wich die Erde immer weiter unter ihnen zurück. Ein leichter Schwindel befiel sie. Doch es war nicht schwer, das Gleichgewicht wiederzuerlangen: Sie musste nur nach oben und in die Ferne schauen und darauf vertrauen, dass der unsichtbare Boden sie trug. Probeweise stampfte sie sachte mit dem Fuß auf. Ja, tatsächlich, es fühlte sich an, als träfe ihr Fuß auf einen Widerstand. Eva beobachtete sie und lächelte.

Über den Bäumen machten sie halt.

»Dies ist der Garten Gottes«, sagte Eva, »der für uns als Wohnstatt geschaffen wurde.«

Lilly staunte. »Der ist ja riesig!«

Der Garten erstreckte sich Hunderte von Kilometern in jede Richtung bis zum fernen Horizont, an dem die Begrenzungswälle wie Geysire aus Regenbogenwasser hoch in den Himmel sprudelten. Die Luft war klar, frisch und warm, wie auf Lillys unausgesprochene Bedürfnisse abgestimmt.

»Du hast gesagt, dass Eden ein Würfel ist, richtig? Aber obwohl er groß ist, kann ich mir nicht vorstellen, dass wir alle reinpassen würden.«

»Eden dehnt sich aus und zieht sich zusammen, je nach Bedarf. Es ist kein *Ort*, so wie du das Wort verstehst. Im kommenden Zeitalter, wenn alles vollendet und erlaubt ist, wird er wachsen, um die ganze Schöpfung in sich aufzunehmen.«

»Du klingst traurig«, stellte Lilly fest.

Eva lächelte ihr zu. »Nicht traurig, meine Tochter. Ich erinnere mich. Dies ist die Heimstatt der Gerechtigkeit.«

»Gerechtigkeit?«

»Gerechte Beziehungen, von Angesicht zu Angesicht und vertrauensvoll.«

»Das soll möglich sein?«, platzte Lilly heraus und schämte sich wegen ihrer unbesonnenen Reaktion. »Ich meine, gibt es so was?«

Eva drückte ihre Hand. »Ja. Und du brauchst dich nicht zu schämen, Lilly. Unsere tiefsten Sehnsüchte erinnern uns daran, dass wir etwas Wesentliches und Kostbares verloren haben. Solche Sehnsüchte sind Impulse der Hoffnung. Der Rückkehr.«

»Rückkehr wohin?«

»In diesen Garten.«

»Aber hat Gott dich nicht hinausgeworfen?«, fragte Lilly.

Eva seufzte und wollte zu einer Antwort ansetzen, doch sie wurde abgelenkt und musste lächeln. »Hör mal!«

Lilly hörte es auch. In der Ferne erklang ein Lied, das anmutig, aber auch ein bisschen falsch klang – die klare, fröhliche Stimme eines Jungen, der sich seinen Weg durch den Wald bahnte.

»Ist das …?«

»Adam? Ja. Schau doch nur!«

Aber Lilly konnte sich nicht vom Anblick Evas losreißen. Sie sah das Gesicht einer jungen, verliebten Frau.

Als sie erwachte, beugte sich John über sie.

»Warum hast du mich geweckt?«, blaffte Lilly ihn verschlafen an. Sie nahm es ihm übel, dass er sie aus ihrem Traum gerissen hatte.

»Habe ich nicht!«, widersprach er bestürzt.

»Oh. Dann guten Morgen.«

John warf einen Blick zu der blau marmorierten Zimmerdecke. »Eigentlich stimmt das mit dem Morgen nicht ganz. Eher später Nachmittag.«

»Schon?« Sie drehte den Kopf zur Seite, als wolle sie sich vergewissern, dass er die Wahrheit sagte.

»Na, so was! Sieh dich an!«, rief John gut gelaunt. »Du machst unglaubliche Fortschritte! Der ganze Gefühlsaufruhr von heute Vormittag scheint die Verbindung zwischen deinem Rückgrat und dem Kopf gelockert zu haben. Auf dieses Zeichen sollte ich achten, hieß es!«

Lilly versuchte es gleich noch einmal. Ihre Muskeln ließen nur winzige Bewegungen zu.

»Vorsichtig!«, warnte John. »Es ist sicher verlockend, aber du solltest es auf gar keinen Fall übertreiben. Wir werden nach und nach den Apparat entfernen, der dich ruhiggestellt hat.«

»Was für ein Apparat?«

»Als wir dich gefunden haben, hattest du sehr starke Verletzungen. Damit die Erneuerer und die Heiler ihr gutes Werk verrichten konnten, baten wir die Handwerker und die Baumeister, einen Apparat zu konstruieren, der dich komplett ruhigstellt und den Heilern die Möglichkeit und Zeit verschafft, dich gesund zu machen.«

»Was ist denn mit mir passiert? Was hatte ich?«

»Dein Rückgrat war mehrfach gebrochen, am Hals und an anderen Stellen. Und das war noch nicht alles. Als wir dich fanden, warst du steifgefroren. Wahrscheinlich hat dir die Kälte das Leben gerettet.« Sie merkte, dass er seine Worte mit Bedacht wählte. Vielleicht wollte er nicht zu viel preisgeben und sie nach ihrem letzten Gefühlsausbruch nicht aufregen.

»Moment mal.« Gleich mehrere Fragen drängten sich in den Vordergrund. »Wie lange bin ich schon hier, ich meine, hier in diesem Raum?«

Johns Blick schweifte zur Decke, als müsse er nachrechnen. »Fast ein Jahr.«

»Ein Jahr? Ich bin seit fast einem Jahr hier?«

»Ja, fast.«

»Woher bin ich gekommen?«

»Das haben wir noch nicht genau ermittelt, aber mit Sicherheit von der Erde.«

»Von der Erde? Du meinst, das hier ist nicht die Erde?«

John schüttelte nachdrücklich den Kopf.

»Und wo liegt dann diese … diese Insel, auf der ich jetzt bin?«

»In einem Ozean, von dem du vermutlich noch nie gehört hast. Er befindet sich in einer Falte zwischen den Welten, zwischen den Dimensionen. Es gibt viele solche Orte.«

»Das ist Wahnsinn, John.«

»So muss es dir vorkommen.«

»Hast irgendjemand nach mir gesucht? Kümmert es jemand, dass … ich weg bin?«

John seufzte. »Soviel ich weiß nicht.«

Lilly starrte ihn verängstigt an.

»Ein Jahr? Wirklich? Kann ich von hier irgendwie zurück … nach Hause?«

John räusperte sich nervös.

»Ich weiß, das muss dir alles sehr merkwürdig und beängstigend vorkommen. Ich kann mir kaum vorstellen, wie es dir jetzt geht, aber glaub mir, ich fühle mit dir, und es tut mir sehr leid.«

»Warum bin ich hier, John? Ich bin niemand!« Lilly schloss die Augen. Ihre Kehle schmerzte, und in ihrem Kopf herrschte Chaos. Ohne ein funktionierendes Gedächtnis hatte sie nichts, an dem sie die neuen Erfahrungen verankern konnte. Es gab nur vereinzelte Erinnerungssplitter, die unkontrolliert über sie hereinbrachen. Sie hatte ihre Träume, wenn sie John jedoch von ihnen erzählte, würde er sie sicher für völlig durchgeknallt halten. Sie fragte sich, warum es ihr überhaupt wichtig war, was er von ihr hielt, aber so war es nun einmal.

»Lilly, du bist kein Niemand«, sagte er entschieden. »Und was den Grund für dein Herkommen angeht – er wird in der von Gott bestimmten Zeit enthüllt werden. Du siehst müde aus. Sollen wir später weitermachen?«

»Nein, wir sind noch nicht fertig! Wage es nicht wegzugehen!«, entgegnete Lilly mit geschlossenen Augen.

John wartete.

»Was genau haben die Heiler und Erneuerer mit mir gemacht?«, fragte sie gereizt.

»Sie haben dein Rückenmark wieder mit deinem Gehirn verbunden und zusammengefügt, was, äh … was zusammengefügt werden musste. So ungefähr.«

»Was musste zusammengefügt werden?«

Seufzend erzählte John, dass nur einer ihrer Füße ihr eigener war. Die gute Nachricht, wie John es ausdrückte, war, dass ihr neuer linker Fuß weiblich war – ein Detail, das die Sache nicht weniger grotesk machte.

Als man sie halb tot gefunden hatte, erklärte er, zählte zu den vielen massiven Verletzungen auch ihr linker Fuß, der vollständig zertrümmert war. Lilly wollte wissen, woher ihr neuer Fuß stammte.

Johns Antwort war so grausig, wie sie befürchtet hatte. Der Metallcontainer, in dem sie angeschwemmt worden war, hatte mehrere fast steifgefrorene Leichen enthalten.

»Was?« Lilly hatte ein flaues Gefühl im Magen. John redete immer schneller, als könne die Geschwindigkeit den Schock auf Abstand halten.

»Die Heiler und Erneuerer kamen sofort zu dem Schluss, dass sie, wenn sie dir nicht eine Art Prothese anpassen wollten, einen passenden Fuß von einem der gerade verstorbenen Mädchen suchen mussten. Vielleicht hilft es, wenn du es dir als eine Art Organtransplantation vorstellst?« Doch Lilly hatte keine Lust, sich überhaupt irgendetwas vorzustellen.

»John? Was, glaubst du, ist mit uns passiert? Mit mir und den anderen Mädchen?«

»Ich kann nur raten.« Er schwieg eine Weile. »Lilly, jede Theorie macht mich wütend und traurig bis ins Mark. Was immer euch angetan wurde, war in jeder nur erdenklichen Hinsicht verkehrt.«

Es war, als würde ein Windstoß sie mit sich reißen, als wäre sie das letzte Herbstblatt am Baum. Um nicht ins Bodenlose zu stürzen, wechselte Lilly rasch das Thema.

»Und wann genau haben sie das gemacht, dieses … Zusammenfügen? Ich kann mich an keine Heiler und Erneuerer erinnern. Abgesehen von Letty bist du der Einzige, den ich hier zu Gesicht bekommen habe.«

»Während du geschlafen hast. Sie haben monatelang jeden Tag gewissenhaft gearbeitet, um dich wieder zu-sammenzusetzen.«

Als Lilly nichts sagte, fuhr er fort: »Sie haben diesen besonderen Raum für dich entworfen und gestaltet. Fast jede Nacht wird er luftdicht versiegelt und mit einer atembaren Flüssigkeit gefüllt. Ihre Arbeit erfordert es, dass du oft gedreht wirst und mit dem Gesicht nach unten liegst, aber sie können dich nur drehen, wenn du schwerelos bist. Morgens drehen sie dich wieder auf den Rücken und leeren den Raum. Aus deiner Perspektive kannst du es nicht sehen, aber um dich herum stehen alle möglichen mechanischen Geräte – Leitern und so weiter –, die die Arbeit erleichtern.«

Lilly schwieg. Mindestens eine Minute lag sie nur da und kämpfte gegen den Sturz ins Dunkel, der Sicherheit und Erleichterung versprach. John, dessen gutmütiges Gesicht von Sorge gezeichnet war, beugte sich über sie.

»Möchtest du noch etwas fragen, Lilly?«

»Jetzt nicht. Keine Fragen mehr.« Sie zögerte. »Warte, eine noch. Warum ich?«

Das entlockte John ein Lächeln. »Ach, Lilly, und warum nicht du?«

Seine Antwort eröffnete zwar eine andere Sicht auf ihre Situation, aber es war nicht das, was sie gefragt hatte. »Ich meine nicht ›warum ich‹ in irgendeinem kosmischen Sinn. Ich meine es persönlicher. Warum macht *ihr* euch so viel Mühe mit *mir*? Ihr kennt mich doch gar nicht. Warum ich?«

Er überlegte eine Weile. »Ich glaube, dass du in mein Leben getreten bist, weil Gott mich liebt.«

»Weil Gott *dich* liebt?«

John schmunzelte. »Ja, weil Gott mich liebt, Lilly. Das Wie und Warum unserer Verbindung ist mir ein Rätsel, aber es ist alles andere als unbedeutend. *Du* bist bedeutend! Du bist Evas Tochter.«

»Evas Tochter?« Hatte John etwa von ihren Visionen Wind bekommen? »Eva, wie bei Adam und Eva? *Die* Eva? Das ist doch nur eine Geschichte. Ein Märchen.«

»Ah, jetzt kommen wir der Sache näher.« John schüttelte den Kopf. »Märchen und Mythen werden in der Schatzkammer der Phantasie geboren; nur weil etwas als ›Geschichte‹ gilt, ist es nicht automatisch unwahr.«

»Dann glaubst du, dass die Geschichte von Eden wahr ist? Sie kam mir immer so unecht vor, wie die vom Nikolaus oder den Feen.«

»Doch, ja.« John sah sie nachdenklich an. »Soll ich dir eine Geschichte aus der Heiligen Schrift vorlesen, Lilly, wo sie zum ersten Mal niedergeschrieben wurde? Ich habe sie bei der Hand. Ich kann sie holen.«

»Na gut, wenn es dir keine Mühe macht.« Lilly wollte nicht zugeben, dass sie nun doch neugierig war.

John verschwand und kam kurz darauf mit einem alten, ledergebundenen Buch zurück. »Entschuldige, das ist nicht das Originalmanuskript, aber wenigstens ist es in der Originalsprache geschrieben, die ich lesen und leidlich für dich übersetzen kann. Besser wäre es, wir hätten einen Gelehrten hier. Möchtest du lieber warten?«

»Ich hätte lieber, dass du es liest«, ermutigte sie ihn. John zog einen Hocker heran. Er schlug das Buch hinten auf und begann vom Ende her zu lesen.

»Am Anfang«, begann er, »schuf Elohim …« Er blickte auf. »Lilly, wusstest du, dass in der alten Sprache des Ursprungs Elohim, Gott, die Mehrzahl ist und Ruach, der Geist Gottes, auch Atem oder Wind genannt, weiblich?«

Lilly zog stumm die Augenbrauen hoch und zuckte die Achseln.

John setzte noch einmal an. »Vielleicht sollte ich einfach nur lesen. Am Anfang schuf Elohim, Gott, Himmel und Erde …« Und er las ihr den ersten Schöpfungsbericht vor.

»Und dann war alles gut und Gott hat sich ausgeruht?«, fragte Lilly, in der das Lesen eine Flut von Bildern und Gedanken ausgelöst hatte.

»Ja«, antwortete John. »Es war gut, sehr gut.« Er stockte, als wolle er noch mehr sagen und entschied sich dann dagegen.

Stattdessen stand er auf und räusperte sich.

»Das war nun aber genug Aufregung für einen Tag. Wenn du möchtest, lese ich ein andermal weiter, aber jetzt ist höchste Zeit für eine Ruhepause. Alles in allem war heute ein guter Tag. Deine Träume seien gesegnet.« Er drückte auf den Schalter, durch den sich das Licht dimmen ließ, und Lillys Augenlider klappten zu, als hätte er einen Vorhang über sie gezogen.

Ungeachtet ihrer Traurigkeit erkannte sie die immer vertrautere und willkommenere Berührung, die sie emporhob und forttrug.

»Adam ist enorm gewachsen, seit du seine Geburt beobachtet hast«, sagte Eva. Es war, als wäre sie nie fort gewesen. Lilly lauschte mit ihr zusammen dem Gesang, der sich näherte.

Sie sah einen schlanken, hochgewachsenen jungen Mann aus dem Wall treten, dessen dunkle Haut rötlich braun schimmerte. Sein dichtes schwarzes Haar war geflochten und von Lehm verkrustet. Zwischen den Bäumen tanzend, hüpfend und aus voller Kehle singend, bot er in seinem Gewand aus durchscheinendem Licht einen faszinierenden Anblick.

Seine Nacktheit war Lilly peinlich. Sie wandte den Blick ab, unsicher, ob sie ihn weiter betrachten sollte. »Ich verstehe, warum du ihn magst«, sagte sie leise, »aber warum ist er … nackt?«

»Nackt?« Eva lächelte sie an. »Er wurde nackt geboren. Adam braucht keine andere Hülle als Gottes Liebe. Schwach und verletzlich zu sein ist keine Schande.«

»Er sieht nicht schwach aus.«

»Ich spreche nicht von körperlicher Schwäche, sondern von seiner vollständigen Abhängigkeit von Elohim.«

»Tut mir leid, das verstehe ich nicht«, erklärte Lilly. »Und ich verstehe auch kein Wort von dem, was er sagt.«

»Du wirst alles hören und sehen, was du als Zeugin hören und sehen sollst.«

»Kann er uns sehen?«

»Nein. Deine Anwesenheit wurde ihm nicht offenbart, und du bist noch nicht einmal geboren. Weshalb also sollte er dich sehen?«

»Aber was ist mit dir?«

Ihre Mutter antwortete nicht.

Sie schwebten gemeinsam über Adam, während er weiter singend durch das hohe Gras tanzte und gelegentlich stehen blieb, um mit Wesen zu sprechen, die Lilly nicht sehen konnte. Vor ihm plätscherte ein Bach. Vergnügt wie ein kleiner Junge, hüpfte Adam hinein. Doch auf einmal erstarrte er.

Lilly hörte Stimmen, die dieselbe, leicht misstönende Melodie wie Adam angestimmt hatten. Eine warme, sanfte Brise kam auf. Adam schien die Stimmen zu erkennen, denn er spurtete in ihre Richtung und hüpfte und drehte sich dabei in ihrem Rhythmus.

»Dies ist die Zeit, in der sie zusammen umhergehen und miteinander sprechen«, erläuterte Eva und beantwortete damit Lillys unausgesprochene Frage. »Gott und Adam. Jeden Tag begegnen sie sich vor Anbruch des neuen Tages und feiern und lachen und freuen sich aneinander.«

Eva verstummte. Sie schien einem Gespräch zu lauschen, das Lilly nicht hören konnte.

»Willst du nicht zu ihnen gehen, Lilly? Adonai lädt dich ein.«

»Mich? Er lädt mich ein?« Lilly war positiv überrascht und gleichzeitig schrecklich verlegen. Tausend Ausflüchte schossen ihr durch den Kopf, die ihr alle einflüsterten, einer solchen Einladung nicht würdig zu sein. »Muss ich?«, fragte sie.

»Natürlich nicht. Es ist eine Einladung, Liebes, kein Befehl.«

Evas Miene drückte Mitgefühl aus. Sie signalisierte, dass sie jede Entscheidung akzeptieren würde.

»Ich kann nicht«, murmelte Lilly. »Ich gehöre nicht hierher. Ich wüsste nicht, was ich sagen soll. Ich kann nicht.«

Eva umarmte sie. »Die Einladung bleibt dir erhalten, bis du so weit bist.« Ihre Worte enthielten nicht den leisesten Vorwurf. Lilly war traurig, aber auch erleichtert.

Unvermittelt wurde Adam von einem Sturmwind aus Feuer und Wasser umschlungen. Die einzige Gestalt, die Lilly außer Adam erkannte, war der Ewige. Das Blut und der Staub von Adams Geburt waren in das weiße

Licht eingegangen, das ihn wie eine dekorative Stickerei umhüllte.

Lilly wünschte sich sehnlichst, eine solche Umarmung selbst einmal zu erleben. Eva spürte dies und streckte den Arm aus, um ihr Halt zu geben.

Währenddessen setzten sich Adam und Gott an einen Baum am Waldrand. Feuer und Wind, zwei mächtige Existenzen, tanzten um sie herum. Als Lilly und Eva sich ebenfalls ein paar Meter entfernt ins Gras setzten, blickte Adonai sie an und lächelte grüßend. Seine Zuwendung durchfuhr Lilly wie ein reißender Strom. Sie leistete keinen Widerstand und hatte auch nicht den geringsten Wunsch danach.

»Er sieht mich«, flüsterte sie, fast ohne die Lippen zu bewegen. »Er sieht mich.«

»Das tut er immer«, bestätigte Eva leise. »Er sieht dich nicht nur, er kennt dich.«

»Sohn«, sagte der Ewige zu Adam, »du bist der Mittelpunkt unserer Zuneigung und die Strahlkraft unserer Herrlichkeit.«

»Und Du bist meine Freude! Ich liebe Dich ebenfalls!«, sagte Adam mit der Begeisterung eines Kindes. »Ich war kundschaften.« Er beschrieb Kreaturen, denen er bei seinen Abenteuern begegnet war. Er führte grunzend, knurrend und jaulend vor, wie er mit ihnen kommuniziert hatte.

Trotz seines jugendlichen Aussehens war Adam intelligent und hatte eine schnelle Auffassungsgabe, und Lilly staunte über sein großes Wissen.

Als Lilly einen Blick zu Eva hinüberwarf, merkte sie erstaunt, dass diese unter Tränen lächelte. Eva zog das

Mädchen zur Seite und sagte, ohne die beiden aus den Augen zu lassen: »Danke, Lilly.«

»Wofür?«

»Ich sehe ihn zum ersten Mal als Jungen, der seinen Schöpfer liebt. Dieses unbezahlbare Geschenk verdanke ich dir. Dir, Lilly.«

»Ich habe nicht …«, setzte Lilly an.

»Psst. Hör zu. Das ist wichtig.«

Adam sprach: »Eden ist aus sich selbst heraus fruchtbar. Ist es denn überhaupt von Bedeutung, dass ich pflanze und hege?«

»Ja, von Bedeutung, aber nicht notwendig«, erklärte Gott.

»Und was ist mit meinem Bewahren und Beschützen? Gibt es …« Adam wusste nicht recht, wie er seine Frage formulieren sollte. »Gibt es etwas außerhalb der Grenzen, gegen das ich mich schützen muss?«

»Du stellst kluge Fragen, mein Sohn. Du nimmst nicht nur an Körpergröße zu, sondern auch an Weisheit, die dir helfen wird, der Schöpfung zu dienen und sie zur Reife zu führen. Nimm jeden Augenblick, wie er kommt. Die Weisheit wird dich leiten und lehren. Das Bewahren ist bedeutsam, wie auch das Hegen, aber notwendig ist es nicht. Mit deinem gelassenen Hegen und Pflegen ehrst du Uns und zeigst Uns deine Liebe.«

»Natürlich liebe ich Dich«, rief Adam und kletterte in die unteren Zweige des Baumes.

»Und auch Wir lieben Dich!«

Und Adonai tat es ihm gleich und kletterte auch in den Baum, bis beide auf Ästen hockten, von denen aus sie in den Garten blicken konnten. Adam breitete die

Arme aus und balancierte ausgelassen juchzend auf einem Ast.

Nachdem er sich einen Moment verschnauft hatte, stellte er die nächste Frage.

»Warum kann ich nicht fliegen? Ich habe Geschöpfe beobachtet, die sich durch die Lüfte schwingen, und ich habe es selbst probiert, aber ich gleiche eher einem Stein als einem von ihnen.«

»Es gibt gute Mächte und Kräfte, die dich an die Erde fesseln. Eines Tages wirst du sie erforschen und bändigen, auch wenn du ihnen immer noch unterworfen sein wirst.« Gott lächelte. »Ich möchte dir eine Frage stellen. Steht es dir frei, durch diesen hindurchzugehen?« Und er klopfte gegen den Baumstamm, gegen den sie sich lehnten.

»Es steht mir frei, es zu probieren. Siehst du?«, lachte Adam und deutete auf eine kleine Beule an seiner Stirn. »Ich bin nicht so geschickt wie die Boten.«

»Adam, das Leben und die Freiheit, die dir und allen, die in dir sind, geschenkt sind, sind an deine Beziehung zu Uns gebunden. Solange wir Uns von Angesicht zu Angesicht gegenüberstehen, wird es dir an Leben und Freiheit nicht mangeln.«

An Adams gerunzelter Stirn konnte Lilly ablesen, dass ihn schon der nächste Gedanke beschäftigte. Er packte einen niedrigeren Ast und ließ sich vornüberfallen. Dann baumelte er ein Moment lang in der Luft und kam schließlich federnd und anmutig auf dem Boden auf. Adonai folgte ihm, und Adam drehte sich zu Ihm um.

»Wie könnte ich Dir mein Gesicht jemals nicht vollständig zuwenden? Mein Herz, meine Seele und mein

Geist haben nur Leben, wenn sie in Dir eine Heimat haben. Wie könnte ich … jemals …?«

Gott legte die Arme um Seinen Sohn.

»Liebe geht Risiken ein. Du hast die Freiheit, Nein zu Uns zu sagen, Nein zur Liebe, und dein Gesicht abzuwenden.«

Adam zog eine Grimasse. »Und wenn ich das täte, was würde dann passieren?«

»Wenn du dich abwenden würdest, fändest du dich in einem Schattenreich wieder. Die Dunkelheit wäre dann mit der Zeit für dich wirklicher als Ich. Von da an bis zu dem Moment, in dem du dich Mir wieder zuwendest, würde dich das leere Nichts in jeder Hinsicht in die Irre führen, nicht zuletzt bei der Antwort auf die Frage, wer Wir für dich sind und welche Rolle du für die gesamte Schöpfung spielst.«

»Hat dieser Schatten einen Namen? Hat die Abkehr einen Namen?«

»Sie verdient keinen Namen«, erwiderte der Ewige leise, »aber wenn, so würde man sie Tod nennen.«

Lilly kam es vor, als würde sich eine schwere, eiskalte Hand auf ihre Brust legen und zudrücken. »Ich kenne den Tod, Eva«, presste sie hervor, »wir müssen Adam warnen.«

Eva ergriff ihre Hand. Lilly spürte, wie sich Evas Wärme auf sie übertrug und nach einem kurzen Kampf die Kälte besiegte. Und sie spürte, wie zornig Eva war.

Im nächsten Moment hörte sie Seine Stimme, so klar, als spräche sie in ihrem Kopf: »Vertrau Mir, Lilly.« Ebenso schnell, wie sie gekommen war, wich die eisige Klammer um ihr Herz. Sie holte tief Luft.

»Ich will den Tod nicht«, entgegnete Adam leise. »Ist der Tod das Gegenteil von Leben?«

»Das Leben hat kein Gegenteil, Adam. Es gibt nichts Gleichartiges. Das Leben ist gut, es ist Unser Wesen.«

Adam überlegte. Dann sagte er: »Ist etwas von diesem Tod in mir?«

Der Ewige schmunzelte und streichelte zärtlich die Wange des Jungen. »Nein, Adam, in dir ist kein Tod, und auch in keinem von denen, die in dir sind. Nur Leben. Heute und immer darfst du vom Baum des Lebens essen, und Meinen Geist ein- und ausatmen, von Angesicht zu Angesicht.«

Adam berührte die Hand, die auf seiner Wange lag und lachte übermütig. »Du weißt, wie sehr ich die Bäume und die Früchte liebe, die Du geschaffen hast.« In gespieltem Ernst fügte er hinzu: »Und die ich hege und pflege, aber nicht, weil es notwendig wäre.«

Als Antwort darauf perlte Gelächter, wie man es von Eltern kennt, die die ersten zaghaften Schritte und Entdeckungen ihrer Kinder beobachten. Als der Abend anbrach, erleuchtete das Licht von Gottes Gegenwart den Garten. Schöpfer und Geschöpf verweilten noch ein wenig im Bund ihrer selbstlosen Liebe.

Diese Szene reiner Zuneigung rührte beide Frauen zu Tränen. Warum Eva weinte, wusste Lilly nicht; sie selbst wäre am liebsten mitten in das Zentrum dieser Liebe gelaufen, das wünschte sie sich mit jeder Faser ihres Herzens – doch die Stimme, die sie an ihre Unwürdigkeit erinnerte, hielt sie zurück, lähmte sie und nahm ihr jede Möglichkeit, sich zu äußern. Eine solche Freude würde sie nie erleben können.

Schließlich sagte der junge Mann: »Ich will nur das Leben kennen und von Angesicht zu Angesicht mit Dir sein.«

»Adam, du bist geborgen bei denjenigen, die dich im Innersten kennen und lieben. Deine Aufgabe ist es zu vertrauen. Höre jeden Tag Meine Worte, und Ich will dir sagen, was gut ist. Dies ist weder ein Gebot noch eine Last. Es ist mühelos und leicht.«

»Und was ist heute Dein Wort für mich?«

»Mein Wort ist eine Aufforderung und lautet an diesem Tag der Ruhe: Du darfst von jedem Baum im Garten Eden essen, insbesondere von dem Baum des Lebens in der Mitte des Gartens. Doch vorläufig gibt es einen Baum, den Ich dir gezeigt habe, von dessen Früchten du nicht essen darfst, wenn du in deiner Freiheit bleiben willst. Der Tag, an dem du von diesem Baum isst, und somit Gut und Böse bejahst, ist der Tag, an dem du bereits gestorben sein wirst.«

»Das Gute kenne ich, denn Du verkündest es immer, aber was ist das Böse?«

»Das Böse steht zum Tod wie das Gute zum Leben. Sich vom Leben, vom Licht und vom Guten, von Liebe und Vertrauen abzuwenden, bedeutet sich in den Schatten des Todes zu begeben, denn Leben ist gleichbedeutend mit Von-Angesicht-zu-Angesicht-Sein und der Tod liegt in der Abkehr.«

»Ich will den Tod oder das Böse nicht!«, erklärte Adam bestimmt.

»Dann erfreue dich aller Freiheiten, die du in Uns findest«, sagte Gott.

Adam kletterte auf Seinen Schoß, als wäre er noch ein

kleiner Junge, kuschelte sich an Ihn und schloss die Augen. Der Ewige umarmte die Menschheit und sang ihr ein Wiegenlied.

Auch Lilly fielen bei Adonais friedvollem Gesang die Augen zu. Im wohligen Zwischenreich zwischen Wachen und Schlafen nahm sie noch wahr, wie Eva sie aufhob. Das Mädchen schmiegte sich in die Arme der Mutter, und Evas warmer Atemhauch streifte ihre Schulter wie ein Kuss.

DIE UNSICHTBAREN

Lilly wachte mitten in der Nacht auf, den Blumenduft von Mutter Eva noch auf der Haut. Kühle machte sich breit, wo Evas Wärme gewesen war, aber Lilly war entspannt und ruhig. Obwohl es noch längst nicht Morgen sein konnte, war sie hellwach. Der Raum war in ein mattes, irisierendes blaues Licht getaucht und gerade hell genug, um Schatten an der gewölbten Zimmerdecke zu erkennen. Lilly sah sich um, in der Hoffnung, Eva sei bei ihr, aber sie wurde enttäuscht.

Vor der Tür unterhielt sich jemand. Offenbar war John in der Nähe und sprach leise mit einer Person. Fast hätte Lilly nach ihm gerufen, doch dann beschloss sie, lieber zu lauschen. Die Worte der zweiten Person waren ein Singsang, dessen Modulation und Rhythmus beruhigend wirkten.

»Ich habe mich noch nicht entschieden«, sagte John gerade. »Wir müssen es ihr bald erzählen, da stimme ich dir zu. Die Erneuerer und Heiler haben bis zur Erschöpfung an ihrer Wiederherstellung gearbeitet, aber auch sie stoßen an Grenzen. Wenn es um Geist, Herz und Seele geht, richtet das Messer des Chirurgen nicht viel aus.«

Die Sängerin antwortete etwas, und die Klangfarbe ihrer Stimme wehte durch Lillys Körper und lockerte die tiefen Verspannungen in ihren Muskeln. Die Stimme war geradezu unwiderstehlich, und Lilly sog sie ein wie Atemluft und versuchte dabei, die Melodie zu erfassen. Fast wären ihr wieder die Augen zugefallen.

»Danke für deine Antwort«, sagte John. »Aber darf ich die kühne Frage stellen, warum Gott sie nicht direkt durch Sein Wort geheilt hat?«

Wieder erklang als Erwiderung eine Art Gesang, und wieder lag Lilly mit geschlossenen Augen da und ließ die Musik der melodischen Worte über sich hinwegfluten. Unerklärlicherweise hatte sie überhaupt keine Angst mehr. In ihr wuchs die Zuversicht, dass alles, was auf sie zukam, in Ordnung sein würde. Diese Empfindung erinnerte sie an ihre Begegnung mit Adonai.

»Doch, ich habe Vertrauen«, sagte John. »Ich habe Vertrauen zur Liebe und zu Gottes Absichten. Aber was du sagst, ist so … so frappierend! Bist du sicher, dass sie eine Zeugin ist?«

Kaum hatte John das Wort »Zeugin« ausgesprochen, kehrten die lebhaften Bilder aus den Halluzinationen zurück. Lilly empfand jedoch keine Furcht, sondern eher eine unerwartete Wärme und einen Anflug von Hoffnung.

Drei Welten prallten in ihr aufeinander: Die erste war ihr unbekannt, abgesehen von den Flashbacks. Die zweite war eine Welt der Halluzinationen, in denen sie eine Zeugin der Anfänge war. Und die letzte, und in gewisser

Weise die seltsamste, war diese Welt hier, in der sie wach auf einem Bett lag, gebannt vom überirdischen Gesang einer Unbekannten.

Sie hatte keine Möglichkeit herauszufinden, welche der Welten real war – wenn es überhaupt eine war.

»Lilly ist noch so jung«, sagte John gerade bekümmert. »Und so ... verletzt.«

Als Antwort klimperte helles Gelächter wie glänzende Glasperlen. Lilly musste fast selbst laut lachen.

»Du hast recht«, gab John amüsiert zu. »Ich bin alt und müde, aber ich bin nicht allein. Ein ganz anderer Mensch als der energiegeladene junge Mann, der ich mal war, wie du sehr wohl weißt!«

Die Vorstellung, dass John einmal ein ungestümer junger Mann gewesen sein sollte, amüsierte Lilly. Adam fiel ihr ein, der sich Gottes Liebe und Zuneigung so sicher war. Aber halt – das war in der Traumwelt, und diese hier war echt. Oder war es andersherum? Oder war die Erde, der geheimnisvolle Ort ihrer Herkunft, von dem sie sich kein rechtes Bild machen konnte – war *sie* wirklich?

Wieder ergriff John das Wort. »Würdest du bitte über ihr singen? Wie du es für mich getan hast, als ich der Zeuge war. Ich spüre, dass sie heute dein Lied als Stärkung brauchen wird.«

Und die Stimme sang. Und während sie sang, hätte Lilly die Augen beim besten Willen nicht öffnen können. Zum ersten Mal kam sie in einem Traum oder Gedächtnisfragment wahrhaft zur Ruhe. Friede durchflutete sie wie sanfte Meereswellen, Harmonien legten sich übereinander, bis sie sich ganz vom Lied umspannt fühlte. In diesen wenigen Minuten tat ihr nichts mehr weh.

Sie wurde von Fußgetrappel und Stimmengewirr geweckt. Es war hell geworden, und jenseits ihres Gesichtsfelds spielte sich offenbar allerlei ab. Das Geplapper wurde zuweilen von einem mechanischen Klicken und Klacken übertönt, und dazu kamen Geräusche, die sich anhörten, als würden Seile festgezurrt oder verdreht. Gelegentlich sirrte ein Draht, oder jemand stieß einen zufriedenen oder ärgerlichen Laut aus.

Dann erschien über Lilly Johns lächelndes Gesicht. »Heute ist der große Tag. Wir haben so viel erreicht, seit du zum ersten Mal den Kopf bewegt hast …«

»Das war doch erst gestern, oder?« Lilly wunderte sich, wie fremd ihr die eigene Stimme war.

»Hört euch das an!«, rief John hocherfreut. »Deine Stimme ist gar nicht mehr heiser! Aber um deine Frage zu beantworten: Es war vor drei Tagen.«

»So lange habe ich geschlafen?«

»Um genauer zu sein, du warst anderswo.«

»Anderswo?«

»Hm, ja, definitiv.«

»Würdest du mir das eventuell erklären?«

John dachte nach. »Es ist, als hätten wir dich in die Nähe des Todes geführt, aber nicht zugelassen, dass du ihm die Hand schüttelst.«

»Du meinst, ich lag im Koma?«

»Koma!«, rief er. »Das Wort kenne ich nicht, aber wenn es einen Vorgang bezeichnet, in dem wir dich absichtlich in der Bewusstlosigkeit gehalten haben, damit eine bestimmte Art von Genesung eintreten kann – ja, dann war es ein Koma. Hilft dir das?«

Sie nickte.

Johns Augen leuchteten auf. »Mach das noch mal.«

»Was?«

»Du hast genickt.«

Als ihr klarwurde, was sie getan hatte, verzogen sich ihre Lippen zu einem breiten Lächeln, und sie nickte noch einmal. Ihre einfache Geste löste im ganzen Raum Jubelgeschrei aus.

»Wir haben deine Kopfstütze gelockert und deine Muskeln stimuliert«, erklärte John. »Du solltest jetzt über größere Bewegungsfreiheit verfügen und deine Arme und Beine besser kontrollieren können.«

»John«, unterbrach ihn Lilly, »aus deinem Mund klingt das wie ein Experiment. Und wer ist eigentlich *wir*? Ich höre sie, aber ich kann sie nicht sehen.«

John hob die Augenbrauen. »Du hörst sie? Das ist ungewöhnlich. Normalerweise können Menschen ihre Stimmen nicht hören. Sehr merkwürdig!« Er rieb sich seinen Bart. »Vollkommen unerwartet. Nun gut …«, er hob die Hände und drehte sich um. »Sie will wissen, wer alles hier ist. Sollen wir es ihr verraten?«

Erst war alles still, dann meldete sich ein hohes Stimmchen, das Lilly an eine Türklingel erinnerte. »Also gut.« John wandte sich wieder Lilly zu.

»Lass mal sehen. Heute haben wir hier einen Haufen Heiler und Erneuerer und diverse Flicker, Baumeister, Konstrukteure und Spengler.« Er deutete auf die Gruppen, während er ihre Namen nannte. »Mehrere Boten, die so flink sind, dass nicht einmal ich sie sehe, ein Denker, ein Seher, ein Koch und ein Weber. Keine Gelehrten. Und heute auch keine Erfinder oder Sänger, und zum Glück auch keine Verwalter. Ein Zeitmesser ist da und ein

Griesgram.« John wechselte einen Blick mit Letty. »Ein paar Unsichtbare sind auch immer da, aber wenn sie es nicht wollen, weiß man nie, wie viele es sind.«

Lilly räusperte sich. »Ich will sie sehen.«

»Das kannst du nicht.« John grinste. »Weil sie nämlich unsichtbar sind.«

»Ich habe nicht die Unsichtbaren gemeint. Ich will die anderen sehen, die Erneuerer und die Heiler, die sich um mich gekümmert haben. Und warum sind die Flicker und Baumeister hier?«

John wirkte ein wenig ratlos. »Ich halte das für keine gute Idee. Wenn du Erneuerer und Heiler hörst, Lilly, dann stellst du dir Ärzte und Krankenschwestern vor, aber die haben wir hier nicht.« Er nickte einer Person zu, die Lilly nicht sehen konnte. »Der Denker stimmt mir zu. Der Anblick unserer Erneuerer und Heiler könnte dich schockieren und einen Rückfall auslösen.«

»Jetzt machst du mir aber erst richtig Angst! Meine Phantasie ist wahrscheinlich schlimmer als deine Wirklichkeit.«

»Hmm ... ausnahmsweise bin ich nicht deiner Meinung. Sei so gut und vertraue mir dieses Mal.« Sein Blick schweifte durch den Raum. »Wir sind uns alle einig. Vielleicht werden wir irgendwann einmal unsere Meinung ändern, wenn du deine früheren Kräfte zurückgewonnen hast.«

Das gefiel Lilly gar nicht, und deshalb redete John schnell weiter. »Aber ich kann etwas anderes für dich tun, das deinen Blickwinkel erweitert. Wir werden dich bald in einen größeren Raum bringen und das Kopfteil deines Lagers hochstellen, damit du mehr sehen kannst.

Und jetzt hätte ich gerne, dass du versuchst, mit den Fingern und den Zehen zu wackeln, wenn ich es dir sage.«

Lilly versuchte es, und nichts geschah.

»Warte, erst wenn ich es sage. Es funktioniert erst, wenn auch wir so weit sind. Wir müssen noch ein paar kleine Teile anschließen. Ich gebe dir Bescheid, wenn es so weit ist. Okay?«

Lilly nickte stumm, weil sie Angst hatte, dass sie in Tränen ausbrechen würde, sobald sie den Mund aufmachte. Sie fühlte sich wie ein Häftling, der hört, dass die Begnadigung unterwegs ist, und fürchtet, sie könnte für einen anderen bestimmt sein.

Ein paar Minuten später sagte John: »So, jetzt. Versuche es.«

An beiden Händen waren kleine Bewegungen zu erkennen, und auch die Zehen an beiden Füßen regten sich. Ein gedämpftes Hurra begleitete Lillys Anstrengungen. Das Mädchen sah im Geist kleine, zum Abklatschen erhobene Hände vor sich und glaubte sogar einen Korken knallen zu hören und aromatische Erdbeeren zu riechen. Sie lachte.

Geräuschlos wurde ihr Bett aus dem Raum geschoben. Es glitt dahin wie auf Wasser. Das, was sie für eine Zimmerdecke gehalten hatte, war in Wahrheit ein riesiger Baldachin. Dahinter verbarg sich ein komplexes Gebilde aus Miniaturleitern und -brücken, ähnlich einem Gerüst aus Laufplanken in einer Zirkusarena. Sie durchquerten ein mächtiges Felsportal und gelangten auf eine weite, offene Ebene.

Ein leichter Wind – der erste, den sie in dieser Welt erlebte – wehte über ihren zugedeckten Körper und kühlte ihr angenehm das Gesicht. Er roch würzig nach Meer und Gischt. In der Ferne rauschte die Brandung, und in das Rauschen mischte sich das schrille Gekreisch von Möwen und Meerschwalben. Die entspannende Wirkung dieser verschiedenen Sinneseindrücke erinnerte sie an Johns nächtlichen Besucher.

»John?«

»Ich bin hier«, antwortete eine Stimme zu ihrer Linken.

»Mit wem hast du neulich Nacht geredet?«

»Ich habe mit vielen gesprochen, während du geschlafen hast.«

»Ich meine den, der gesungen hat.«

Lillys Bett hatte seinen Bestimmungsort erreicht, und Johns Gesicht tauchte über ihm auf.

»Ich nehme an, du meinst Han-el.« Bei der Erwähnung dieses Namens spürte Lilly wie in jener Nacht Wärme und Energie, die ihre strapazierten Muskeln und Knochen belebte.

»Han-el?«

John ignorierte ihre Nachfrage.

»Wir werden dich jetzt langsam in Schräglage bringen. Dein Bett kann in einen Rollstuhl umgewandelt werden, dazu muss man nur ein paar Knöpfe betätigen. Heute machen wir das aber noch nicht, dazu musst du erst noch kräftiger werden.«

John verschwand aus Lillys Blickfeld.

»Warum singt er, statt zu sprechen?«, hakte sie nach.

»Han-els Sprache ist älter und fortschrittlicher als unsere.« John tauchte auf der anderen Seite des Bettes wieder auf. »Hoffentlich rollt dir der Kopf nicht von den Schultern, wenn wir dich aufrichten.«

Sie starrte ihn besorgt an.

»Das war ein Witz, Lilly. Ich konnte nicht widerstehen, du hast so ernst geschaut. Es ist absolut unmöglich, dass dein Kopf von den Schultern rollt.«

»Haha.« Sie versuchte, Ärger zu simulieren, aber dann musste sie doch grinsen. »Warum konnte ich nicht verstehen, was Han-el gesungen hat?«

John verschwand wieder. »Auf geht's. Wie gesagt, es wird sich ganz schön in die Länge ziehen – alle fünfzehn Minuten ein Bogengrad. Das Ziel für heute beträgt dreißig Grad. Gut sieben Stunden. Fertig?«

»Nun fangt schon an!«, drängte Lilly. Doch nichts tat sich. Wenigstens kam es ihr so vor.

»John?«

»Hier bin ich. Ich überwache deine Fortschritte. Alles in Ordnung.«

»Welche Sprache hat Han-el gesprochen?«

»Dieselbe wie du und ich.«

»Nein, hat er nicht. Die hätte ich verstanden.«

»Hast du das nicht?«

Fast hätte Lilly widersprochen, doch dann ließ sie sich seine Frage noch einmal durch den Kopf gehen. Sie hätte Han-els Lied zwar nicht wiederholen können, aber in gewisser Weise hatte sie tatsächlich ganz tief im Inneren die Bedeutung der Worte verstanden. Er hatte Frieden über sie gebreitet. Seelenruhe. Und John hatte er Antworten gegeben.

Oder wollte John sie nur aushorchen, um zu erfahren, wie viel sie von dem Gespräch aufgeschnappt hatte?

»Du liegst ein Grad höher«, erklärte John. »Gut gemacht.«

Lilly ließ sich nicht ablenken. »Was ist eine Zeugin?«

John grinste. »Um Fragen bist du heute nicht verlegen, was?«

»Du bist doch der Mann für die Antworten.«

Schritte näherten sich, und gleich darauf stand John neben Lillys Bett. »Ich kenne zwar nicht alle Antworten, aber immerhin ein paar. Eine Zeugin ist eine Person, die zu einem göttlichen Dienst berufen ist – sie beobachtet Gott bei der Arbeit und berichtet, was sie gesehen hat.« Er hüstelte und wandte den Blick ab. »Sie – oder er.«

Obwohl Lilly unbedingt wissen wollte, was John und Eva meinten, wenn sie sie eine Zeugin nannten, hatte sie angesichts seines offenkundigen Unbehagens Hemmungen weiterzufragen. *Wir müssen es ihr bald erzählen, aber sie ist so verletzt.* Das Gespräch schien geradewegs zu ihren Träumen zu führen und damit zu der Möglichkeit, dass ihr Verstand ebenso zerrüttet war wie ihr Körper. Im selben Moment begriff sie, *wie* wichtig es ihr war, was John von ihr hielt. Doch sie wollte nicht abhängig und verletzlich sein.

»Ist Han-el ein Zeuge?«

John fragte überrascht: »Han-el? Oh, nein. Nein, Han-el ist ein lieber Freund, der mich durch viele wunderbare Jahre begleitet hat. Auch schmerzliche.« Er verstummte und fasste sich an den Hals. »Ah. Ich höre, du liegst wieder ein Grad höher.«

In den nächsten Stunden berichtete er ihr alle fünfzehn Minuten, wenn wieder ein Grad mehr erreicht war, von ermutigenden Fortschritten, und allmählich merkte auch sie eine Veränderung. In winzigen Schritten veränderte sich ihre Welt. Irgendwo zwischen sechs und sieben Grad protestierte ihr Körper. Der Raum geriet aus den Fugen und drehte sich, erst langsam, dann immer schneller. Eine Welle der Übelkeit stieg in ihr auf.

»Halt!«, schrie John. »Lasst ihr Zeit, sich an die neue Lage zu gewöhnen!«

Lilly konzentrierte sich auf den Gedanken an Han-el und sein Lied. Wie ein Magnet zog sie der Nachklang von Han-els Wiegenlied zurück in die aufregenden Szenen, die sie als Zeugin miterlebt hatte.

Fast eine Stunde verging, bevor sie signalisieren konnte, dass ihr Magen sich beruhigt hatte und die nächste Stufe in Angriff genommen werden konnte. Als Lilly immer höher kam, konnte sie sehen, dass sie vor einem gewaltigen Fenster lag, hinter dem ein klarer kobaltblauer Himmel leuchtete. Er erinnerte sie sofort an den Schauplatz ihrer Träume.

»Glaubst du an Gott, John?«

Der ältere Mann antwortete erst nach einer Weile. »Nein.«

»Ich auch nicht.«

Er berührte sie am Arm. Sie hatte nicht gemerkt, wie er ans Bett getreten war. »Lilly, Worte wie *Gott* und *glauben* sind oft bedeutungslos. Ich *glaube* nicht an Gott. Ich *kenne* Gott! Sobald du jemanden kennst, geht es nicht länger um glauben.«

Das verstand Lilly nicht. »Ist Han-el Gott?«

Johns herzhaftes Gelächter übertönte alle anderen Geräusche. »Nein, meine Kleine. Mein Freund scheint dich sehr beeindruckt zu haben, und das ist ganz in Ordnung. Han-el ist einer von Gottes dienstbaren Geistern.« Er beugte sich vor und flüsterte: »Han-el ist ein Engel.«

Eine Horizontlinie wurde sichtbar.

Erneut wurde Lilly schwindelig, und erneut unterbrachen die vielen Helfer die langwierige Prozedur und warteten, bis sich ihre Sinnesorgane angepasst hatten.

»Wenn du dich übergeben musst, dann hab keine Scheu«, empfahl John. »Danach fühlst du dich besser.«

»Lieber sterbe ich.«

»Es ist ja nicht so, als hättest du noch nie gebrochen.«

»Ich hasse es, wenn ich kübeln muss!«

»Was, kübeln? Ha!« Er wandte sie an die Umstehenden. »Kübeln. Das ist mal was Neues.« Er ließ sich das Wort auf der Zunge zergehen, als wäre er ein Sprachforscher, der einen neuen Klang erforscht. »Küüü-beln. Ein tolles Wort. Also gut, dann wird in meiner Schicht nicht geküüü-belt, verstanden?« Er grinste sie an. »Habe ich das Wort korrekt benutzt?«

»Ja.« Sie musste lachen und vergaß ein paar Sekunden ihren Brechreiz.

Als John verkündete, der Tag sei als uneingeschränkter Erfolg zu verbuchen und nun müsse man sich ausruhen, war die Horizontlinie, entlang der sich der Ozean an den Himmel schmiegte, vollständig sichtbar. Innerhalb weniger Minuten flaute die Geschäftigkeit ab und wurde von einer erholsamen Ruhe abgelöst.

John ließ Lilly kurz allein und kam dann mit einer herrlich duftenden Schüssel Brühe zurück. Lillys Magen grummelte.

»Wir werden bald Besuch bekommen«, sagte John, nachdem er sich zu ihr ans Bett gesetzt hatte. »Ich habe ihn so lange wie möglich abgewimmelt, aber sie fragen immer hartnäckiger nach.«

»Wer will dich besuchen und warum?«

»Nicht mich. Dich wollen sie kennenlernen. Wenn du aufrecht sitzen kannst, lasse ich sie zu dir. Letty sagt, es hat etwas mit einer alten Prophezeiung zu tun. Wir werden mehr erfahren, wenn die Zeit gekommen ist. Aber vorläufig« – John tauchte den Löffel in die Schüssel – »werde ich dich als Belohnung für deine großen Strapazen füttern. Die Köche und Heiler haben das hier speziell für dich zusammengebraut. Nach den ganzen flüssigen Arzneien und Kräutersäften ist es die erste gehaltvolle Nahrung, die du zu dir nimmst. Essen und Trinken sind die Schlüssel zu deiner Genesung.«

Er führte den Löffel an ihren Mund. »Hier. Probier mal. Ich weiß bereits, dass es ziemlich gut schmeckt.« Er zwinkerte ihr zu.

Die Brühe war warm und würzig und schmeckte köstlich, und Lilly spürte, wie sich ein wohliges Gefühl in ihrem Körper ausbreitete und Kräfte wiedererweckte, die in ihr geschlummert hatten. Zuerst verschluckte sie sich häufig und spuckte die Suppe im hohen Bogen wieder aus. Aber John wischte sich die Tropfen nur schmunzelnd vom Gesicht und hob ungerührt den nächsten Löffel an Lillys Mund. So machten sie langsam und systematisch weiter, bis sich John zurücklehnte.

»Ich weiß, dass du mehr willst, aber für heute ist es genug. Wir wollen doch nicht, dass du alles vollkübelst, oder?«

»Nein, das wollen wir wirklich nicht.« Lilly holte tief Luft. Sie spürte, wie ihre Lungen sich abwechselnd füllten und leerten und genoss den Geruch nach Salz und Erde, den der Wind zu ihr herübertrug, während Meer und

Himmel allmählich ineinanderflossen. Abgesehen von der Tatsache, dass sie sich immer noch nicht bewegen konnte, fühlte sie sich besser denn je. In ihren wachen Stunden jedenfalls.

»Wenn es Gott gäbe, würde ich hoffen, dass Er so ist wie du«, sagte sie. John stellte die Schüssel ab und starrte sie an. In seinen Augen standen Tränen. »John, hat der Gott, den du kennst, einen Namen?«

Sie fragte sich, ob womöglich ein Name die Tür zwischen ihren Träumen und der aktuellen Wirklichkeit öffnen konnte. Adonai? Elohim? Der Ewige?

John blinzelte die Tränen fort. »Gott hat viele Namen. Jeder ist ein Fenster zu einer der Facetten von Seinem Charakter und Wesen; keiner kann Ihn fassen, aber alle sind hilfreich. Manche sind zu tiefgründig für die Sprache, und damit meine ich, dass sie sich nicht zu Klängen formen lassen. Andere sind leicht zuzuordnen. Leicht auszusprechen.«

»Du hast gesagt, du glaubst, Gott hat dafür gesorgt, dass du mich findest, weil Er dich liebt?«

»Ja. Jeder kann an jedem beliebigen Tag ein Finder werden; das gehört zu den wahrhaft wunderbaren Wagnissen des Lebens. Wenn du so lange gelebt haben wirst wie ich, wirst du herausfinden, dass du vor dem, was du gefunden hast, niemals wirklich weglaufen kannst. Du kannst es probieren, aber es wird dich so lange suchen, bis du es annimmst – oder *sie* oder *ihn*. Das Einzige, das dich noch mehr verändert, als ein Finder zu sein, ist, selbst gefunden zu werden.«

»Hat dich jemand gefunden?«, fragte sie, fasziniert von seiner nachdenklichen Stimmung.

»Das ist eine andere Geschichte.« John seufzte und stemmte sich hoch. »Mein Cousin. Mein Cousin hat mich gefunden.« Er strich ihr mitfühlend über die Stirn. »Und jetzt musst du schlafen, aber ich werde hier sein, wenn du aufwachst. Möge dein Schlaf voll süßer Träume sein und möge nur Gutes in deinem Herzen und Geist wohnen.«

Als Lilly die Augen aufschlug, steckte Adam gerade den Finger in den flüssigen Wall, der Eden umgab. Sofort durchströmte ihn eine Welle von Energie und Wasser, die seinen Körper wie mit lebendigen Partikeln auflud. Jedes Mal, wenn er die flüssige Wand berührte, kicherte er entzückt. Auch Eva war von seiner Fröhlichkeit angesteckt.

Das ist wahre Freude, dachte Lilly.

Adam ging durch die Grenze und verließ den Garten. Er duckte sich ins hohe Gras, als wäre er ein kleiner Junge beim Versteckspiel. Die beiden Frauen folgten ihm; seine freudige Erregung hatte sich auf sie übertragen. Eva erklärte Lilly, dass Adam seit Wochen einem bestimmten Geschöpf auf den Fersen sei, das sich nahe der Grenze aufhielt, aber immer wenn er ihm nahe kam, zog es sich ins Unterholz oder einen unterirdischen Gang zurück, und man sah nur noch davonhuschende Farbflecken aufblitzen. Es hielt sich am Boden auf und hinterließ so gut wie keine Spuren.

Stundenlanges Belauern hatte ihn seiner Beute nicht näher gebracht, doch bei der Jagd hatte er zahllose andere Kreaturen entdeckt, die im ganzen Garten verteilt lebten, in den Baumkronen ebenso wie im Staub.

Adam hatte sich zur Tarnung mit dunkelbraunem und rotem Lehm aus dem Flussbett eingeschmiert und schlich geräuschlos wie eine sanfte Brise durch hohe Grasbüschel, als er in die Falle geriet. Nur wenige Zentimeter von seinem Gesicht erwartete ihn die Kreatur, die er verfolgt hatte. Er erschrak so sehr, dass er auf den Rücken fiel und über sich selbst lachen musste.

Aber Lilly war entsetzt, denn sie erkannte die Schlange, der sie bei ihrem ersten Besuch im Garten begegnet war. Sofort schrillte ihre innere Warnglocke. Sie blickte Eva an, die ebenfalls beunruhigt wirkte.

»Was machen wir jetzt?«, flüsterte Lilly.

»Wir haben nicht die Aufgabe, uns einzumischen«, erwiderte Eva mit unterdrücktem Zorn.

Warum nicht? fragte sich Lilly. Aber sie hatte den warnenden Unterton in Evas Worten nicht überhört.

Die Schlange sah aus wie eine lebendige Schlingpflanze und war dick wie ein Baumstamm. Zwei harte goldgelbe Augen mit tiefschwarzen Pupillen fixierten Adam.

Ihre gespaltene Zunge fuhr heraus. »Warum verfolgst du mich?«

»Du kannst sprechen?«, rief Adam erstaunt. »Und nicht nur so kümmerlich wie die anderen Tiere. Deine Worte sind verständlich! Sie klingen wie die Melodien der Cherubim!«

Die Schlange hob den Kopf und fixierte sein Gegenüber.

Lillys Herz klopfte immer schneller, vor Angst und vor Wut. Hier stimmte etwas ganz und gar nicht, aber sie wusste nicht, wie sie es ausdrücken sollte. Eva nahm ihren Ellenbogen, um sie zurückzuhalten.

»Du bist ein wahres Wunder!«, staunte Adam. »Bei all meinen Erkundungen im Garten Eden habe ich noch nie ein Tier wie dich gesehen. Sag mir, was du bist.«

Das Wesen antwortete nicht gleich, bewegte sich nur hin und her und züngelte unruhig.

»Ein wildes, weises Tier der Felder«, erklärte es schließlich. »Ich bin die Glänzende, und mein Reich liegt außerhalb der Grenzen von Eden. Und was bist du, der du so kühn zu mir sprichst, der du schwach bist, aber frei von Angst?«

»Ich bin Adam, der Sohn Gottes.«

»Adam! Rede nicht mit diesem Ding!«, schrie Lilly, aber Adam hörte sie nicht. Die Schlange jedoch drehte den Kopf in ihre Richtung.

DIE BESUCHER

Lange lag Lilly zitternd auf ihrem Lager und wartete darauf, dass die Angst abebbte. Konnte die Schlange sie womöglich bis in die Zuflucht hinein verfolgt haben? Nein, das war eine irrationale Angst, aber irrational war schließlich alles, was sie erlebt hatte.

Im Dämmerlicht des anbrechenden Morgens hob sie einen Finger und rieb sich die kribbelnde Nase. Diese kleine Bewegung, die ihr so lange verwehrt gewesen war, nahm ihr die Beklommenheit und machte sie froh. Und vor allem taten ihre Muskeln nicht mehr weh. Etwas in ihrem Körper hatte sich verändert. Lilly hob die Hände vor die Augen und krümmte versuchsweise die Finger.

Ein lautes Schnarchen auf dem Sofa an der Wand schreckte sie auf. John hatte sich die Nacht über dort ausgestreckt, um bei ihr zu sein, falls sie ihn brauchte. Lilly fiel es immer schwerer, sich gegen die wachsende Sympathie und Zuneigung zu wehren, die sie für ihn empfand.

Aus einem Nachbarzimmer drangen Stimmen.

»Ich glaube, wir haben Besuch«, sagte Lilly.

John streckte sich, aber es dauerte ein paar Minuten, bis er ganz wach war.

»Besuch? Wirklich? Schon?«, nuschelte er und torkelte noch etwas benommen durch den Raum, bis Lilly auf das Empfangszimmer zeigte. Er merkte sofort, dass sie ihre Hände bewegen konnte, und strahlte sie an.

»Möchtest du sie hier drinnen treffen oder lieber draußen?«

»Draußen«, erwiderte sie. »Ich war noch nie im Freien.«

Auf Knopfdruck glitt das Kopfteil des Bettes in eine schräge Position, und als Lilly durch ein Nicken andeutete, dass sie bereit war, schob John sie auf den Nebenraum zu, in dem die Gäste empfangen worden waren. Es war ein großer luftiger Raum mit Fenstern auf drei Seiten, und da er hoch oben auf einer Felsplatte thronte, hatte man einen umwerfenden Blick auf die Küste, die Hügel und die silbrig-violette Silhouette einer fernen Bergkette.

An diesem sonnigen Morgen standen drei Gelehrte mit Teetassen in der Hand an den Fenstern und blickten hinaus. Als John mit Lilly eintraf, drehten sich alle gleichzeitig um. Sie waren fast identisch gekleidet, in leicht verschlissene akademische Gewänder, auf denen eine feine Schicht Kalk oder Straßenstaub lag. Zwei waren älter als John, und während ihre faltigen Gesichter eine gewisse Ermüdung ausstrahlten, war ihr Blick dagegen intelligent und wach.

Die Frau war über ein Meter achtzig groß und wirkte durch den Hut, der auf ihrem Kopf saß, noch länger. Sie hatte einen dünnen, knochigen Körper und eine scharfe, gebogene Nase. Irgendwie erinnerte sie an einen Storch, nur die Farbe ihrer Kleidung, die in Brauntönen und Schwarz gehalten war, passte nicht zu diesem Eindruck. Der andere ältere Besucher bot einen interessanten Kontrast zu ihr. Er war fast so breit wie hoch und maß nur gut einen Meter zwanzig. Er keuchte, als wäre er die vielen Stufen vom Fuß der Klippe heraufgerannt, und sah aus, als würde er gleich platzen.

Der dritte Gelehrte wirkte deutlich jünger, obwohl die Jahre auch in sein Gesicht tiefe Furchen eingegraben hatten. Er war noch größer als die Frau, und sein wohlfrisiertes Haar hing locker um das dunkle, attraktive Gesicht. Er kam Lilly vage bekannt vor, was sie gleichermaßen faszinierte wie beunruhigte.

»Seid gegrüßt«, sagte John und hob beide Hände. Einer nach dem anderen ergriffen die Besucher seine Hände und legten anschließend die Stirn an seine. Das musste wohl die übliche Begrüßung sein, vermutete Lilly.

»Ich bin John, ein Bewahrer. Und, wie ich mit Freude hinzufügen darf, neuerdings auch ein Finder.« Er nickte zu Lilly hinunter. »Das ist Lilly Fields. Die Zuflucht ist unser Heim, und ihr seid willkommen, solange es euch beliebt. Ich bitte um Entschuldigung, dass wir euch nicht früher begrüßt haben. Es war noch nicht die rechte Zeit.« Er deutete auf ihre Tassen. »Wie ich sehe, hat euch ein Aufwärter Tee gebracht. Darf ich euch etwas Süßes anbieten?«

»Wir möchten dich momentan nicht mit der Bitte nach Süßigkeiten behelligen«, sagte die Frau und setzte sich auf ein Sofa. »Ich bin überaus erfreut, dich endlich kennenzulernen, John. Deine Geschichte ist weithin bekannt.«

Der rundliche Gelehrte, der bei der Erwähnung von etwas Süßem erwartungsvoll lächelnd den Mund geöffnet hatte, schloss ihn wieder und lächelte etwas angestrengt weiter.

»Woher stammt ihr?«, fragte John.

»Von jenseits des Thrain«, erwiderte die Frau.

John riss die Augen auf. »Ich wusste nicht, dass es dort noch etwas gibt. Nun, das erklärt, warum ich euch nicht erkannt habe.«

Die Gelehrten nickten eifrig und nahmen Platz. John setzte sich neben Lilly, die sich unwohl fühlte, weil sie plötzlich im Zentrum der Aufmerksamkeit stand. Sie hatte den Blick gesenkt und versuchte, den fremden Fuß zu verstecken, der nicht zum Rest ihres Körpers passte.

»Ihr müsst sehr lange unterwegs gewesen sein«, sagte John.

»Es genügt jetzt zu sagen, dass wir von einem Ort kommen, bis zu dem man viele Monate reist … jenseits des Thrain.«

»Was die Süßigkeiten betrifft …«, meldete sich der rundliche Mann zu Wort.

Die Frau hob die Hand.

»… so kann das natürlich warten.«

»Wie habt ihr diese weite Strecke zurückgelegt?«, fragte John. »Ich versuche, mir eure lange Reise vorzustellen.«

»Mit Erdreitern«, antwortete sie. »Wir haben nicht viele Luftreiter in unserer Gegend, und ich persönlich habe etwas Höhenangst, insbesondere bei ungeschützten Höhen. Die Erdreiter wurden bereits bestens versorgt – vielen Dank! Wir jedoch haben Wochen gebraucht, um uns zu erholen!«

Lilly warf heimlich einen Blick auf ihre schmuddelige Kleidung und fragte sich, ob sie denn keine andere besaßen.

»Und warum seid ihr so weit gereist?«

Die Gelehrte neigte den Kopf in Richtung Lilly. »Das ist das Findelkind, nehme ich an?«

»Ja, das ist sie.«

»Dann sind wir ihretwegen gekommen.«

Lilly war empört. »Ich bin auch hier. Redet nicht über mich, als ob ich gar nicht da bin …«

»Wäre«, korrigierte die Frau.

»Was? Als wäre was?« Jetzt war das Mädchen erst richtig zornig.

»Was sie meint«, mischte sich der rundliche Gelehrte ein, »ist Folgendes: Man sagt ›als ob ich nicht hier wäre‹ und nicht ›als ob ich nicht da bin‹.«

»Oh, entschuldigen Sie bitte!«, flötete Lilly übertrieben höflich. »Das ist mir so was von egal! Und wo wir schon mal dabei sind, hat irgendjemand hier vielleicht einen Namen?« Sie begleitete ihren Ausbruch mit wildem Armfuchteln, aber nicht nur aus Ärger, sondern auch, weil sie ihre neue Bewegungsfreiheit so sehr genoss. »Das ist echt unmöglich! Bin ich die Einzige auf der Insel, die das total ärgerlich findet?«

Das Gespräch stockte, und ein peinliches Schweigen breitete sich aus, untermalt vom Rauschen der Brandung.

Die hochgewachsene Besucherin hob die Augenbrauen, und der kleine Mann ließ sich tief in seinen Sessel sinken, als wolle er sich unsichtbar machen. Nur der dritte Gelehrte verzog keine Miene. Im Gegenteil, er schien sich sogar ein leises Lächeln zu verkneifen.

»Du meine Güte!«, hauchte die Frau schließlich mit errötetem Gesicht. »Ich muss sagen, das eben war ziemlich interessant und fast allein schon die Reise wert!«

Johns Augen blitzten, er schien stolz auf das Mädchen sein. »Habe ich etwa vergessen zu erwähnen, dass Lilly im Grunde ein sehr schüchterner Mensch ist?«

Die Gelehrte räusperte sich dezent.

»Lilly«, sagte die Frau leise, »mein Name ist Anita. Es ist mir eine Ehre, dich kennenzulernen.«

In diesem Moment quäkte draußen ein hohes Stimmchen: »Wo sind denn alle? Habe ich die Party verpasst? Ich schwör's, diese Stufen sind noch mal mein Tod!«

Anschließend hörte man das Getrappel kleiner Füße, das Lettys Ankunft ankündigte. Und dann sah Lilly das kleine Weiblein, das immer so gern summte, zum ersten Mal. Die Alte war knapp einen Meter groß, hatte sich in ihr unvermeidliches Umschlagtuch gehüllt und stützte sich auf ihren Stock. Lilly fühlte sich an ein kleines Haus auf dünnen Stelzen erinnert. Physikalisch war die Frau ein Ding der Unmöglichkeit, und Lilly versuchte sie nicht allzu offen anzustarren. Mithilfe ihres Spazierstocks stakste Letty sofort auf die Gelehrten zu.

»Einen guten Tag euch, meine Freunde, und auch dir, liebes Kind.« Sie nickte der verblüfften Lilly zu.

»Was hältst du von alledem?«, fragte sie John und deutete mit dem Stock auf die Gelehrten. »Es ist ewig her, dass wir Besuch aus dem Reich jenseits des Thrain hatten.«

John warf theatralisch die Hände in die Luft. »Du wusstest über das Land jenseits des Thrain Bescheid und hast mir nichts davon gesagt?«

Das kleine Weiblein grinste nur. Die Gelehrten begrüßten sie artig, wobei sie gezwungen waren niederzuknien, wenn sie Lettys Stirn berühren wollten. Letty kletterte auf einen Hocker. Sobald sie es sich bequem gemacht hatte, begann sie leise zu summen. Niemand außer Lilly schien dies aufzufallen.

Lilly stieß John mit dem Ellenbogen an, und er beugte sich zu ihr. »Wieso summt sie?«

»Sie ist halt ein Brummbär«, erwiderte er leise und wandte sich gleich wieder den anderen zu. »Letty, wir sind gerade bei der Vorstellungsrunde.« Er nickte dem kleinen Dicken zu.

»Ich bin Gerald«, stellte sich dieser vor. »Pionier der Altertumsforschung.«

»Und mein Name ist Simon«, schloss sich der Jüngste an, lehnte sich zurück und kreuzte die Beine. »Kapazität auf dem Gebiet der Systematik und Philosophie.«

Der Klang seiner Stimme hatte auf Lilly eine zugleich anziehende wie abstoßende Wirkung. Sie fühlte sich an schmelzende Schokolade erinnert.

»Darf ich nach deinem Wissensgebiet fragen, Anita?«, fragte John.

»Anita«, mischte sich Gerald ein, »ist eine Koryphäe sowie Prinzipalin der Ersten Kongregation.«

»Der Ersten Kongregation!«, rief John überrascht. »Dann fühle ich mich doppelt geehrt! Und dein Fachgebiet?«

»Seelenpsychologie mit Schwerpunkt ENI«, antwortete sie, und John suchte reflexartig Lillys Blick.

Das Mädchen fing ihn auf.

»Was ist ENI?« Ihre Stimmbänder, die sie vor ihrem

Wutausbruch lange nicht benutzt hatte, fühlten sich immer noch an wie Sandpapier.

»Epigenetische neurale Integration«, piepste Letty. »Stell dir vor, man repariert einen zerbrochenen Spiegel. Man verbindet die Beziehungsfelder auf dem Hintergrund neuronaler Netzwerke im Intellekt sowie im relationalen Herzen.«

»Aaah«, sagte Lilly gedehnt, »so was hatten wir auf unserem Bauernhof.« Aber niemand lachte. »Das war ein Witz«, erklärte sie. »Ich will damit sagen, dass ich kein einziges Wort verstanden habe.«

Die anderen nickten und lachten höflich. Wieder einmal kam sich Lilly dumm vor.

»Meine Liebe«, begann Anita, »die Prophezeiung ließ uns wissen, dass deine Ankunft mit einer große Tragödie verbunden sein würde. Selbst eine kleine Krise kann die menschliche Seele schwer erschüttern. Ich bin darin geübt, die Risse zwischen den Bruchstücken zu reparieren. Wir haben solche schwierigen Worte nur benutzt, damit du weißt, dass ich eine Heilerin bin, die an der Wiederherstellung zerstörter Seelen mitwirkt.«

»Du hältst mich für eine zerstörte Seele?« Lilly versuchte, sich ihre Gekränktheit nicht weiter anmerken zu lassen.

»Sicherlich!« Anita sprach sanft, aber bestimmt. »Wie alle in diesem Raum.«

»Sogar Letty?«, fragte Lilly, und das brach das Eis.

»Besonders Letty«, antwortete John und stimmte in das Gelächter der Anwesenden ein. »Soweit ich weiß, war sie zwei Meter groß, als sie herkam. Was du vor dir siehst, ist das Optimum, was wir herausholen konnten.«

Anita streckte den Arm aus und tätschelte Lilly die Hand.

Das winzige Weiblein lächelte und zeigte mit ihrem langen, knochigen Finger auf Lilly. »Verstehst du, Kleine, dass du der Grund bist, aus dem wir alle hier zusammengekommen sind?«

»Ich?«, rief Lilly. »Warum?«

»Warum wohl!« Letty ließ die Füße baumeln. »Ich will nicht behaupten, ich könne Gottes Weisheit ergründen, aber anscheinend ist das Schicksal dieses Ortes und dieser Zeit, und vielleicht des gesamten Kosmos, mit dir und deinen Entscheidungen verknüpft.«

Lilly erschrak. »Oh, da habt ihr alle einen Riesenfehler gemacht!« Sie nahm wahr, dass ihre Hände stark zitterten. »Ich weiß doch nicht mal, *wer* ich überhaupt bin und *wo*.«

»Du bist Evas Tochter, ist das nicht genug?«, fragte Letty.

Alle wandten sich Lilly zu und schienen gespannt auf ihre Antwort zu warten.

»Kann sein. Wenn du mit Eva die Mutter der Lebendigen meinst.«

Die älteren Gelehrten seufzten und ließen sich in ihre Sessel zurücksinken. Gerald schüttelte den Kopf. Hatte sie etwas Falsches gesagt?

»Natürlich«, sagte Anita verständnisvoll und legte die Hand auf Lillys Knie. »Aber wir haben auch auf dein ungewöhnliches Erbgut angespielt.«

Lilly hatte keine Ahnung, was sie damit meinte. Gerald beugte sich vor und sah John an. »Du hast es ihr nicht erzählt?«

John verzog das Gesicht. »Irgendwie war nie der richtige Zeitpunkt dafür.«

Anita und Gerald starrten ihn verblüfft an.

»Der richtige Zeitpunkt wofür?«, fragte Lilly.

Letty unterbrach ihr Summen. »John, mein Freund, sag ihr, was du weißt.«

»Also gut. Lilly, die Heiler haben entdeckt, dass deine DNA Marker von jeder bekannten Rasse der Erde enthält.«

Anita klatschte in die Hände und sah aus, als wippte sie aufgeregt auf ihrem Sitz.

»Was bedeutet das?«, fragte Lilly.

John machte den Mund auf, aber Anita kam ihm zuvor. »Es bedeutet, Kind, dass in jeder Zelle deines Körpers die gesamte Menschheit enthalten ist.«

»Somit bist du nicht *eine* Tochter Evas, sondern *die* Tochter.«

John wischte sich fahrig mit dem Handrücken über den Mund.

»Weißt du noch, wie du mich nach meinem Freund gefragt hast?« Lilly nickte. John sah die Gelehrten an. »Seit Lillys Ankunft wurde ich dreimal von einem Boten besucht.«

Simon horchte auf.

»Boten sind immerfort unterwegs«, sagte Anita.

»Aber dieser Bote ist ein Sänger!«, ergänzte John.

»Oh!«, entfuhr es Anita, und Gerald bekam große Augen. Nur Letty summte ungerührt weiter.

»Und hat …«, Gerald räusperte sich leise, »hat dieser Sänger einen Namen?«

John schwieg.

»Ich glaube, er heißt Han-el«, antwortete Lilly an seiner Stelle.

Die Gelehrten saßen da wie erstarrt.

»Du meine Güte«, murmelte Anita.

Gerald hob Gesicht und Hände zum Himmel, als wolle er zu einem Lobpreis ansetzen.

Simon wirkte einen Augenblick lang unzufrieden, aber er fasste sich schnell wieder. »Er ist nicht nur ein Sänger, sondern auch ein Wächter!«

»Ein Wächter?«

»Ein Engel«, erläuterte Gerald. »Ein Bote, der auch ein Wächter ist.«

»Engel?«, sagte Lilly. »Du meinst einen von diesen dicken kleinen Cherubim mit winzigen Flügeln und Pfeil und Bogen? Cupidos kleine Vettern nennen wir sie auch.«

»Nein!«, widersprach Letty sehr entschieden und hörte auf, mit den Beinchen zu baumeln. »Nein! Keineswegs! Cherubim sind die Schreckenerregenden, und ich meine das im Sinne von fürstlich. Setze sie nicht durch lächerliche Vergleiche herab.«

»Cherubim sind Wesen aus gebündeltem Licht«, erklärte Simon, »die in staunender Verehrung und Anbetung verharren. Neben den Seraphim haben sie die am genauesten umrissene Funktion. Während die Seraphim nach innen gewandt sind, wenden sich die mit übernatürlichen Kräften ausgestatteten Cherubim nach außen.«

Lilly hörte kaum zu. Sie verstand jetzt, was John damit meinte, wenn er die Gelehrten als nervig bezeichnete. Ihre Gedanken überschlugen sich. Das Gerede über den

Garten Eden versetzte sie zurück in ihre Halluzinationen von anderen Zeiten und Orten. Sie gab sich größte Mühe, sich nichts anmerken zu lassen.

»Erzähl ihnen, was Han-el zu dir gesagt hat, John«, verlangte Letty.

»Er hat mir verkündet, dass Lilly eine Zeugin ist.«

Gerald fasste nach Anitas Hand. »Das ist die Bestätigung. Wir sind keine Dummköpfe.«

»In meinem ganzen langen Leben habe ich es nicht für möglich gehalten, dass dieser Tag einst kommen wird!«, sagte Anita leise. Sie schaute Lilly mit so offener Bewunderung an, dass diese verlegen den Kopf wegdrehte.

»Vor über einem Jahr haben unsere Gelehrten, Denker, Sucher und Astronomen uns erklärt, dass der Nachthimmel die Ankunft eines Zeugen ankündigt«, sagte Gerald. »Natürlich hat das große Verblüffung und eine heftige Debatte unter uns ausgelöst, schließlich jedoch durften einige von uns sich auf die Suche begeben. Neun brachen auf, wir drei sind noch übrig.«

»Nur drei?«, fragte John.

»Zwei sind schon bald umgekehrt«, erklärte Anita. »Sie hatten Heimweh und waren unglücklich. Drei fühlten sich verpflichtet, uns am Gregorianischen Scheideweg zu verlassen, um sich auf die Suche nach einem anderen Stern zu begeben, und einer« – sie stockte und sprach dann traurig weiter – »eine aus unserer Gruppe, ebenfalls eine Gelehrte, wurde krank.«

»Krank? Inwiefern?«, fragte John.

»Schattenkrank.« Bei dem Wort überlief Lilly eine Gänsehaut.

»Was ist schattenkrank?«

»Man könnte von einer Krankheit des Herzens oder der Seele sprechen«, antwortete Anita. »Sie befällt Menschen, wenn sie das Vertrauen auf ein Leben von Angesicht zu Angesicht verlieren und zulassen, dass die Dunkelheit des Todes in sie eindringt. Durch Adam haben wir alle mit unserer Sterblichkeit die Schattenkrankheit geerbt. Wir alle kämpfen dagegen an.«

»Wird eure Kollegin abgeschirmt?«, fragte John.

Simon befingerte nervös den Ring an seiner linken Hand.

»Nein, sie wurde zu einer Gemeinschaft im Norden geleitet«, sagte Anita. »Man könnte von einer Art Bewachung sprechen – aber sie ist nicht gegen sie gerichtet. Sie hat den Zweck, ihr zu helfen, damit sie sich wieder dem Licht zuwenden kann.« Anita sprach jetzt zu Lilly. »Wir haben vor langer Zeit gelernt, dass Isolation die Schattenkrankheit begünstigt. Deshalb reagieren wir darauf, indem wir Beziehungen fördern, die sich durch bewusste Liebe und Güte auszeichnen.«

»Ich empfinde Mitgefühl für all eure Verluste«, sagte John. »Mitgefühl und Trauer.«

»Das empfinden wir auch«, sagte Simon leise. »Danke.«

Eine Weile herrschte Schweigen, dann konnte Lilly sich nicht mehr beherrschen. »Ihr habt das alles wirklich nur auf euch genommen, um … um mich kennenzulernen? Haltet ihr mich wirklich für die Zeugin, die ihr gesucht habt? Ich verstehe immer noch nicht, was das alles bedeutet.«

Anita stand auf und kniete sich neben sie. »Die Situation muss extrem verwirrend und ungewohnt für dich sein. Bitte verzeih mir. Verzeih uns.« Sie breitete die Arme aus, und Lilly legte ein wenig ungelenk den Kopf an ihre Schulter.

»Ja«, fuhr Anita fort, »wir glauben, dass du diejenige bist, die wir suchen, aber ich habe ein paar Fragen, bevor ich das zu erläutern wage.« Sie löste sich von Lilly und kehrte zum Sofa zurück. »Hast du ihr vom Gewölbe erzählt, John?«

»Nein.«

»Ah. Und du glaubst, dass sie hier in Sicherheit ist?«

»Innerhalb dieser Wände, ja. Wir befinden uns schließlich in der Zuflucht. Nichts hat uns je gefunden.«

»Und Han-el?«, hakte Simon besorgt nach. »Gehe ich recht in der Annahme, dass der Sänger der Beschützer dieses Mädchens ist?«

»Nein«, erwiderte John. »Han-el beschützt mich.«

Simon wirkte erleichtert.

Anita meldete sich zu Wort. »Ich verstehe. Und dein Wächter hat bestätigt, dass sie eine Zeugin ist. Hat er gesagt, was sie bezeugen wird?«

Die Gelehrten rutschten neugierig auf die Stuhlkanten. Hätte Letty das gemacht, wäre sie sicherlich heruntergepurzelt, aber sie blieb ruhig sitzen und summte nur noch lauter.

»Sie ist eine Zeugin der Anfänge.«

Zum zweiten Mal an diesem Tag herrschte fassungsloses Schweigen. Dann brach ein Tumult los. Anita sprang auf, warf die Hände in die Luft und jubelte in einer Sprache, die Lilly noch nie gehört hatte. Gerald führte ein Freudentänzchen auf, und Letty schlug die Hände vors Gesicht. Nur Simon faltete die Hände und senkte den Kopf wie zum Gebet.

Dann sah er in die Runde. »Das verlangt nach einer Feier mit gutem Essen und Wein!«

John deutete lachend auf die Tür. »Bedient euch aus der Vorratskammer. Was ich habe, gehört euch.«

Simon ließ sich nicht zweimal bitten. Gefolgt von den anderen Gelehrten, verließ er das Empfangszimmer.

John blieb ruhig sitzen und wartete auf eine Reaktion von Lilly. Das Mädchen grübelte. Wie konnte sie John nahebringen, dass er sich irrte? Dass sein Engel etwas missverstanden hatte? Sicher, sie hatte immer wieder Dinge gesehen, aber sie wollte keine Zeugin sein. Am liebsten hätte sie ganz normale Träume gehabt, wie andere Menschen auch. Aber nein, Eva entführte sie an Orte, die sie nicht sehen wollte, und jetzt wurden Leute schattenkrank und vermasselten sich ihr Leben, nur um sie zu finden. Umsonst! Konnte sie es vor sich rechtfertigen, dass sie ihre Träume für sich behielt? Sie starrte auf den Ozean, und in ihrem Kopf wirbelten die Welten durcheinander. Alles überlagerte sich. Alles drehte sich. Sie wusste nicht mehr, wie sie die verschiedenen Wirklichkeiten auseinanderhalten sollte.

Als sie aus ihren Gedanken wieder auftauchte, merkte sie, dass John mit Tränen in den Augen an ihrem Bett kniete.

»Du hast eine Menge zu verkraften, ich weiß«, murmelte er.

»Ich verstehe das alles nicht.« Und mit diesem »alles« meinte sie viel mehr, als er wissen konnte. Sein Feingefühl machte die Lage nur noch schlimmer.

»Es ist gar nicht deine Aufgabe, alles zu verstehen. Es reicht völlig, wenn du einfach Lilly Fields bist.«

»Aber ich verstehe das nicht. Woher soll ich denn wissen, ob ich das Richtige tue?« Sie wollte nicht, dass er sie unterbrach. »Ich weiß nicht, wohin ich gehöre. Ich stecke hier fest und habe keine Ahnung, wie ich hergekommen bin oder was das hier ist. Ich soll eine Zeugin der Anfänge sein? Der Anfänge? Was ist das schon wieder? Was soll ich machen?«

John sah aus, als forsche er tief in seinem Herzen und in seiner Vergangenheit nach, um etwas zu finden, das ihr helfen, zu ihr durchdringen und sie trösten könnte.

Doch dann sprach Letty. »Vielleicht kannst du einfach vertrauen, Lilly. Vertrauen ist etwas, das Kindern von Natur aus leichtfällt, bis jemand sie belügt oder sie davon überzeugt, dass es gefährlich ist.«

»Aber Vertrauen *ist* gefährlich«, antwortete Lilly spontan.

»Das ist wahr«, erwiderte John, »aber nicht so, wie du denkst.«

Die Gäste kehrten zurück, in den Händen Teller mit Käse, Obst, Crackern, Nüssen und Süßigkeiten. Es dauerte nicht lange, bis der Wein die beabsichtigte Wirkung hatte, und die Atmosphäre lockerte sich, auch wenn eine latente Anspannung bestehen blieb. Während des gesamten angeregten Gesprächs hörte Letty nicht auf zu summen.

In den folgenden Stunden bemühten sich John, die Gelehrten und ein Griesgram, Lillys Fragen zu beantworten.

Gerald kehrte den Akademiker heraus. »Es ist doch folgendermaßen: Jedes Zeitalter und jeder Ort hat zwei primäre Zeugen – einen in Wort und Schrift und einen aus Fleisch und Blut. Der letztere ist, genaugenommen, eine Inkarnation des ersten, aber keiner kann ohne den anderen existieren.«

»Vielleicht würde es helfen«, sprang Anita kopfschüttelnd ein, »wenn du es dir wie eine Fotografie vorstellst, die die Aufzeichnung – *graphe* – eines Lichtmoments – *photos* – ist. Denke dir einen Zeugen als Fotograf und Foto in einem.«

»Okay«, sagte Lilly. »Das kann ich so halbwegs verstehen …«

»Es gibt noch ein drittes Element.« Das kam von Simon. »Ein Zeuge ist nicht nur der Fotograf und die Fotografie, sondern wirkt durch seine Lebendigkeit am Bild mit. Ein Zeuge steht weder außerhalb, noch ist er distanziert, er oder sie ist weder objektiv noch unabhängig. Bereits deine Gegenwart schafft zahllose Möglichkeiten, und deine Entscheidungen beeinflussen die Geschichte, so wie wir sie kennen. Sie werden auf neue Art und Weise in den sich entfaltenden Plan Gottes eingewoben.«

Das klang kompliziert, und Lilly sehnte sich danach, den Raum einfach zu verlassen oder einzuschlafen, aber sie versuchte, sich zu konzentrieren. »Meinst du damit, dass es ohne einen Zeugen überhaupt keine Fotografie gibt? Wenn keiner da ist, der zusieht, dann existiert sie nicht?«

»Gut gezielt, aber nicht ganz getroffen«, entgegnete Anita.

Geralds Beitrag klang wie ein Zitat: »Gott ist immer *der* Zeuge gewesen, ohne den nichts jemals existiert hat. Gott ist der Große Beobachter, immer und beständig im

Bild; das Wort in all Seinen Bedeutungsebenen ist Ruhm und Hinwendung.«

»Und Gott ist der Große Störenfried«, fügte Anita hinzu. »Deshalb ist es so wichtig, das Wesen Gottes zu kennen. Wäre Gott nicht Der Welcher Er in Essenz ist, oder besser gesagt, der SIE sind –, nämlich das Gute, in allwissender Liebe aufgehend, Eines dem Anderen zugewandt, so würde alles … *pffft.*« Ihre Finger kreiselten durch die Luft wie ein Ballon, aus dem die Luft entwich. »Alles, wir selbst eingeschlossen, würde sich in Nichtsein auflösen.«

»Warum braucht Gott dann mich«, fragte Lilly, »oder überhaupt menschliche Zeugen?«

»Ah«, erwiderte Gerald fröhlich glucksend, »da sind wir wieder bei den Anfängen. Gott braucht gar nichts, aber Gott will kein von uns getrennter Gott sein. Ein Teil von Gottes Leben sein heißt, das Geheimnis der Teilhabe zu erforschen.«

In Lillys Ohren klang das sehr verwirrend, aber die Gelehrten ermutigten sie, sich nicht zu sehr bei den Details aufzuhalten. Sie sei ein Kind, erklärten sie, und Kinder wüssten intuitiv, was sie durch Erziehung nie lernen könnten. Das half ihr zwar nicht beim Begreifen, aber es tröstete sie ein wenig.

Irgendwann gegen Abend verschwand Letty mäuschenstill, ohne sich zu verabschieden. Ihr Gesumm wurde leiser und verklang.

John wollte gerade die drei Gelehrten zu ihrem Nachtquartier bringen, als Anita die Hand hob.

»Warte! Wir haben die Geschenke vergessen, die wir Lilly mitgebracht haben!«

»Sehr richtig«, sagte Simon. »Aber meines ist noch im Gepäck. Ich werde es ihr später geben. Morgen vielleicht?«

»Geschenke?« Lilly war erschöpft, aber die Neugier brachte ihr etwas von ihrer erlahmenden Energie zurück. Die Aussicht auf ein Geschenk von Simon verursachte sogar ein angenehmes Kribbeln.

Der junge Gelehrte zog sich in eine Ecke des Raums zurück, während Anita und Gerald die Taschen ihrer Gewänder abklopften und sich zu erinnern versuchten, wo sie ihre Schätze untergebracht hatten. Anita fand ihren zuerst und trat an Lillys Lager.

»Liebes Kind«, begann sie, »Als ich darum gebetet habe, zu dir kommen zu dürfen und dich kennenzulernen …«

»Du betest für mich?«

»Das tun wir alle«, sagte Gerald. »Beten ist in erster Linie Reden mit Gott – über das Leben und die Menschen und was uns bevorsteht und uns aktuell am wichtigsten ist. Überrascht dich das?«

Lilly nickte.

Anita räusperte sich. »Wie gesagt, als ich darum gebetet habe, zu dir kommen zu dürfen, ist mir wiederholt dieses Geschenk in den Sinn gekommen.« Sie öffnete die Faust, und Lilly sah ein Silberkettchen mit einem kleinen, kunstvoll verzierten silbernen Schlüssel.

»Wie schön!«, rief sie begeistert, »danke!« Anita legte dem Mädchen den zarten Gegenstand in die Hand.

»Mit diesem alten Schlüssel verbunden ist eine Geschichte, eine Art Märchen. Kennst du die Geschichte von der Prinzessin und dem Oger?«

Lilly schüttelte den Kopf.

»Macht nichts.« Anita lächelte und nahm das Mädchen in den Arm. »Den Schlüssel kannst du nicht nur um den Hals tragen, mit ihm lässt sich sogar etwas öffnen. Aber ich weiß nicht was. Du wirst es erfahren, wenn die Zeit reif ist.«

»Das gilt auch für mein Geschenk«, schloss sich Gerald an und reichte dem Mädchen ein kleines Schmuckkästchen. Lilly klappte es auf und fand einen schlichten Goldring. »Das ist ein Brautring«, erklärte er, und Lilly lächelte unsicher. »Dieser Ring wurde von meiner Familie seit den Nebelschleiern der Anfänge weitergegeben. Auch ich weiß nicht, warum es wichtig ist, dass du ihn bekommst, aber er gehört dir.«

»Ist es dasselbe wie ein Freundschaftsring?«

»Nein, *Freundschaft* ist ein viel zu schwaches Wort. Ein Ehegelöbnis ist eine entschiedene, feste Verpflichtung, die man eingeht, ein Heiratsversprechen, das manchmal Jahre vor der Eheschließung gegeben wird. Dies ist ein Ring, den der Bräutigam seiner Braut als Eheversprechen gibt.«

»Danke, Gerald.« Er beugte sich vor, um sie auf die Stirn zu küssen. Sie versteifte sich dabei abwehrend, ließ es jedoch geschehen.

Danach führte John die Gelehrten aus dem Raum. Simon ließ sich Zeit, drehte sich noch einmal um und verneigte sich lächelnd vor Lilly.

Eine Zeit lang saß Lilly reglos da und versuchte, sich auf die Ereignisse des Tages einen Reim zu machen, aber das Grübeln machte sie nur noch nervöser. Sie hoffte, dass Han-el wirklich existierte und in der Nähe war, aber das bedeutete auch, dass der Engel vermutlich ihre Unaufrichtigkeit durchschaute, und diese Möglichkeit war ihr sehr peinlich. Dennoch war die Vorstellung, dass es eine Art Schutzengel gab, ein gewisser Trost.

Allerdings weckte er auch die Erinnerung an das Gesicht eines anderen Mannes, das sie nicht recht zuordnen konnte.

SPIEGELZAUBER

Früh am nächsten Morgen, als die ersten Sonnenstrahlen die Schatten der Nacht vertrieben, schrieb Lilly zum ersten Mal etwas in das Tagebuch, das John ihr geschenkt hatte. Die leeren Seiten wirkten wie eine Einladung, und sie lud einen Teil ihrer Bürde ab. Sie schrieb wie ein Adler, der sich in die Lüfte schwingt, und wurde von unsichtbaren Strömungen an Horizonte der Ehrlichkeit getragen, die sie noch nie bewusst erforscht hatte.

Auch wenn John etwas anderes behauptet – ich halte mich nicht wirklich für eine Schriftstellerin. Ha, schon geht es los mit den Ausreden, und dabei wird das hier außer mir niemand lesen.

Ich weiß nicht, wer ich bin und was echt ist. Die Hälfte der Zeit denke ich, dass ich spinne und die Leute um mich herum auch, und die andere Hälfte, dass ich nur durch den Wind bin und ein einziges Bündel aus grässlichen, echt heftigen Gefühlen.

Manchmal würde ich am liebsten schreien, bis mir die Puste ausgeht. Ich will nicht, dass sich jemand um mich kümmert, und dann will ich es doch, und das macht mich wahnsinnig, und dann will ich irgendwie nur noch sterben.

Von allen, die ich hier getroffen habe, mag ich John am liebsten, aber richtig cool finde ich den Neuen, einen von den drei Weisen (so hießen sie, glaube ich, im Kindergottesdienst, nur bin ich nicht das Jesuskind, zu dem sie gepilgert sind). Sein Name ist Simon, und er ist älter als ich, aber wenigstens nicht ganz so alt wie die anderen. Anita und Gerald haben mir einen Schlüssel und einen Brautring geschenkt, aber Simon hat gesagt, er bringt mir sein Geschenk später. Ich glaube, er will nur noch mal alleine mit mir reden. Ich muss dauernd an ihn denken, er ist irgendwie aufregend.

Gestern ging es voll chaotisch zu. Es ist so viel passiert, dass ich gar nicht weiß, wo ich anfangen soll. Eva hat mich zu Adam mitgenommen – total gaga, wenn man das so hinschreibt –, aber jedenfalls sind wir dort über eine sprechende Schlange gestolpert, die mir total Angst gemacht hat. Dann sind die Weisen aufgetaucht, und ich habe Letty zum ersten Mal gesehen. Ich weiß immer noch nicht, warum sie andauernd summt. Dann haben sie mir gesagt, dass ich eine Zeugin der Anfänge bin. Ich habe ihnen nicht erzählt, dass ich das von Eva schon weiß.

Ich habe mir meine Arme angeschaut. Vielleicht habe ich mich in meinem anderen Leben geritzt. Das macht mir auch ganz schön Angst. Es wäre vielleicht besser, wenn ich mich nicht erinnere, aber gegen die Flashbacks oder Halluzinationen oder was es ist kann ich nichts machen.

Ich schaue mir oft die Gezeiten an. Wenn die Flut kommt und geht, ist das, als ob man mal leben und mal sterben will. Die meiste Zeit kann ich aber nur die Wellen sehen und weiß nicht mal, welche Gezeit gerade herrscht. Ob Simon heute noch herkommt? Wahrscheinlich nicht.

Beim Gedanken an Simon zog sie die Bettdecke hoch und warf einen prüfenden Blick auf den fremden Fuß. Von welchem Mädchen er wohl stammte? Er schien perfekt zu funktionieren, auch wenn er ein ganzes Stück heller als ihr rechter Fuß und von Sommersprossen übersät war.

Bald darauf tauchten Frauen auf, die eine Art Ordensgewänder trugen und ihr bei der Morgentoilette halfen. Sie sagten kein einziges Wort und lächelten die ganze Zeit, und ihre Anwesenheit tat ihr gut. Dann erschien John mit dem Frühstück, das zwar schleimig und fad schmeckte, aber den ersehnten Übergang zu fester Nahrung darstellte. Ihre Körperfunktionen hätten sich noch nicht ganz erholt, sagte John entschuldigend.

Als Lilly fertig war, ging er hinaus, und sie starrte wieder auf das Meer, die schöne Bucht mit dem Sandstrand und die seltsame Mischung aus tropischem Regenwald und nördlichen Gehölzen, die hinter dem Felsvorsprung begann.

Anschließend absolvierte sie ihre Bewegungsübungen, bei denen sie jeden Muskel anspannte und wieder entspannte, beginnend mit den Zehen, durch den gesamten Körper bis hoch zur Nase. Diese Abfolge wiederholte sie täglich sechs Mal zwischen dem Aufwachen und dem

Einschlafen. Mit einem Knopfdruck konnte sie ihr Bett in einen fahrbaren Liegestuhl umwandeln, und obwohl sie sich schon deutlich kräftiger fühlte, widerstand sie der Versuchung, sich zu erheben und auf die eigenen Füße zu stellen. Im Leben kam es offenbar vor allem auf gutes Timing an.

John hatte noch eine Überraschung in petto. Es gelang ihm, Lillys mechanischen Stuhl eine sanfte Steigung hochzuschieben, bis auf eine Terrasse direkt über den Räumen, in denen sie während ihrer Genesung gelegen hatte. Zum ersten Mal konnte sie die Luft spüren und die wärmende Sonne auf der Haut. Die Terrasse war klein, aber sie thronte hoch oben wie ein Ausguck an einem Schiffsmast über ihrer Umgebung und bot einen atemberaubenden Panoramablick. Dort ließ er Lilly allein, weil er noch einiges erledigen musste.

Ein starkes Geländer war alles, was die stabile Plattform von einem viele hundert Meter tiefen Abgrund trennte. Lilly fuhr lieber nicht zu dicht an den Rand heran. Schon so überkam sie ein überwältigendes und berauschendes Schwindelgefühl.

Sie schloss die Augen und wandte das Gesicht der milden Nachmittagssonne zu. Eine verspielte Brise zauste in ihren Haaren, die sie von allen Bändern und Klammern befreit hatte. Trotz der elementaren Trauer, die sie nie ganz verließ, war sie fast glücklich, bis plötzlich das unbestimmte Gefühl, beobachtet zu werden, ihre selige Träumerei störte. Sie erschauerte wie unter der Berührung einer eisigen Hand. Keine drei Meter von ihr entfernt stand Simon, strategisch platziert zwischen ihrem Stuhl und der Ausgangsrampe.

Der große, schlanke Mann war sorgfältig, aber angesichts der Temperaturen fast zu warm angezogen. Das weiße Hemd mit der roten Samtfliege betonte seine markanten Gesichtszüge und die dunkelbraunen Augen. Der Wind, der Lilly übermütig umspielte, schien um ihn einen Bogen zu machen. Simon sprach mit überraschend leiser Stimme.

»Es tut mir leid, wenn ich dich erschreckt habe. Hab keine Angst.«

Unwillkürlich stieß Lilly einen Seufzer der Erleichterung aus. »Du hast mich wirklich erschreckt! Ich habe dich nicht kommen hören, und ich … ich war überrascht.«

»So bin ich nun mal. Leise, meine ich. Ich lenke die Aufmerksamkeit nicht auf mich, zumindest nicht direkt. Wo ist der Bewahrer?« Simon lächelte sie freundlich an. »Ich hatte angenommen, er wäre bei dir, dein allgegenwärtiger Beschützer.«

»Ich weiß es nicht.«

»Das passt mir gut. Ich habe nach einer Gelegenheit gesucht, mit dir allein zu sprechen. Ist dir das recht?«

Fast hätte Lilly zugelassen, dass ihr inneres Lächeln sich auf ihrem Gesicht spiegelte, aber sie riss sich zusammen. Dieser Mann war ein Fremder, und sie musste auf der Hut sein – obwohl er eine so herrlich gefährliche Aura hatte und es sich so gut anfühlte, von ihm beachtet zu werden!

»Das hängt von dir ab«, sagte sie. »Wir könnten John dazuholen.«

Es war ein Spiel. Sie wusste es und vermutete, dass er es auch wusste. Er lächelte.

»Lilith …«

»Lilly«, unterbrach sie ihn. »Mein Name ist Lilly.«

»Natürlich.« Simon kräuselte die Lippen. »Wie auch immer, du bist zur Zeugin der Anfänge erwählt worden, und das ist von ungeheurer Bedeutung. Ich fühle mich ausgesprochen geehrt, dass ich dich kennenlernen durfte, ganz gleich, was andere davon halten mögen.«

»Welche anderen? Was haben sie gesagt?« Sofort verebbte die Freude über seine Schmeichelei, und die alten Selbstzweifel meldeten sich.

Simon machte ein verlegenes Gesicht und entschuldigte sich hastig. »Ich wollte niemanden verleumden. Sie haben es zweifellos gut gemeint.«

»Wer?«, hakte Lilly nach.

»Die anderen, die Älteren.«

»Was haben sie gesagt?«

»Dass du noch ein Kind bist, zum Beispiel, aber das sehe ich ganz anders. Andererseits haben sie recht mit ihrem Hinweis, dass du jung bist und es dir an Erfahrung mangelt. Doch darum geht es mir nicht. Sicherlich hast du deine einzigartige Bedeutung und die wichtigen Entscheidungen, die auf dich zukommen, noch nicht verstanden – in diesem Punkt stimme ich ihnen zu. Meiner bescheidenen Meinung nach wirst du eine substanzielle und dauerhafte Beratung brauchen.«

»Von dir, nehme ich an?« Lilly war irritiert, und nun hatte sie jemanden, gegen den sie ihre generelle Unzufriedenheit richten konnte.

Simon antwortete nicht.

»Warum bin ich so *einzigartig bedeutend*?«, bohrte sie weiter.

»Weil du die Macht hast, den Verlauf der Geschichte zu ändern!«

Die enorme Wucht dieser Aussage und Simons intensiver Blick waren fast mehr, als sie ertragen konnte.

»W – wie?«, stammelte sie.

»Lilith, du bist die erwählte Zeugin der Anfänge. Richte dein Augenmerk auf das, was dir gestern Abend gesagt wurde. Als Zeugin bist du nicht nur die Fotografin, sondern auch als aktiv Beteiligte mit im Bild, und deine Entscheidungen können alles verändern, das heißt die Geschichte jedes Einzelnen.«

Lilly war so aufgewühlt, dass sie sich nicht einmal die Mühe machte, ihren Namen zu korrigieren. Endlich glaubte sie etwas zu verstehen. Wenn sie eine Zeugin war, hatte ihr Hiersein einen Sinn. Und wenn er recht hatte? Wenn sie auf den Verlauf der Geschichte einwirken konnte, galt das dann auch für ihre eigene? Wenn man die Anfänge änderte, änderte man damit nicht auch das Ende?

So schnell die Woge der Möglichkeiten ihr Auftrieb gegeben hatte, so schnell war es damit auch wieder vorbei. Diese Phantasien waren einfach zu abstrus.

»Ich dachte, ich dürfte mich nicht einmischen«, sagte sie. Im nächsten Moment schlug sie erschrocken die Hand vor den Mund.

»Einmischen ist nicht gemeint, sondern beteiligen«, sagte Simon, ohne auf ihr Erschrecken zu reagieren. »Ich kann dir dabei helfen. Und Gott wird dir Weisheit schenken. Warum sollte dich Gott in diese Situation bringen, wenn Er dich nur dem Scheitern preisgeben will? Du wirst der Aufgabe gewachsen sein, Lilith. Ich glaube an dich.«

Das war genau die Ermutigung, die Lilly brauchte, auch wenn ihr das bisher nicht bewusst gewesen war, und sie ließ sich aufatmend in ihren Stuhl zurücksinken. Simon kam ein paar Schritte auf sie zu, hielt aber immer noch einen Abstand, der ihr als sicher erschien.

»Was soll ich also jetzt tun?«

Simon kam noch ein Stückchen näher. »Wir müssen dich ins Gewölbe bringen. Das scheint der Schlüssel zu allem zu sein. Mein Rat lautet vorläufig: Traue deinen Instinkten! Du wurdest erwählt, weil du so bist, wie du bist. Die richtigen Entscheidungen werden aus deiner Selbsterkenntnis heraus entstehen.«

»Weißt du, die meiste Zeit liegt ein Nebel über meiner Vergangenheit. Ich habe Flashbacks, aber die sind fast immer furchtbar.« Noch während sie sprach, merkte Lilly, dass sie diesem Mann Seiten von sich zeigte, die sie noch nie jemandem gezeigt hatte. »Wie finde ich heraus, wer ich bin?«

»Das, junge Frau, ist der Anlass für mein Geschenk.« Mit einer schwungvollen Geste zog Simon aus seinem kurzen Mantel einen reich verzierten Spiegel mit einem kunstvoll geschmiedeten Griff.

»Wie schön!« Lilly legte ihn auf ihren Schoß. »Woher hast du ihn?«

Über Simons Gesicht huschte ein Schatten, und er zögerte. »Er hat meiner Frau gehört.«

»Deiner Frau?« Lilly war hin- und hergerissen zwischen Mitgefühl und Ablehnung. Wie konnte er ihr so etwas schenken?

Sie hielt Simon den Spiegel hin. »Ich kann das nicht annehmen.«

»Aber du musst!«, drängte Simon. »Meine Frau ...
meine Frau ist an einem viel besseren Ort. Wenn sie hier
wäre und wüsste, wer du bist, würde sie wollen, dass du
ihn bekommst. Bitte! Das ist kein gewöhnlicher Spiegel.
Wenn du sein Geheimnis kennst, offenbart dir dieser
Spiegel die Wahrheit. Die Legende besagt, dass seine
Kraft aus dem allerersten Teich stammt, in den Adam
blickte und in dem er sein eigenes Antlitz sah. Bitte nimm
ihn an.«

Lilly zögerte. Sie hatte seit ihrer Ankunft in der Zuflucht ihr eigenes Gesicht nicht mehr gesehen. Nicht einmal in den tiefsten Tiefen ihrer Erinnerung gab es ein
Gesicht, das sie mit hundertprozentiger Sicherheit als
ihr eigenes erkannt hätte. Unsicher blickte sie Simon an,
der ihr aufmunternd zunickte. Daraufhin hob sie den
Spiegel und spähte hinein.

Nichts. Nur eine wabernde graue Wolke, die sich bewegte, als würde sie vom Wind getrieben. Lilly war verwirrt.

Simon lächelte spitzbübisch. »Ich sagte doch, er hat
ein Geheimnis.« Er streckte den Arm aus und drehte
ihre Hand um. Seine Finger lagen kühl, aber nicht unangenehm auf ihrer sonnenwarmen Haut. Sie entzog sich
ihm nicht.

»Siehst du diesen glänzend roten Stein?«, fragte Simon,
und sie betrachtete den Spiegel genauer. »Hier an der
Stelle, wo der Griff in den Rahmen übergeht. Wenn du
deinen rechten Daumen auf diesen Stein legst und den
Spiegel vor dein Gesicht hältst, zeigt er dir die Wahrheit
über dich selbst.«

Sie legte den Daumen auf den Stein.

»Bevor du weitermachst, muss ich dich warnen. Es ist kein schmerzloser Vorgang. Du wirst die Wahrheit sehen, und das kann sehr beängstigend und unangenehm sein. Doch du wirst dein Schicksal nur erfüllen, wenn du mit ganzem Herzen an das glaubst, was du siehst.«

In diesem Moment zuckte ein Schatten über sie hinweg, und Simon riss ihr den Spiegel aus der Hand. Hektisch versteckte er ihn unter seinem Mantel. Keine dreißig Meter entfernt kreiste ein riesiger Adler über ihnen.

»Was ist los, Simon? Es ist doch nur ein Adler! Er ist riesig, aber es ist nur ein Adler.«

»Ein Dieb ist er!«, sagte Simon angespannt. »Sie sind auf der Suche nach glänzenden Gegenständen für ihre Nester. Diese Tiere machen mich nervös.«

Stumm sahen sie zu, wie der Windreiter sein Kreisen beendete und in der Ferne verschwand. Simon holte das Geschenk wieder hervor und schob es Lilly in die Hand.

»Du musst auf der Hut sein und ihn gut verstecken. Er ist für dich allein bestimmt. Das Geschenk entspricht deiner unvergleichlichen Bedeutung.«

Seine Anspannung schien einer echten Herzlichkeit zu weichen. Er griff in eine andere Tasche und zog einen Stoffbeutel heraus. »Hier. Wenn du den Spiegel in diesen Beutel legst, nimmt er als Tarnung die Farbe des Materials an.«

Als er den Spiegel in den Beutel schob, wurden beide Gegenstände fast schlagartig nahezu unsichtbar. Gegen den Himmel gehalten, sahen sie aus wie eine durchsichtige, leicht schillernde runde Scheibe. Dann legte Simon den Beutel auf Lillys Schoß, wo er die Farben ihrer Decke absorbierte und völlig mit ihr zu verschmelzen schien. Der einzige Hinweis auf seine Existenz war sein Gewicht.

Lilly war mit sich selbst uneins. Sie war fasziniert von dem Gelehrten und seinen Worten, aber er war ihr nicht ganz geheuer. Die Ungezwungenheit, an die sie sich im Umgang mit John gewöhnt hatte, fehlte bei Simon, doch stattdessen tat sich ein ganz neues Spektrum an Gefühlen auf. Wie kam es, dass sie ängstlich und fasziniert, hoffnungsvoll und argwöhnisch zugleich war? Löste Simon diese Widersprüche in ihr aus?

»Simon«, begann sie zögernd, »ich danke dir. Es gibt da ein paar Dinge, die ich dir erzählen muss …«

Lilly hatte vor, dem Gelehrten all das anzuvertrauen, was sie vor den anderen verborgen gehalten hatte, aber als sie gerade den Mund aufmachen wollte, hörte sie jemanden pfeifen. Sie blickte zur Tür, und John stand im Rahmen. Er hatte zum Schutz gegen das blendend helle Licht die Hand über die Augen gelegt.

Lilly sah sich nach Simon um und traute ihren Augen nicht. Er war weg, hatte sich in Luft aufgelöst, war so vollständig unsichtbar geworden wie der Spiegel. Schnell schob sie sein Geschenk unter die Bettdecke. Die Heimlichtuerei bedrückte sie. Sie hoffte nur, dass John in der grellen Sonne nicht bemerkte, dass sie knallrot geworden war.

»Deine rosigen Wangen verraten mir, dass du die Zeit hier oben genossen hast«, sagte John, »aber ich bin gekommen, um dich abzuholen.« Er sah sich neugierig um. »Ich meinte, ich hätte dich mit jemandem reden hören.«

Da sie nun einmal ein falsches Spiel spielte, musste sie die Lüge noch ein wenig ausschmücken.

»Hast du mich eventuell mit den Unsichtbaren reden hören?« Sie zeigte mit einer kreisenden Bewegung auf die leere Terrasse, und er lachte.

Es war keine richtige Lüge, dachte sie, um sich zu rechtfertigen, *nur ein kleiner Scherz*. Wenn John ihn durchgehen ließ, war das sein Problem.

»Eventuell. Bist du bereit, deinen Ausguck zu verlassen? Die Gelehrten kommen vermutlich zum Abendessen, und du solltest dich vorher ein wenig ausruhen.«

Während sie langsam die Rampe hinunterrollte, faltete Lilly die Hände über dem Spiegel, der unter der Decke lag. Er hatte eine schicksalhafte, faszinierende Aura, aber es würde noch etwas dauern, bis sie sich mit ihm beschäftigen könnte.

»John, ich möchte dich um einen Gefallen bitten.«

»Natürlich.«

»Ich habe mich den ganzen Nachmittag ausgeruht. Haben wir vor dem Essen noch etwas Zeit? Kannst du mir den Rest der Geschichte von Eden vorlesen?«

»Aber natürlich.« John schwieg. Nach einer Weile fragte er: »Woher das plötzliche Interesse?«

»Ich glaube, die Geschichte könnte mir verstehen helfen, warum ich hier bin und was von mir erwartet wird. Bisher war diese Story von Adam und Eva für mich so was wie ein Märchen oder Fantasy, deshalb würde ich sie gerne noch mal hören, so wie sie in den Schriften steht. Ich denke, ich möchte gut vorbereitet sein.«

»Hmm.« Nachdem er Lilly im Empfangszimmer abgestellt hatte, entschuldigte sich John und kam bald darauf mit einem großen Buch zurück. Er trug einen bequemen Stuhl an ihr Bett und schlug das Buch wieder

hinten auf. »Lass mal sehen, wo haben wir aufgehört?«
Lilly nickte ihm aufmunternd zu.

»Das ist die Entstehungsgeschichte von Himmel und
Erde, als sie erschaffen wurden …« Ab und zu hob John
den Kopf und stellte jedes Mal fest, dass Lilly konzent-
riert zuhörte und gefesselt schien. Manchmal bat sie ihn,
eine Zeile oder einen Satz zu wiederholen, aber ansonsten wollte sie keine weiteren Erläuterungen.

John schloss mit den Worten: »Gott vertrieb den Menschen und stellte östlich des Gartens Eden zwei Cherubim auf mit einem lodernden Flammenschwert, auf dass
sie sich in alle Richtungen wandten und den Zugang zum
Baum des Lebens bewachten.«

»Wow.« Lilly wirkte bedrückt. »Ich glaube nicht, dass
ich diese Geschichte schon einmal gehört habe. Sie ist
schön und unglaublich traurig.«

»Willst du darüber sprechen?«, fragte John und legte
das Buch auf ein Tischchen.

»Jetzt nicht. Ich möchte sie erst einmal verdauen.
Bringst du mich bitte auf mein Zimmer?«

John nickte, stand auf und schob sie nach unten. »Ich
hole dich ab, wenn die anderen da sind.«

»Eine Frage noch …«

»Natürlich.« John lächelte. »Es wäre ja ein Wunder,
wenn du nicht noch eine letzte Frage hättest!«

»Warst du auch ein Zeuge?«

John war erstaunt. »Lilly, es ist mir ein Rätsel, wie du
das wissen kannst.«

»Vor einer ganzen Weile hat mal jemand darüber geredet, da lag ich noch flach auf dem Rücken. Ich wollte
euch nicht belauschen.«

»Schon in Ordnung. Ja, es ist wahr.«

»Was hast du als Zeuge gesehen? Die Anfänge?«

»Die Neuanfänge, könnte man sagen. Ich habe die Rückkehr des Ewigen als zweiter Adam bezeugt.«

»Als *zweiter* Adam?«, wiederholte sie verständnislos und schüttelte den Kopf. »Erzähle mir später davon. Hast du damals gewusst, was du tun musst?«

»Und hast du gewusst, dass das schon fünf Fragen sind?« John lachte gutgelaunt, aber dann wurde er wieder ernst und gab ihr eine Antwort. »Ja, ich wusste, dass ich ein Zeuge war und dass ich lernen musste zu vertrauen. Alles andere kam, wie es kam, und ich habe reagiert – nicht sehr gut, sagen manche. Aber auch aus dem Abstand von so vielen Jahren kann ich sagen: Ich würde heute nichts anders machen.«

»Hast du die Welt verändert, John?«

»Das habe ich, Lilly. Ich habe die Welt verändert.« Er lächelte. »Das ist es, was Zeugen tun.« Dann ging er zur Tür und zog sie leise hinter sich zu.

Lilly schlug die Decke zurück und blickte in den Spiegel, dessen Oberfläche immer noch einen grauen Wolkenwirbel zeigte. Was da auf ihrem Schoß lag, war wie ein Versprechen, eine verlockende Einladung, die Wahrheit kennenzulernen. Aber es barg auch eine Gefahr. Wollte sie überhaupt die Wahrheit über sich selbst erfahren?

Sie rollte ihren Stuhl zu einer Kommode, zog die oberste Schublade auf und legte den Spiegel neben die anderen Geschenke: Geralds Ring, Anitas Schlüssel und Johns Tagebuch. Welche Wahrheiten der Spiegel auch für sie bereithalten mochte, sie würden sich noch gedulden müssen.

Wie versprochen, klopfte John bald darauf an und schob sie nach unten, wo das Essen wartete. Ein angenehmer Duft nach gegrilltem Fleisch und frischem Gemüse stieg Lilly in die Nase, aber auf ihrem eigenen Teller lag wieder dieselbe langweilige Mischung aus ungewürztem Getreide, Kräutern und Arzneipflanzen. Sie beschwerte sich nicht darüber, denn in Gedanken war sie bei wichtigeren Angelegenheiten.

Noch bevor Simon das Esszimmer betrat, spürte Lilly seine Gegenwart als ein leichtes Prickeln. Der Gelehrte war genauso gekleidet wie am Nachmittag und trug auch noch seine leuchtend rote Samtfliege.

»Ich habe bisher nur einmal eine solche Fliege gesehen«, sagte John. »An einer Person, die Kurator genannt wurde.«

Lilly lachte. »Du hast einen Freund namens Kurator?«

»Man könnte seine Beziehung zu mir als eine Art verschrobene Freundschaft bezeichnen, aber ich muss gestehen« – er grinste –, »er ist ein Freund, dem ich seit Langem aus dem Weg gehe.«

»Ein sehr modebewusster Freund«, bemerkte Simon, und beide Männer lachten.

»Ich habe nie verstanden, was es mit diesem Accessoire auf sich hat«, gab John zurück. »Es wird überschätzt. In deinem Fall natürlich nicht, Simon. Zu dir passt es.«

Vielleicht weil alle ihre Sinne auf Empfang gestellt waren, glaubte Lilly bei jeder Unterhaltung eine unterschwellige Botschaft wahrzunehmen, auf die niemand offen einging. Die verschiedenen Ebenen zu entschlüsseln war ermüdend, und sie gab den Versuch bald auf.

Beim Abendessen warf sie hin und wieder einen Blick in Simons Richtung, doch der Gelehrte reagierte nicht. Er tat, als wäre zwischen ihnen nicht das Geringste vorgefallen. Zweifel regten sich in ihr. Hatte sie sich nur eingebildet, dass es da diese besondere Chemie zwischen ihnen gab?

Nach dem Essen verabschiedete sich Lilly, und John brachte sie auf ihr Zimmer. Kaum war er gegangen, kam eine Nachtschwester herein und half ihr bei den Vorbereitungen zum Schlafengehen. Auf Lillys Wunsch ließ sie den Stuhl in der Sitzposition. Sie konnte später selbst den Stuhl in eine horizontale Stellung bringen.

Lilly rollte den Stuhl zur Kommode, öffnete die oberste Schublade und ertastete ein Geschenk nach dem anderen. Über einer scheinbar leeren Stelle, wo sie den Spiegel deponiert hatte, verharrte ihre Hand. Schließlich griff sie nach Tagebuch und Stift und begann zu schreiben.

Mir ist immer weniger klar, was das alles zu bedeuten hat. Simon hat mich besucht, allein, auf dem Ausguck (so nenne ich die Terrasse ganz oben auf der Zuflucht). Fast hätte uns John erwischt. Bei Simon fühle ich mich interessant, aber ich habe auch ein schlechtes Gewissen, vor allem John gegenüber, weil ich jetzt noch mehr Geheimnisse habe. Wenn ich anfange, darüber nachzudenken, also richtig nachzudenken, kommt mir alles so falsch vor … deshalb denke ich lieber nicht darüber nach. Ich Feigling!

Also jedenfalls hat Simon mir etwas ganz Ausgefallenes geschenkt, einen magischen Spiegel, der mir immer zeigen wird, wer ich in Wahrheit bin. Der Spiegel hat

auch ein Geheimnis, aber ich habe es noch nicht auspro-
biert. Ich habe Angst, und außerdem hat sich noch keine
Gelegenheit ergeben. Was noch … John und Simon haben
über einen Freund von John geredet, der Kurator heißt.
Als bräuchte ich noch mehr undurchsichtige Typen in
meinem Leben! John scheint irgendwie ein gespanntes
Verhältnis zu dem Kurator zu haben, was wohl heißt,
»Freund« ist wahrscheinlich übertrieben.

Es kommt mir vor, als ginge gerade ein großes Aben-
teuer los. Hoffentlich kann ich mit Simons Hilfe tun, was
von mir erwartet wird. Ich bin froh, dass Anita, Gerald
und John mit dabei sein werden, und ich hoffe, Han-el
gibt es wirklich. Es ist so blöd, dass ich alles, was ich
gesehen habe, geheim halten muss, den Ewigen, Eva und
Adam und die Schöpfung. Eva fehlt mir sehr. Vielleicht
kann sie mir ein paar Antworten geben. Oder vielleicht
bin ich auch einfach nur durchgeknallt.

Lilly versiegelte den Verschluss mit ihrem Daumen-
abdruck. Seltsam, bisher war ihr noch nicht aufgefallen,
dass das Tagebuch und der Spiegel auf entgegengesetzte
Weise aktiviert wurden. Ihr linker Daumen verschloss
das Buch mitsamt seinen Geheimnissen, und ihr rechter
setzte die des Spiegels frei.

Ein leichter Duft nach Weihrauch und Salbei durch-
zog den Raum, als würde jemand in der Nähe mit einer
Kräutermischung räuchern. *Ach Unsinn, ich bin nur*
müde, dachte Lilly und legte Buch und Stift in die Schublade zurück.

Doch ihre Wahrnehmung veränderte sich, der Raum
schien zu schwanken. Ihr wurde schwindelig, und dann

hörte sie, wie durch einen Nebel, in der Ferne Lettys Summen.

Sie wollte gerade die Schublade zuschieben, als sich im hintersten Winkel etwas regte und sie angriff. Aus dem Dunkel schoss pfeilschnell die Schlange hervor und zielte mit ihren Giftzähnen direkt auf ihr Gesicht. Lilly schrie auf. Sie konnte gerade noch rechtzeitig den Arm heben und den Angriff abwehren, aber sie konnte nicht verhindern, dass sich die Zähne der Schlange knapp über dem Handgelenk in ihren Arm gruben. Lilly schrie noch lauter und schlug um sich. Das Tier war ungeheuer lang und begann, sich um Lillys Körper zu winden und sie vom Stuhl auf den Boden zu ziehen.

Gerade bog es den Oberkörper zurück, um noch einmal zuzubeißen, als ein blendend helles Licht durch den Raum zuckte. Die Tür flog auf, und laute Rufe erschollen. Lilly konnte sich nicht mehr bewegen und nichts sehen, nur ihr Gehör war nicht beeinträchtigt.

In ihrem Zimmer stand John, der Anweisungen brüllte. Andere Stimmen antworteten, darunter die von Letty und den Gelehrten.

»Das ist kein Anfall.« John klang sehr besorgt. »Das ist etwas anderes. Ändert ihre Lage nicht, bevor sie von einem Heiler untersucht wurde.«

Sie spürte seine Nähe, als er ihr leise etwas zuflüsterte. »Kannst du mich hören, Lilly? Kannst du die Augen aufmachen?«

Eine Antwort brachte sie nicht zustande, und sie spürte auch seine Berührung nicht, aber seine Anwesenheit tröstete sie ungemein.

»An deinen Tränen glaube ich zu erkennen, dass du

mich hörst, Lilly«, sagte John mit vor Erschütterung heiserer Stimme. »Wir sind bei dir, du bist in Sicherheit, und du musst im Moment gar nichts tun.«

»Was ist passiert?«, fragte Anita, die neben ihm stand.

»Das weiß keiner. Letty ist durch die Räume gebraust wie ein Wirbelwind und hat geschrien, die Zuflucht sei in Gefahr, und dann verschwand sie wie der Blitz. Wir hörten jemanden schreien und fanden Lilly stocksteif auf dem Boden liegen, aber sonst sah das Zimmer unverändert aus.«

»Wir sind so weit. Wir legen sie in ihr Bett«, sagte eine unbekannte Stimme. »Wir müssen rasch ihre Körperkerntemperatur erhöhen.«

Lilly spürte nichts außer einer vagen Euphorie, die das Gefühl, schwerelos zu sein, in ihr auslöste. Was immer es war, das sie in diesem Moment in seiner Gewalt hatte, es war nicht nur negativ. Doch dann kehrte die Empfindung allmählich zurück, und an der Stelle, an der die Schlange ihre Giftzähne eingeschlagen hatte, bohrten sich zwei Feuerstäbe in ihren Arm. *Warum haben sie das nicht gemerkt?*

»Simon, die oberste Schublade der Kommode ist offen. Würdest du mir bitte sagen, was darin liegt?«, fragte John aufgeregt.

Eine Weile war es still, dann sagte Simon: »In der Schublade ist nichts außer einem Buch, das wie ein Tagebuch aussieht. Es scheint versiegelt zu sein.«

»Das ist alles?«

»Ja, da ist sonst nichts.«

Wo waren die Geschenke? Der Ring, der Schlüssel und der Spiegel? Lilly merkte, wie sich ihr Herzschlag beschleunigte. In ihren Ohren rauschte es. Von dem Biss ging ein Pulsieren aus, das in ihren Körper strömte. Ihr glückseliges Schweben wich der Panik. Sie versuchte zu schreien, aber sie brachte keinen Ton hervor.

»Sie kollabiert!«, schrie jemand. »Letty!«

Einen Augenblick lang war alles in gleißend helles Licht getaucht, dann kam die Dunkelheit.

SCHATTEN
DER ABKEHR

Lilly, immer noch schreckensstarr, öffnete langsam die Augen. Sie stand auf einer Lichtung, mit dem Rücken zu den wabernden Grenzwällen von Eden. Adam, der vor ihr stand, war ganz auf die Schlange fixiert, aber die Schlange starrte Lilly an, als wäre die Zeit stehengeblieben. In Lillys Handgelenk brannte der Schmerz, doch das Gewicht von Evas Hand auf ihrem Arm linderte seine Intensität ein wenig.

»Wir müssen das verhindern«, flüsterte Lilly mit zusammengebissenen Zähnen. »Etwas Schreckliches wird passieren!« Die Zunge der Schlange schoss hervor und zuckte durch die Luft, als suche sie etwas. Lilly trat einen Schritt zurück, um sich Evas beruhigender Gegenwart noch stärker zu versichern.

»Nein«, erwiderte Eva bestimmt. »Es ist nicht an der Zeit.«

Das Tier wandte nun seine volle Aufmerksamkeit wieder dem jungen Mann zu. »Da du der Sohn Gottes bist«, sagte es mit respektvoll gesenktem Kopf, »werde ich dir für immer in Ergebenheit dienen.«

Adam setzte sich auf den Boden, und Lilly konnte sich jetzt gefühlsmäßig in ihn hineinversetzen. Er war fasziniert.

»Wie kommt es, dass du sprechen kannst?«, fragte Adam neugierig.

»Die gesamte Schöpfung spricht«, sagte das Tier. »Wenn du reifer bist, kann ich dir möglicherweise dieses Wissen weitergeben. Wissen, das dir die Augen öffnen wird, damit sie sehen, und die Ohren, damit sie hören.«

»Warst du noch nie in Eden?« Adam deutete auf den lichtsprühenden Energiewall. »Dort gibt es Wissen. Ich habe einen Baum des Wissens.«

»Du hast einen Baum des Wissens? Das ist gut. Durch Wissen entsteht Herrschaft«, sagte die Schlange. »Ich wurde, wie du, außerhalb der Mauern von Eden geschaffen …«

»Wie ich?« Adam lachte, und Lilly ließ sich ohne gute Gründe davon anstecken. »Ich dachte, du weißt nicht, wer ich bin, und doch weißt du, dass ich außerhalb von Edens Grenzen geboren wurde?«

»Alle Geschöpfe wurden außerhalb der Grenzen von Eden geformt. Dein Atem und dein Leben mag von Gott kommen und meine Weisheit von der Schöpfung, aber wir wurden beide aus demselben Staub geschaffen. Erst danach wurdest du in den Garten gebracht.«

»Aber du nicht. Hast du den Tod in dir?«, fragte Adam.

»In mir ist weder Leben noch Tod, junger Adam. Ich mag scharfsinniger und gewitzter sein als die anderen Tiere des Feldes, aber ich bin dennoch ein Teil von Gottes Sehr Guter Schöpfung.«

»Die Schlange lügt«, knurrte Lilly.

»Sie lügt nicht«, flüsterte Eva. »Nicht, solange Adam nicht lügt.«

Lilly spürte deutlich, wie entzückt Adam war. Hier gab es ein Landlebewesen, mit dem er ein Gespräch führen konnte! Er war verwirrt, aber auch freudig erregt.

»Warum bist du nie durch die Tore von Eden gegangen?«, wollte er als Nächstes wissen.

»Dein Reich ist Eden«, gab die Schlange zur Antwort. »Meine Wohnstatt ist der Rest der Schöpfung.

Adam dachte eine Weile nach. »Adonai hat zu mir gesagt, ich werde Eden ausdehnen, sodass der Garten einmal die ganze Schöpfung enthalten wird.«

»Deshalb bemühe ich mich darum, für dich und dein Reich einen Weg und einen Ort zu bereiten.«

Adam, das wusste Lilly, musste von dem Gedanken höchst angetan sein, innerhalb der Schöpfung bereits einen Fürsprecher zu haben.

»Und gibt es noch mehr von deiner Art?«, fragte er.

»Es gibt viele von meiner *Art* außerhalb von Eden. Und gibt es mehr von deiner?«

In der Frage der Schlange hatte keinerlei Vorwurf gelegen, aber Lilly merkte, dass sie Adam unvorbereitet traf. Er wirkte verunsichert und starrte nachdenklich zu Boden, während die Schlange auf eine Antwort wartete.

»Nein, es gibt keinen anderen von meiner Art«, gab Adam schließlich mit trauriger Stimme zu. »Aber ich werde heute mit Adonai sprechen, damit Er eine Einladung an dich ausspricht.«

»Wenn Eden dein Reich ist, hast du dann nicht das Recht, Einladungen ohne Erlaubnis auszusprechen? Warum kleidest du deine kindische Schwäche nicht in den

Mantel der Autorität? Vielleicht soll auf diese Weise deine Reife auf die Probe gestellt werden, indem du ermutigt wirst, eigenständig als Sohn Gottes zu handeln, da *du allein* der Sohn Gottes bist?«

Adam runzelte die Stirn. Er stand auf und ging auf die Schlange zu, bis ihn nur noch Zentimeter von ihrem Kopf trennten.

»Ich wurde aus Adonais ewigem Wesen erschaffen und geboren!« Adam klang, als wolle er sich selbst von dieser Tatsache überzeugen. »Ich lebe allein durch den Atem Gottes!«

»Gott ist nicht allein.«

»*Und ich bin nicht allein!*«, sagte Adam heftig, aber Lilly wusste sofort, dass die Frage in ihm Wurzeln geschlagen hatte. »Ich bin nie allein gewesen! Ich vertraue Adonais Liebe und Wort. Ich bin der Sohn IHRER Wonne.«

So gebannt Lilly lauschte, so deutlich konnte sie gleichzeitig an Evas Griff ablesen, wie angespannt ihre Begleiterin war. Schließlich zog Eva Lilly dicht an sich heran und legte den Mund an das Ohr des Mädchens.

»Jetzt ist es an der Zeit. Eine von uns muss Adonai suchen und IHNEN sagen, was hier geschieht.«

»Aber wissen SIE das nicht längst? Sind SIE nicht bereits hier?«

»Ja, aber wir sind auch hier, und es kommt auch auf unsere Mitwirkung an. Geh zu Adonai, Lilly.«

Der Ton zwischen ihnen hatte sich um eine Winzigkeit verändert, als hätte sich eine unbekannte Note in ein altvertrautes Lied geschlichen. »Traust du mir nicht? Willst du mich darum nicht mit Adam allein lassen?«, fragte Lilly.

»Ich vertraue Adonai.«

Lilly fühlte einen Stich der Enttäuschung. Sie konnte Evas Antwort nichts entgegensetzen, aber sie fühlte sich abgewiesen.

»Ich bleibe bei Adam«, entschied sie. Sofort machte sich ein pulsierender Schmerz in ihrem Arm bemerkbar, aber sie ignorierte ihn.

Adam war mittlerweile verstummt. Zum ersten Mal machte sich in ihm ein Gefühl bemerkbar, das er noch nicht kannte: Einsamkeit. Lilly kannte es gut und fühlte mit ihm. Als sie ihn mit gesenktem Kopf davontrotten sah, brach ihr schier das Herz.

»Bevor du gehst«, rief ihm die Schlange nach, »habe ich noch ein Geschenk.«

Adam drehte sich um. Die Schlange zog unter einem nahen Gebüsch einen Beutel aus ineinanderverschlungenen Ranken und Gräsern hervor und warf ihn Adam vor die Füße.

»Was ist das?« Adam nahm den Beutel und zog einen Gegenstand heraus, den er gegen das Licht hielt.

»Zieh es aus seiner Hülle wie eine Feldkreatur aus ihrem Loch. Was du siehst, wird Klinge genannt, und diese hat einen Namen: Machiara.«

Lilly erkannte sie und erschrak. Mit diesem Messer hatte der Gesalbte Cherub Adams Nabelschnur durchtrennt und ihn von der Erde befreit.

Als Adam die Klinge aus der Scheide zog, blitzte sie so hell in der Nachmittagssonne auf, dass er geblendet die Augen zusammenkniff und sie sofort losließ. Die Klinge rutschte ihm aus der Hand und ritzte sie ihm dabei auf.

»Nein!«, schrie Adam und starrte das Blut an, das von seiner Hand tropfte. Er funkelte die Schlange empört an. »Was für ein Geschenk ist das? Ein Geschenk, das mir Schmerzen bereitet?«

»Ein Geschenk, das dir Leben bringt. Machiara ist bisher nur einmal benutzt worden.«

»Wofür?«

»Um den Sohn Gottes aus dem Griff der Schöpfung zu befreien.«

Adam wurde unsicher. »Aber *ich* bin doch der Sohn Gottes!«

Die Schlange schob ihren Kopf dicht an Adams Gesicht heran. »Damals hast du auch geblutet. Dein Leben ist in deinem Blut, junger Sohn Gottes.«

»In meinem Blut? Dann könnte diese Klinge mich töten.« Adam drückte die Hand gegen den Lehm, der an seinem Körper klebte, und brachte so den Blutfluss zum Versiegen. »Oder willst du damit sagen, dass lebendiges Blut den Tod zerstören kann? Dass diese Klinge Macht über Leben und Tod hat?«

»Nur der Sohn Gottes kann so etwas sagen. Die Herrschaft liegt in deiner Hand. Du wirst bestimmen, wozu sie dienen soll.« Die Schlange berührte mit ihrer Zungenspitze Adams Wange. »Es sei denn, du bist unwürdig.«

Lilly kam es vor, als würde sie von Adams Gedanken aufgesogen. War er nicht auch vollkommen allein und verzweifelt bemüht, der Welt seinen Wert zu beweisen? Sie wünschte, Eva käme bald zurück.

»Ich?«

»Ja.« Die Schlange glitt ein Stück zurück. »Du warst einmal einer von uns, aber Machiara hat dich getrennt.

Nun sieht es so aus, als wärst du allein und stündest zwischen allen, bist nicht Gott und nicht Geschöpf. Geh und iss vom Baum der Erkenntnis und komm zurück, wenn du würdig bist.«

Wieder zögerte der junge Mann. »Das kann ich nicht.«

Die Schlange schwieg. Adam steckte die Klinge in die Scheide, wandte sich ohne ein weiteres Wort ab und ging auf Eden zu. Lilly blickte ihm nach.

»Was bist du und warum bist du hier?«, zischelte die Schlange in ihrem Rücken. Lilly kniff entsetzt die Augen zu. Das Brennen an ihrem Handgelenk breitete sich über den ganzen Arm aus. Das Pochen in ihrem Kopf wurde heftiger. Doch mit der Furcht war eine subtile Süße verwoben, eine kaum vernehmbare, verlockende Melodie, die nach ihr rief wie vom Grund eines tiefen Gewässers. Lilly war im Begriff, sich ihr auszuliefern, als zwei vertraute Hände die ihren packten. Verwundert blickte sie auf und sah Eva.

»Psst. Hör zu, Lilly. Die Schlange kann dich nicht deutlich sehen, aber auf unerklärliche Art weiß sie, dass du da bist. Komm mit.«

Eva führte Lilly an der Hand von der Schlange fort, zurück in Richtung Eden.

Als sie ein Stück gegangen waren, stieß das Mädchen den angehaltenen Atem aus. »Ist sie weg?«

»Ja.«

Lilly blieb stehen und ließ Evas Hand los. »Mutter Eva, wo bist du gewesen? Du hast mich mit diesem Ding allein gelassen. Und wo ist Adonai?«

Eva sah sie erstaunt an. »Aber Lilly, wir waren die ganze Zeit bei dir! Hast du uns nicht gesehen?«

»Nein! Ich dachte, ich wäre allein. Ich habe mich verlassen und total einsam gefühlt.« Lilly ließ den Kopf hängen und fing an zu weinen. »Ich hatte solche Angst und keiner war bei mir. Es war schrecklich!«

»Lilly, du hast nicht nur deinen Kummer gespürt, sondern auch den von Adam. Liebes, du bist auch *seine* Tochter.« Eva seufzte tief auf und nahm das Mädchen fest in die Arme. Ihre Stimme war heiser vor Mitgefühl. »Du hast die Verzweiflung gespürt, die Adams Abkehr bedeutet; er hat sich entschieden zu glauben, dass er allein ist. Du bist wahrhaftig die Tochter deines Vaters.«

»Und was passiert jetzt?«, fragte Lilly, als sie sich wieder einigermaßen in der Gewalt hatte.

»Heute wirst du Zeugin der ersten Großen Trauer werden.«

Eva hatte recht. An diesem Abend fehlte das übliche verspielte Geplänkel zwischen Adam und Gott. Im Rhythmus ihrer Beziehung hatte sich etwas verändert, und Lilly merkte, wie aufgewühlt Adam war und wie seine Gedanken kreisten. Obwohl er und Adonai schweigend Hand in Hand in die hereinbrechende Dunkelheit gingen, wirkte auch Elohim abwesend. Als ein Lüftchen mit Adams Haaren spielte, hielt der junge Mann es nun einfach für den Wind. Die Fragen, die auf seiner Seele lasteten, hatten sich zu Verdächtigungen zusammengeballt, und diese wiederum bildeten den Kern einer unausgesprochenen Schlussfolgerung: Er war allein.

Adam erzählte Adonai nichts von seiner Begegnung mit der Schlange, und Lilly kannte den Grund dafür. Unausgesprochene Geheimnisse brannten in ihnen beiden. Ja, sie war die Tochter ihres Vaters.

»Würdest Du mich lieben«, fragte Adam nach einer Weile, »wenn es etwas Dunkles in mir gäbe?«

»Meine Liebe zu dir wird niemals von etwas abhängig sein, weder von der Dunkelheit noch von etwas anderem, das in dir zu finden sein mag«, erwiderte Adonai und drückte Adams Hand. »Ich weiß, wer du in Wahrheit bist.«

»Würdest Du Dich abwenden, wenn ich mich abwende?«

»Nein, mein Sohn. WIR werden dich nie verlassen noch UNS von dir abwenden.«

Das waren tröstliche Worte, mehr brauchte es an diesem Tag nicht. Weiter wurde nichts gesprochen. Lilly sah, wie der Ewige Seinen Sohn im Arm hielt und weinte, während Adam schlief.

»Nun hat die traurige Zeit der Abkehr begonnen«, sagte Gott, und Gott stimmte zu, während SIE EINAN-DER trösteten.

»Dies ist das erste Nicht-Gute«, klagte Adonai. »Adam hat sich entschieden zu glauben, er sei allein und lebe außerhalb der Liebe, die ihn Tag für Tag hält. Wir werden aus ihm eine andere Kraft formen, ein anderes Von-Angesicht-Zu-Angesicht, bevor er sich vollständig von UNS abgekehrt hat.«

»Am Morgen, wenn er erwacht«, flüsterte der Wind Gottes, »werden wir mit der Namensgebung beginnen.«

Lilly kam auf einmal alles sinnlos vor, und die Mut-losigkeit drohte ihre zarte Seele zu zerstören. »Sind wir für immer verloren?«, fragte sie ihre Mutter ganz leise.

Aus der Nacht heraus wuchsen Arme, die sie und Eva umschlossen. Lilly wusste, ohne sich umzuwenden, dass es Adonais Arme waren, und in Seiner Umarmung wich ihre Trostlosigkeit. ER stand inmitten ihrer Dunkelheit und vertrieb sie.

»Lilly, du bist für immer gefunden«, flüsterte Er. »Für immer gefunden.«

Das deutliche Gefühl, im Arm gehalten zu werden, hielt auch noch an, als Lilly in ihrem vertrauten Zimmer in der Zuflucht aufwachte. Am Lichteinfall erkannte sie, dass der Morgen gerade erst anbrach, aber sie hatte jedes Gefühl für die Tage verloren. John schlief tief und fest in seinem Sessel neben ihrem Bett, und sie musste lächeln, als sie sah, dass seine Hand auf ihrer lag. Eine Zeit lang rührte sie sich nicht und ließ die Nachwehen ihrer inneren Turbulenzen wie kleine Wellen sachte über ihre Seele hinwegschwappen.

Als sie schließlich die Finger bewegte, wachte John auf. »Willkommen zurück«, krächzte er. »Du bringst ordentlich Aufregung in mein Leben. Wie fühlst du dich?«

»Ganz okay. Ein bisschen warm vielleicht.«

»Du hast leichte Temperatur. Wir finden den Grund einfach nicht.« Er stand auf und strich sein zerknittertes Hemd glatt. »Erinnerst du dich an das, was letzte Nacht passiert ist, Lilly?«

»Ja! Ich bin von einer Schlange gebissen worden!«

John riss die Augen auf. »Einer Schlange? Hier? Wo hat sie dich gebissen?«

Lilly hielt den rechten Arm in die Höhe, damit er die entzündeten Bisswunden sehen konnte.

Er betrachtete den Arm von Nahem, beleuchtete ihn mit der Lampe, drehte ihn hin und her und legte ihn dann wieder aufs Bett zurück. »Ich glaube dir, aber ich sehe nichts.«

»Was soll das heißen? Hier ist es doch.« Sie deutete auf die roten Flecken, die größer geworden waren. John legte den Finger darauf, und Lilly zuckte zusammen. Als er sie anblickte, war sein Gesicht kreidebleich.

»Gar nicht gut!«, erklärte er. »Letty hat gesagt, dass die Zuflucht unsicher geworden ist, aber wir wussten nicht, wodurch und schon gar nicht wie.« Er machte einen Schritt auf die Tür zu. »Ich muss die anderen informieren. Du bist hier nicht sicher, und ich will keinen zweiten Angriff riskieren. Wir müssen dich noch heute ins Gewölbe bringen.«

»Ins Gewölbe?«

»Das ist der sicherste Ort auf unserer Insel. Wo war die Schlange, als sie dich gebissen hat?«

Lilly deutete auf die Kommode. »In der obersten Schublade.«

»War noch etwas anderes darin?«

»Die Geschenke der Gelehrten. Und mein Tagebuch.«

»Dein Buch haben wir gefunden, aber der Rest ist fort.« John strich sich nachdenklich den Bart. »Die Angelegenheit wird immer merkwürdiger.«

Seine ungewohnte Ernsthaftigkeit verunsicherte Lilly. Obwohl sie noch lag, fühlte sie sich schwächer als beim Erwachen. Als John ihr Unbehagen mitbekam, bemühte er sich, zuversichtlich zu wirken.

»Mach dir keine Sorgen!« Er nahm ihre Hand. »Die Gelehrten und ich werden nicht zulassen, dass dir noch etwas zustößt. Dazu bist du uns zu lieb und teuer. Glaubst du mir das?«

Glaubte sie es? Von Zweifeln überwältigt, schloss sie die Augen und hörte in der Erinnerung das Gewisper der Schlange. *Es sei denn, du bist unwürdig.*

Es gelang ihr, kurz zu nicken.

Kaum war John gegangen, betraten die Pflegerinnen leise das Zimmer und halfen Lilly bei der Morgentoilette. Sie achteten darauf, dabei ihr Handgelenk nicht zu berühren, aber als Lilly sie fragte, ob sie die Wunde sehen könnten, schüttelten sie den Kopf.

Als Lilly allein war, rollte sie ihren Stuhl zur Kommode und zog sie vorsichtig auf, bereit, sie jeden Moment wieder zuzuschieben.

Wie John gesagt hatte, war nur ihr Tagebuch sichtbar, das Lilly herausnahm und auf die Kommode legte. Vorsichtig tastete sie den Boden der Schublade ab. Da, der Spiegel! Er hatte die Maserung des Holzes angenommen. Sie legte ihn auf den Schoß und rollte den Stuhl mit dem Rücken gegen die Tür. Das verschaffte ihr etwas zusätzliche Zeit, falls sie sie brauchen sollte.

Sie zog den Spiegel aus der Hülle und spürte, wie er im Rhythmus ihres Herzschlags pulsierte. *Bin ich es wert, geliebt zu werden? Oder habe ich den Tod verdient?*

Die Oberfläche des Spiegels zeigte weiterhin nur graue Schlieren. Zaghaft legte sie den rechten Daumen auf den roten Stein.

»Au!« Erschrocken riss sie die Hand zurück. Etwas Spitzes am Spiegel hatte ihren Daumen so tief durchbohrt, dass Blut hervorquoll. Es wurde von dem Edelstein aufgesogen, wobei sich das wirbelnde Grau veränderte. Doch ihr Spiegelbild zeigte nicht das, was sie sich erhofft hatte.

Es war das bruchstückhafte Bild einer jungen Frau, in dem sie sich selbst erkannte. Die zerklüfteten Umrisse erinnerten an angeschlagenes Porzellan. Doch der größte Teil des Gesichts war von einer Maske aus verschimmelter Spitze bedeckt, die wie ein verrotteter Brautschleier vor dem Gesicht herabhing, zu dünn, um dessen groteske Hässlichkeit zu verbergen. Das Mädchen, das ihr entgegenstarrte, war abstoßend und verabscheuenswürdig, irreparabel beschädigt. Ihr schiefes Lächeln sollte verführerisch wirken. Aus einem Auge glühte brennender Hass, aus dem anderen himmelschreiende Schande.

Angeekelt ließ Lilly den Spiegel in den Schoß fallen. Während sie sich übergab, wechselte seine Oberfläche wieder zu wolkigen Grautönen. Sah so ihr wahres Wesen aus? War sie in ihrem Innersten ein bösartiges Ungeheuer?

Noch einmal griff sie nach dem Spiegel und legte den Daumen auf den Stein. Noch einmal quoll Blut hervor, aber diesmal war es ihr egal. Sie starrte angestrengt auf die reflektierende Fläche, die sich zu verändern begann. Diesmal war es noch wesentlich schlimmer: die unübersehbare Bestätigung dafür, dass sie wertlos war, eine beschädigte Ware, morsch, infiziert, ein Luder, eine Hure, eine Schwindlerin. Die Maske war ihr vom Gesicht gerissen worden und die Krankheit darunter offenbar. Lilly fühlte sich grässlich, völlig vernichtet, und, noch schlimmer, entlarvt. Sie packte ihr Kissen und schrie hinein, bis sie nicht mehr konnte.

Dann stopfte sie den Spiegel in die Hülle zurück, warf ihn in die Schublade, wartete, bis er mit seiner Umgebung verschmolzen war, und knallte die Lade zu.

Sie wusch sich das Gesicht und rollte den Stuhl in den Empfangsraum, der glücklicherweise leer war. Einen Moment lang starrte sie aus dem Fenster auf die sonnige, fröhliche Welt, die durch ihren inneren Sturm zu einer Farce geworden war. Warum stürzte sie sich nicht einfach aus dem Fenster? Das Bedürfnis danach war groß. Würde Adonai sie auffangen? Würde Er ihren Fall überhaupt zur Kenntnis nehmen? Bisher war sie immer nur beachtet worden, wenn jemand etwas von ihr wollte oder sie andere zum Narren gehalten hatte. Wenn die wüssten …

Aber John hatte ihr gezeigt, wie das Fenster funktionierte. Die Scheibe bestand nicht aus Glas, sondern aus flexiblen Fasern, die wie ein Ballon Widerstand leisteten, wenn man Druck ausübte. Es führte kein Weg durch sie hindurch. Der Ausguck oben auf der Zuflucht hatte keine solchen Barrieren, und einen Moment lang stellte sich Lilly vor, wie sie sich über das Geländer warf.

Doch John hatte ihr noch etwas anderes gezeigt, und so verwandelte sie mit einem simplen Knopfdruck das Fenster in einen Spiegel, der bis zum Boden reichte. Lilly betrachtete ihr Spiegelbild aufmerksam. Wenn sie genau hinsah, offenbarte ihr dieser Spiegel nichts anderes als das, was Simons Geschenk ihr gezeigt hatte. Ihre Augen standen zu weit auseinander, ihre Nase war zu breit, ihre Haut hatte Pickel, sie war zu dünn und so weiter und so fort. Im Geist listete sie jeden Makel einzeln auf. Hier hatte sie die Bestätigung. Sie war zu nichts nutze, sie konnte sich nur selbst hassen.

Als sie ein Geräusch hinter sich hörte, verwandelte sie den Spiegel schnell in ein Fenster zurück.

Es war Simon.

»Ich wollte kurz nachsehen, ob alles in Ordnung ist.«
Seine sanfte Stimme klang besorgt genug, um sie aus der
Reserve zu locken.

»Ich habe in den Spiegel gesehen, Simon«, platzte sie
heraus. »Es war ekelhaft.«

»Das tut mir leid.« Er trat neben sie und legte ihr die
Hand auf die Schulter. Lilly zuckte zurück, von sich selbst
angewidert. »Ich habe versucht, dich davor zu warnen,
dass das, was du sehen würdest, schmerzhaft sein könnte.«

»Es war mehr als schmerzhaft. Es war widerlich und
abstoßend. Ich bin ein Monster.«

»Lilith«, sagte Simon und holte sich einen Stuhl. »Was
du gesehen hast, ist die Wahrheit über dein Wesen und
die Antwort darauf, warum Gott dich als Zeugin auserwählt hat. Das, was du bist, macht dich auf einzigartige
Weise geeignet für Gottes Zwecke.«

»Einzigartig kaputt bin ich«, gab Lilly zurück. Simon
schwieg. Lilly ließ sich nicht bremsen. »Soll ich dankbar
sein oder mich geehrt fühlen, weil ich das perfekte Stück
Scheiße bin, das Gott benutzen kann? Ehrlich gesagt,
habe ich genug davon, benutzt zu werden, von Gott oder
sonst irgendwem.«

Simon ließ eine Minute vergehen, bevor er antwortete.
»Dann übernimm die Kontrolle über dein Leben. Triff
deine eigenen Entscheidungen. Verändere den Lauf der
Geschichte. Wenn nicht für andere, dann dir zuliebe. Ich
glaube, du bist diejenige, auf die wir gewartet haben,
diejenige, die die Anfänge verändern kann.«

»Wie kann ich die Anfänge verändern? Ich habe doch
nicht mal wirklich die Kontrolle über meinen eigenen
Körper!« Lilly war wütend und verzweifelt. Der Tag war

kaum angebrochen, und schon war sie erschöpft. In ihrem Arm brannte der Schmerz bis fast zum Ellenbogen hoch.

»Als Zeugin kannst du die Anfänge ändern. Du musst Adam aufhalten!«

»Adam aufhalten?«, fuhr sie ihn an. »Was soll das heißen?«

»Durch einen Mann, durch Adam, ist die Sünde in die Welt gekommen.« Er klang, als zitiere er einen Satz, den Lilly eigentlich kennen sollte. »Du musst Adam davon abhalten, sich abzukehren.«

»Davon abhalten, sich abzukehren?« Lilly schüttelte den Kopf. »Es ist zu spät.«

»Was?« Simon war schockiert. »Zu spät?«

»Ach, da bist du!« Die Tür ging auf, und Anita betrat das Empfangszimmer. Rasch nahm Simon die Hand von Lillys Schulter und stand auf. »Ich habe dich gesucht, Lilly, aber du bist anscheinend schon in guten Händen.«

»Wie es aussieht, finden mich alle irgendwann.« Lilly war erleichtert, aber sie brachte kein Begrüßungslächeln zustande.

»Schlaues Mädchen«, gluckste Anita. »John hat uns gerade gesagt, dass wir schnell ins Gewölbe hinunter müssen, und ich wollte mich vergewissern, dass du dazu in der Lage bist. Simon, John hat gefragt, ob du mit uns gehen willst.«

»Natürlich. Es wäre mir eine Ehre.« Er wandte sich an Lilly. »Bist du einverstanden, junge Frau?«

Sie nickte, ohne ihn anzusehen.

»Wir sind erfreut über deine Gesellschaft.« Anita trat neben das Mädchen. »Und du brauchst etwas zu essen,

Lilly. Wie geht es dir? John hat mir von dem Angriff erzählt.«

»Nicht so toll. Ich kann es nicht erwarten, nicht mehr in Reichweite dieser Schlange zu sein.«

»Sehr verständlich! Diese Kreaturen waren mir schon immer unheimlich.« Anita schob das Mädchen kurzerhand auf die Küche zu. Simon blieb am Fenster stehen und schaute hinaus.

»Ich habe genug«, erklärte Lilly und schob sich selbst vom Tisch weg. Auch die Gelehrten hatten sich satt gegessen und wischten sich zufrieden den Mund. Nur John hatte sein Essen nicht angerührt und wirkte zerstreut.

»Machst du dir Sorgen?«, fragte Lilly, während die anderen den Tisch abräumten.

»Sorgen ist nicht ganz das richtige Wort. Ich bin ein wenig nervös, als wäre mir etwas entfallen, das ich nicht recht greifen kann. Heimlichkeiten konnte ich noch nie leiden.«

»Muss ich mir Sorgen machen?«

»Ganz und gar nicht«, erwiderte John lächelnd. »Ich bezweifle, dass es dabei um dich geht, jedenfalls nicht direkt. Ich glaube, es hat mehr mit meinen eigenen Entscheidungen in puncto Vertrauen zu tun.«

»Vertrauen? Du?« Lilly boxte ihn leicht gegen den Arm. Sie wünschte, er würde von seinen düsteren Gedanken ablassen und sie ein wenig aufheitern. »Vertraust du mir, Finder?«

»Vollkommen.« Diese klare Aussage überraschte sie und schlüpfte an ihrem inneren Wächter vorbei.

»Warum?«

»Weil du bist, wer du bist.«

Sie konnte ihm nicht länger die Unbeschwerte vorspielen. »Ich bin ein Stück Dreck, das an deinem Strand angespült wurde.«

»Nein. Ich rede nicht von der, für die du dich hältst, sondern von der, die du *in Wahrheit* bist.«

Ich weiß, wer ich bin, dachte sie. Würde John ihr immer noch vertrauen, wenn er ihre Geheimnisse kannte? Sie fühlte sich zwischen der Heimlichtuerei und ihrem Wunsch nach Aufrichtigkeit gefangen.

Es war Gerald, der sie ungewollt davon abhielt, mit ihren Geheimnissen herauszuplatzen. »Dann begeben wir uns also ins Gewölbe und nicht in die Bibliothek?«, fragte er leicht enttäuscht.

»Die Bibliothek wird warten müssen«, erwiderte John.

»Wo genau liegt denn dieses Gewölbe?«, erkundigte sich Lilly.

»In den Tiefen der Zuflucht, unter dem Meer«, sagte John. »Der Abstieg wird nur etwa zwei Stunden dauern, aber wenn wir einmal unten sind, bleiben wir dort. Es gibt Schlafräume und alle Annehmlichkeiten, die wir brauchen.«

»Wie lange werden wir dortbleiben?«

»So lange wie nötig. Ein paar Tage, nehme ich an, aber möglicherweise länger. Bis wir Gewissheit haben, dass die Zuflucht sicher ist. Im Gewölbe wirst du erleben und aufzeichnen, was du bezeugst.« Er schmunzelte. »Wenn du einmal dort bist, wirst du für immer einziehen wollen. So ein Ort ist das.«

»Dann gehen wir!«, sagte Anita, und ihre Gefährten nickten.

Sie schwärmten in ihre jeweiligen Räume aus, um ein paar Habseligkeiten in ihre Reisebeutel zu packen. Lilly besaß nicht viel – ein paar Kleidungsstücke und Toilettenartikel, ihr Tagebuch und den Stift, und natürlich den Spiegel. Sie hätte gern gewusst, ob der Schlüssel und der Brautring in der Schublade nach hinten gerutscht waren, aber ihr fehlte der Mut, die dunklen Ecken abzutasten. John hatte behauptet, sie seien fort, und der Verlust schmerzte sie mehr als erwartet, denn sie machte sich selbst dafür verantwortlich. Wer weiß, vielleicht war sie es ja auch.

Bevor sie zur Tür rollte, nahm sie sich noch ein paar Minuten für einen raschen Eintrag in ihr Tagebuch.

Liebes Tagebuch, ich will gar nicht aufschreiben, was ich in Simons Spiegel gesehen habe. Ich kann es nicht.

Anita, Gerald, Simon und ich gehen gleich in das mysteriöse Gewölbe. John hat mir erzählt, dass Letty letzte Nacht aufgetaucht ist und mich vor der Schlange gerettet hat. Ich fühle mich sicherer, wenn sie in der Nähe ist, obwohl sie ganz schön knurrig sein kann. Mein Arm tut echt weh an der Stelle, wo ich gebissen wurde, aber ich bin anscheinend die Einzige, die das sehen kann. Immerhin fliehen wir jetzt gleich ins Gewölbe, weil John mir glaubt. Oder auch nicht, ich habe überhaupt keine Ahnung.

Ich habe Angst vor dem Gewölbe, vielleicht weil ich niemand meine Geheimnisse verraten habe, nicht mal Simon. Was wird passieren, wenn sie herausfinden, dass ich schon eine Zeugin war? Wird das die ganze Sache vermasseln? Warum kann ich es ihnen nicht erzählen?

John sagt, er vertraut mir, und ich glaube nicht, dass er lügt. Aber ich kann Leute gut hinters Licht führen. Lügner können so was.

Okay, muss los.

DER ABSTIEG

John ging voraus. Der Weg führte über zahlreiche Rampen nach unten. Die Gänge wurden schmaler, das blau irisierende Licht heller, das Krachen der Brandungswellen auf dem Sand über ihnen ließ nach und war an manchen Stellen gar nicht mehr zu hören. Simon bot an, Lillys Stuhl zu schieben, und sie genoss seine Nähe.

Während des Abstiegs bombardierte Lilly ihre Begleiter mit Fragen. Die Gelehrten gingen begeistert auf sie ein. Im Gegensatz zu John, der gerne mit Ideen jonglierte, hatten die Gelehrten zu den meisten Themen eine festgefügte Meinung. Und wenn nicht, schienen sie eifrig bemüht, eine zu finden.

»Wir befinden uns jetzt auf der Ebene der Lagerräume«, erklärte John, als sie ein Gewirr von Lagerhallen passierten. »Hier bewahren wir die Dinge auf, die an der Küste angeschwemmt werden, auch deine, Lilly. Du bist am elften Tag des ersten Monats angekommen, und weil wir aus den Aufzeichnungen gefolgert haben, dass du etwa fünfzehn Jahre alt sein dürftest, ist die Nummer deiner Kammer eins-elf-fünfzehn. Leicht zu merken.

Wir haben einen Abdruck deiner Hand gemacht, sodass nur du oder ein Bewahrer den Zugang öffnen können.«

Sie bewegten sich durch ein riesiges Labyrinth von Gängen und Katakomben. Lilly dachte lieber nicht darüber nach, welche Masse an Gestein und Wasser von oben drückte, und dass es von Meter zu Meter mehr wurde. Ein frischer, kühler Luftzug strich über ihr Gesicht, aber er minderte die Bedrückung nicht, die auf ihr lastete.

Um sich abzulenken, bat sie ihre Begleiter: »Erzählt mir noch einmal, was es mit dem Zeitalter der Anfänge auf sich hat.«

Gerald antwortete als Erster. »Der Begriff bezieht sich auf die Ereignisse während der Schöpfung, vor allem die ersten Dinge und ersten Vorgänge. Die Wurzeln von allem, was heute existiert …«

»Warte mal. Gab es denn *vor* den Anfängen schon etwas?«

»Natürlich! Wenn es nicht ein ›Vorher‹ gegeben hätte, hätte es nie einen Anfang geben können.«

»Das leuchtet mir ein. Ich habe nur immer angenommen, dass die Welt aus dem Nichts herausexplodiert ist.«

»Nicht einmal Dummheit könnte aus dem Nichts herausexplodieren. Das Nichts kann nichts erschaffen.« Gerald hob die Augenbrauen. »Im Nichts wäre keine Energie enthalten, keine Zeit, kein Raum, keine Information. Nichts eben. Da du eine Zeugin der Anfänge bist …«

»Das ist mir alles zu hoch«, seufzte Lilly. »Ich verstehe es nicht und komme mir so dumm vor.«

Anita lachte. »Es ist uns allen zu hoch. Wie es scheint,

hat sogar Gottes Narrheit das Gewöhnliche mit einer außerordentlichen Absicht versehen. Wunderbar und geheimnisvoll.«

»In meinem Fall wäre *gewöhnlich* schon eine Verbesserung«, murmelte Lilly.

»Wenn du es genau wissen willst«, erwiderte Anita, »ist kein Mensch gewöhnlich.«

Bei der nächsten Erholungspause rückte Lilly mit der nächsten Frage heraus.

»Das Etwas, das die Welt erschaffen hat – das war also Gott?«

»Ja«, antwortete John. »Die Schöpfung wurde in Gott geformt. Um genauer zu sein, in Adonai.«

Die nächsten Worte entschlüpften Lilly, bevor sie sie zurückhalten konnte. »Du meinst den Ewigen, richtig?«

Vier schockierte Mienen wandten sich ihr zu. Sie biss sich auf die Lippen. »Äh, das muss ich irgendwo gehört oder gelesen haben. Sollten wir nicht weiter?«

Bevor sie sich auf den Weg zu den nächsten Rampen machten, legte Anita kurz den Arm um sie. Dabei beugte sie sich vor und flüsterte amüsiert: »Was für eine Überraschung, liebes Kind! Sieh mal einer an – der Ewige! Und was hast du uns sonst noch alles verschwiegen?«

Lilly tat so, als habe sie den Kommentar überhört, und stellte schnell die nächste Frage: »Dann hat Gott Adam in Adonai erschaffen. Heißt das, der Mensch wurde in dem Ewigen erschaffen?«

»Erschaffen und geboren«, sagte Anita. »Es wäre wohl passender zu sagen, Gott hat ihn *geboren*.«

»Dann wusstest du, dass Adam ein Baby war?«, fragte Lilly.

»Ob ich es wusste? Natürlich war Adam ein Baby, warum hätte er keines sein sollen?«

»Ich dachte, Gott hätte ihn, na ja, als Erwachsenen erschaffen.«

Ihre Begleiter lachten.

»Die Mythologie ist für viele merkwürdige Ideen verantwortlich«, sagte Gerald. »Glaubten eure Geschichtenerzähler denn, Adam sei als junger Mann ohne eigene Fähigkeiten erschaffen worden, als ein wildes Tier, das erst programmiert werden musste?«

Das klang selbst in ihren Ohren albern, und sie stellte schnell eine neue Frage: »Wenn er zuerst ein Baby war, womit haben SIE ihn gefüttert?«

»Mit dem, was alle Babys bekommen«, antwortete Anita. »Adonai hat ihm die Brust gegeben! Wenn Gott ein Baby gebären konnte, dann konnten SIE es auch füttern, oder was meinst du? Die Art und Weise, wie man ein Kind nährt, hat ihren Ursprung in Gottes Wesen, verstehst du?«

»Ich glaube schon, aber das würde bedeuten, dass Adonai …«

»Brüste hat?«, beendete John ihren Satz. »Natürlich. SIE haben Brüste und nahrhafte Milch, so steht es in den Schriften. Muttermilch.«

John hatte nicht damit gerechnet, dass es so lange dauern würde, Lillys Stuhl in die Tiefe zu schieben. Fast drei Stunden waren vergangen, als sie in einer Art Sackgasse zu einer steinernen Wand gelangten, die so glatt wie Glas war.

Alle außer John blieben abrupt stehen. Er ging, ohne zu zögern, durch die Wand und verschwand.

»Sie ist eine Illusion«, erklang seine Stimme von der anderen Seite. »Tut so, als wäre sie gar nicht da. Wenn ihr zögert, wird es wehtun.«

»Eine kleine Warnung wäre nett gewesen«, konterte Lilly.

»Habe ich vergessen. Alte Gewohnheit eines Eigenbrötlers.«

Lilly fiel es schwer, ihre Wahrnehmung auszublenden. Das Hindernis wirkte undurchdringlich, auch wenn John problemlos hindurchgegangen war. Als sie die Hand ausstreckte, berührte sie eine feste, solide Oberfläche. Sie klopfte dagegen, und der Klang setzte sich als Echo durch die Gänge fort.

»Das ist eher hinderlich«, rief John. »Warte.« Er tauchte direkt vor ihr wieder auf. »Du musst sie ignorieren. Wir sind Geschöpfe, die glauben, was sie sehen, aber nach ein, zwei Mal ist es so leicht wie fallen.«

Sie zögerte immer noch.

»Schau mir zu«, bot Simon an und ging durch die Wand, als bestünde sie aus Nebel. Die anderen folgten ihm.

»Ich habe eine Idee«, sagte John ermutigend und zog ein Taschentuch hervor. »Ich verbinde dir damit die Augen, drehe dich ein paar Mal um die eigene Achse und irgendwann bist du durch.«

Das klang nach einem guten Plan, aber die Vorstellung, dass jemand ihr die Augen verband, war Lilly unangenehm.

»Kann ich mir nicht einfach die Hände vor die Augen halten?«

John steckte das Taschentuch wieder ein.

»Perfekt. Solange du die Augen fest geschlossen hältst. Wenn du heimlich durch die Finger lugst, holst du dir eine blutige Nase.«

»Versprochen.«

»Fertig? Okay, ich drehe dich jetzt ein paar Mal in eine Richtung, so, und jetzt in die andere Richtung … und jetzt schiebe ich dich ein Stück in diese Richtung …«

Lilly spürte einen Windstoß an den Armen und ein Nebel, der nicht feucht war, streichelte ihre Wangen. Als sie die Augen wieder aufmachte, befand sie sich in einer Art Spiegelkabinett, in dem sich die Spiegelbilder bis ins Unendliche fortsetzten.

»Das hat Spaß gemacht!«, strahlte sie.

»Ich weiß«, bestätigte John, aufgekratzt wie ein übermütiges Kind.

»Obwohl du mich ausgetrickst hast!«

»Keine Tricks mehr«, versprach er. »Du kannst dich immer darauf verlassen, dass ich genau das mache, was ich sage.« Er grinste.

Ein Spiegel, der vom Fußboden bis zur Decke reichte, markierte die Stelle, an der sie durch die Wand gegangen waren. Weitere Spiegel säumten die Eingangshalle, und vor ihnen tat sich ein großer, aber dennoch gemütlicher Wohnraum auf. Eine Seite des Raumes wurde vom Ozean begrenzt. Bis weit ins Meer hinein, bestimmt bis zu dreißig Meter, wurden Korallen, Seepflanzen und Fische jeder Form, Größe und Farbe von einem starken Lichtstrahl angeleuchtet. Und auf der Membrane, die als Sichtfenster diente, lastete ein Druck von mehreren Tonnen.

Lilly konnte nicht genau einschätzen, wie tief unter

dem Meeresspiegel sie sich befanden, aber ihr fiel auf, dass die Sonnenstrahlen bis hier hinunter drangen.

»Ist das das Gewölbe?«, fragte sie. Es sah ganz anders aus als erwartet.

»Nicht ganz. Das ist der Wohntrakt. Das Gewölbe liegt noch weiter unten, am Ende dieser Zimmerflucht.« John deutete auf eine massive Tür am hinteren Ende der Eingangshalle. »Ich zeige es dir morgen früh. Such dir jetzt erst einmal einen Raum als Schlafkammer aus. Dann essen wir und ruhen uns aus.«

Es gab ungefähr ein Dutzend miteinander verbundene Räume – Schlafzimmer, Badezimmer und Wohnzimmer, aber auch Küchen und Vorratsräume.

Lilly beobachtete, dass Gerald und Anita gemeinsam ein Zimmer suchten. Als sie gegangen waren, fasste John sie am Arm.

»Sind die beiden zusammen?«

»Zusammen?« John runzelte fragend die Stirn, dann musste er breit lächeln. »Ich nehme an, dass man es so nennen könnte, wenn jemand seit vielen, vielen Jahren verheiratet ist.«

»Das wusste ich nicht. Ich dachte, sie wären bloß Freunde und Kollegen. Verheiratet!«

»Lilly«, sagte John sanft, »soweit ich weiß, können verheiratete Paare tatsächlich auch gute Freunde sein, und manche arbeiten sogar zusammen.«

»Warst du je verheiratet?«

»Ich? Nein. Ich war mit vielen Frauen befreundet, alle außergewöhnlich und einige von ihnen biestig, aber mir liegt das Heiraten nicht.«

»Biestig?« Lilly grinste.

Er rollte die Augen. »Eine ganz besonders, das intriganteste Wesen, das ich je kennengelernt habe. Ziemlich attraktiv, zugegeben, auf ganz schön schrille Weise.« Er überließ sich ein paar Sekunden seinen Erinnerungen. »Aber das, liebe Lilly, ist eine andere Geschichte. Such dir einen Raum, der dir zusagt. Das Paar wird bald zurück sein, und dann kannst du ihnen alle deine Fragen zum Mysterium der Ehe stellen.«

Als Lilly gerade davonrollen wollte, fiel John noch etwas ein. »Wie geht es dem Arm?«

»Besser«, log sie.

Er nickte zufrieden, und sie trennten sich, um sich jeder einen Raum zu suchen.

Lilly fand ein Zimmer, in dem ein Bett mit einem Baldachin stand, und ließ ihren kleinen Reisebeutel darauf fallen. Sie versteckte den Spiegel in einem Schränkchen und rollte in den zentralen Gemeinschaftsraum zurück. Die drei Gelehrten warteten schon, und bald war auch John wieder zurück.

Nachdem er bei Lilly Fieber gemessen hatte – es war weder gestiegen noch gefallen –, führte er seine Gruppe in eine Nische, in der auf einem für fünf Personen gedeckten Tisch Essen und Getränke bereitstanden. Ein wahres Festmahl: Obst und Gemüse, Cracker und Käse, und viele Saucen und Dips, manche zähflüssig, fast körnig, andere glatt wie Sahne. Dazu gab es reichlich Wasser, Säfte, Tee und Kaffee.

Lilly freute sich, dass sie überhaupt Appetit hatte, und war noch glücklicher, als John sie darauf hinwies, sie dürfe alles probieren. Als Erstes nahm sie sich eine Handvoll praller roter Weintrauben.

Seit sie wusste, dass Gerald und Anita verheiratet waren, war sie von der Tiefe ihrer Freundschaft noch mehr beeindruckt. Sie beobachtete, wie entspannt und respektvoll die beiden miteinander umgingen, obwohl sie so unterschiedlich waren. Manchmal gab der eine nach, dann die andere, als würden sie sich in einer Geheimsprache verständigen.

Während John für Simon und Gerald eine kleine Einführung in die wertvolle, alte Einrichtung des Raums gab, stieß Lilly Anita leicht an.

»Verheiratet, echt?«

»Natürlich, Liebes«, antwortete Anita. »Ich dachte, du wüsstest das. Es sollte kein Geheimnis sein, aber ich verstehe, dass es für dich ziemlich überraschend kommt. Ich liebe ihn sehr, diesen Gerald.«

»Was ist … Liebe? Ich glaube nicht, dass ich weiß, was das ist.«

Anita streichelte mütterlich ihren Arm. »Sie ist rätselhaft und einfach zugleich. Geralds Wohlergehen ist mir wichtiger als meines, und mein Wohlergehen ist ihm wichtiger als seines. Das ist eine innere Haltung, und zwar unabhängig von dem, was der andere tut. Wir erwarten nicht, dass sie erwidert wird. Gesunde Liebe sieht von Sekunde zu Sekunde anders aus, weil sie auf Respekt vor sich selbst und dem anderen beruht. Es macht allerdings viel Arbeit, jemanden so richtig kennenzulernen.«

»Woher weißt du, was gut für … das Wohlergehen des anderen ist?«

»Ah …«, sagte Anita gedehnt, »das ist eine tiefsinnige Frage, Liebes, das innerste Geheimnis aller Beziehungen.

Nur Gott Der Gut Ist kann enthüllen, was gut ist, und oft tut Er es erst in dem Moment, in dem eine solche Offenbarung notwendig ist. Das gehört zum großen Tanz.«

»Wie gesagt«, brummelte Lilly, »ich verstehe nicht, was Liebe ist.«

»Das sagt dir dein Kopf«, antwortete Anita sanft und streichelte Lillys Wange. »Aber ich bin überzeugt, dass du es schon weißt, irgendwo tief in dir drinnen.«

Wie sich herausgestellt hat, gehen wir doch erst morgen in dieses geheimnisvolle Gewölbe. Ich soll die Sachen »aufzeichnen«, die ich bezeugt habe, aber ich habe nicht die geringste Ahnung, wie das ablaufen soll. Ich finde es dermaßen blöd, dass ich es für mich behalte, was ich gesehen habe, den Ewigen und Eva und Adam und die Schöpfung. Heute habe ich John glatt ins Gesicht gelogen. Was, wenn ich wirklich durchgeknallt bin? Irgendwie wäre das sogar leichter, denn dann hätte ich eine Entschuldigung.

Simon hat gesagt, ich soll Adam an seiner Abkehr hindern, und ich habe geantwortet, dass es zu spät ist. Da war er richtig schockiert. Ich habe ihm auch gesagt, dass ich in den Spiegel geschaut habe, aber nicht, was ich gesehen habe. Darüber will ich immer noch nicht reden oder schreiben. Ich versuche noch rauszukriegen, wie mir das, was mir der Spiegel als mein wahres Wesen gezeigt hat, helfen könnte, den Lauf der Geschichte zu ändern. Die Geschichte ändern ... puh ...

Lillys Blick schweifte in die Tiefen des herrlichen Ozeans, der eine Wand ihres Zimmers einnahm, und sie beobachtete den Wassertanz der Seeanemonen auf den Korallen. Die friedliche Szenerie hinterließ ein schales Gefühl. Sie griff noch einmal zum Stift.

Adonai hat gesagt, ich sei für immer gefunden. Wenn ich daran denke, wie sehr Anita und Gerald sich lieben, glaube ich, dass Liebe vielleicht bedeutet, gefunden zu werden. Ich weiß nur eins – seit ich gesehen habe, wie Adam sich abgekehrt hat, und seit ich in den Spiegel geschaut habe, fühle ich mich nicht gefunden, sondern für immer verloren.

Irgendwo im Lagerhaus der Seele ist alles gespeichert, und wenn auch der Zugang zur Erinnerung versperrt sein mag, wird die Geschichte immer weiter bemüht sein, ans Licht zu gelangen, auf welchem Weg auch immer.

Im Grenzbereich zwischen Schlafen und Wachen tauchte abrupt Lillys Vergangenheit auf. Die krampfartig auftretenden Erinnerungsblitze trafen sie hinterrücks und brutal und hatten zur Folge, dass ihre Verbindung zur Wirklichkeit, zur Liebe und Ganzheit zerstört wurde: Ein Buch, das jemand einem kleinen Mädchen vorliest – ihre Mutter? Ein Faustschlag ins Gesicht desselben Mädchens, Blut, das der Kleinen die Sicht nimmt, während sie unter dem Schlag taumelt, dunkle Schatten, die sie verfolgen, sie mit rasiermesserscharfen Fingernägeln und stinkendem Atem betasten, ein Druck auf der Brust, der immer stärker wird, vorüberzuckende Bilder von Zügen und Lagerhallen und Schreien, eine unbestimmte Zeit, in der sie im Dunkeln im Dreck auf dem Boden hockt, in der Hoffnung, nicht entdeckt zu werden. Lilly schrie, aber es kam kein Ton, und dann sah sie hilflos zu, wie das kleine Mädchen in ein Zimmer gezerrt wurde und die Tür krachend ins Schloss fiel. Jede bisher existierende Geborgenheit löste sich auf, bis zum Schluss nur ein winziger verborgener Punkt in ihrem Herzen übrig blieb, ihre einzige Zuflucht vor dem Entsetzen.

Lilly schlug die Augen auf und sah Anita neben dem Bett stehen, die ihre Hand hielt und wie zu einem stummen Gebet die Lippen bewegte.

Lilly drückte ihr die Hand. »Hallo«, sagte sie heiser.

Anita erwiderte ihren Händedruck und lächelte bedrückt. »Hallo, meine Kleine. Schlaf weiter. Ich bleibe bei dir.«

Lilly wurde von einer Woge der Erschöpfung überrollt und ließ sich von ihr davontragen.

An Anitas Hand schwebte sie nun auf einen anderen Traum zu, der kein Traum war. Nun saß Eva neben ihr am Bettrand, aber auf Lillys Bettdecke war kein Abdruck zu sehen.

»Ich bin so froh, dass du da bist!«, rief Lilly erleichtert und legte den Kopf an Evas Schulter.

»Ich auch«, versicherte Eva.

»Mutter Eva, was soll ich nur tun? Ich finde es schrecklich, dass ich es ihnen nicht erzähle, und ich weiß nicht, warum ich es nicht tue. Manchmal bin ich nahe dran, das ist so, als würde ich am Rand eines Abgrunds stehen, aber kurz bevor ich springe, bekomme ich Angst und verstecke mich.«

Eva war eine Weile still. Dann antwortete sie leise: »Lilly, wenn man sich hinter Geheimnissen versteckt, ist das so, als ginge man über einen zugefrorenen See, dessen Eis unter den Füßen wegschmilzt. Bei jedem Schritt hat man Angst.«

»Ich weiß nicht, wie ich es sonst hinüberschaffen soll.«

»Geheimnisse sind eine gefährliche Angelegenheit. Du musst lernen, wie ein Kind zu denken. Kinder haben keine Geheimnisse, bis jemand sie davon überzeugt, dass es sicherer ist, etwas für sich zu behalten, als es zu erzählen. Doch das stimmt fast nie.«

»Aber ich bin kein Kind mehr!« In Lilly regte sich instinktiv Widerspruch, der sich nicht unterdrücken ließ.

Eva nahm sie in den Arm. »Lilly, wir sind alle Kinder. Aber wenn man uns davon überzeugt hat, dass Geheimnisse uns Sicherheit bieten, verschmelzen wir nach und nach mit unserem Versteck und vergessen, wer wir sind. Kein Wunder, dass die Schattenkrankheit in der Isolation wächst.«

»Dann werde ich also verrückt?«, fragte Lilly gereizt. »Sitze ich in Wahrheit in einer Gummizelle und rede mit mir selbst? Bist du das Ergebnis von Medikamenten oder einer psychischen Krankheit? Was ist los mit mir? Welche Welt ist echt? Alle reden mit mir, als wäre ich wichtig und bedeutsam, aber nie werde ich euren Erwartungen gerecht!« Sie wusste selbst, dass sie sich nur Luft machte und erwartete keine Reaktion. Es erleichterte sie, laut auszusprechen, was sie so lange für sich behalten hatte, und sie war dankbar, dass Eva sie schimpfen ließ, ohne Ungeduld oder Unbehagen zu zeigen.

»Ich habe das alles schon einmal erlebt«, sagte Eva schließlich, »aber nicht bei dir.«

»Was genau hast du erlebt? Ein Mädchen mit dem Fuß einer anderen?« Lilly hob den Rocksaum und betrachtete ihr Bein. »Oder jemand, der zusammen mit irgendwelchen schrägen Kreaturen zwischen den Welten festsaß? Oder eine Zeugin der ersten Augenblicke der Schöpfung …?«

Eva schmunzelte. »Nein, einiges davon ist mir auch neu. Ich meinte damit, dass einem Mädchen ungefähr deines Alters der Anblick der gesamten Schöpfung zugemutet wurde. Sie sah Mensch, Tier und Geist – und sogar das wahre Wesen Gottes.«

»Ehrlich?« Das überraschte Lilly nun doch. »Dann bin ich nicht die Einzige? Ich bin nicht allein?«

»Du warst nie allein, mein Liebes.«

Lilly senkte den Blick auf die Hände, die offen in ihrem Schoß lagen. Die Haare fielen ihr ins Gesicht. »Das war es eigentlich nicht, was ich fragen wollte, sondern …« Als sie wieder ansetzte, brach ihre Stimme. »Warum … warum hat Gott mich dann nicht beschützt?«

Da stand nun die Frage im Raum.

Eva ließ sie zunächst stehen, unheilvoll und unübersehbar, die Frage, die von Milliarden anderer Stimmen ebenfalls gestellt wurde. Sie erhob sich aus Gräbern und leeren Stühlen, aus Moscheen und Kirchen, aus Büros, Gefängniszellen und Hinterhöfen. Sie hinterließ einen erschütterten Glauben und zerschmetterte Herzen. Sie verlangte nach Gerechtigkeit und flehte um Wunder, die niemals kamen.

Eva berührte Lilly an der Schulter, und das Mädchen spürte, wie sich in ihrem ganzen Körper Wärme ausbreitete.

»Ich habe in diesem Moment keine Antwort, die dich zufriedenstellen würde, Lilly. Keine Worte, die zusammenfügen würden, was in deiner Seele und deinem Körper zerrissen ist.«

Lilly schloss die Augen und kämpfte gegen die Tränen an. Doch sie ließ zu, dass ein wohliges Kribbeln, von der Schulter ausgehend, durch ihren müden Körper zog und vorübergehend das steigende Fieber linderte. Obwohl sie keine Antwort bekam, fühlte sie sich in der Gegenwart ihrer Mutter sicher. Minuten vergingen, bis sie wieder etwas sagte.

»Es kommt mir vor, als würde ich auf einen Berg steigen, der keinen Gipfel hat. Ich kann mich mit Müh und Not an der Felswand festhalten. Ich habe Angst, und alle erwarten von mir, dass ich es schaffe. Und wenn ich es nicht schaffe, ist mir zumute, als wäre alles, was in der Welt schiefgeht, meine Schuld.«

Lilly ließ sich gegen Eva sinken und flüsterte mit erstickter Stimme: »Was, wenn ich nicht mehr weiterkann und loslasse? Oder wenn ich springe? Fängt Gott mich dann auf?«

»Ja, das tut er, aber es wird sich anfühlen, als ob du auf dem Boden aufschlägst.«

Wieder schwiegen sie eine Weile.

»Mutter Eva, weißt du, wie das alles für mich ausgehen wird?«

»Nein, etwas Derartiges hat keiner von uns bisher erlebt. Aber ich habe keine Angst.«

»Ist es für das andere Mädchen gut ausgegangen? Das Mädchen in meinem Alter?«

»Ja. Das ist es! Ihre Mitwirkung hat alles verändert.«

Alles! Das war eine Hoffnung, die sie durch den Rest der Nacht tragen würde. Lilly schlief friedlich ein und wurde weder von Träumen noch von Halluzinationen oder bohrenden Fragen gequält.

Doch dann, Stunden später, schreckte sie plötzlich aus dem Schlaf auf. Sie wusste nicht, wie viel Zeit vergangen war oder ob es Tag oder Nacht war. Etwas kroch an ihrem Arm hoch.

DAS GEWÖLBE

Lilly wollte schon instinktiv die Hand wegreißen, als sie merkte, dass der Störenfried nur ein kleines, pelziges Nagetier war, das an ihr schnupperte und dessen haarfeine Barthaare sie am Arm kitzelten. Vorsichtig, damit das Tierchen nicht erschrak, hob sie die andere Hand, um es zu streicheln, aber als sie es sachte am Rücken berührte, quietschte es laut auf und machte einen Satz ins Gebüsch.

Das war aber komisch, dachte sie. Die entzündeten Bisswunden über ihrem Handgelenk pochten. Konnte das kleine Wesen das Gift gewittert haben, das sich unaufhaltsam in ihrem Körper ausbreitete? Und wieso hatte das Tier überhaupt ihre Anwesenheit wahrgenommen, wo sie doch gewöhnlich so gut getarnt und unsichtbar war?

Es dauerte einen Moment, bis Lilly die Orientierung wiedererlangt hatte; sie befand sich irgendwo in Eden, so viel war sicher, aber allein. Keine Eva weit und breit und keine Unsichtbaren in der Nähe, deren Gegenwart sie gespürt hätte. Lilly ging auf eine Felsgruppe zu, von der aus man auf eine weite, belebte Ebene blicken konnte. Dort stand Adam neben dem Ewigen, umgeben von Feuer und Wind, und deutete nach unten.

Was machen sie da? wunderte sich Lilly. Sie ging noch ein Stück weiter, bis sie nahe genug war, um ihre Stimmen zu hören. Adam, der ihre Gegenwart spürte, drehte sich um und blickte in ihre Richtung, als könne er durch reine Konzentration einer Geistererscheinung materielle Substanz verleihen. Es gelang ihm nicht.

»Das ist der letzte Tag der Namensgebung«, sagte Adam traurig, als spräche er zu ihr. »Und ich muss immer noch ein Von-Angesicht-zu-Angesicht finden.«

Wütend hob der junge Mann die Faust und schrie seinen Zorn gegen den Himmel. Es war nur ein Wort, doch sein Echo hallte durch die Welt, während die Zeit stillstand und alle Kreaturen lauschend innehielten.

»Allein!«

Lilly ging sein Schrei durch Mark und Bein; die Vehemenz, mit der er seiner Verlorenheit Ausdruck gab, rührte an ihre eigene Zerrissenheit und Verzweiflung.

Adonai streckte die Hand nach Seinem Sohn aus, und Adam zuckte zusammen. Er senkte den Kopf und schlug beschämt die Hände vors Gesicht. Lilly wollte einen Schritt auf ihn zugehen, aber es war, als steckten ihre Füße in zähem Schlamm fest. Und dann sagte eine Stimme, die sie für die von Adam hielt, etwas völlig Unerwartetes:

»Lilith? Lilith?«

»Lilly? Lilly?« Anita schüttelte sie am Arm. Jäh aus ihrer Vision gerissen, starrte sie verständnislos in das besorgte Gesicht der älteren Frau.

»Anita?« Lilly versuchte, sich nicht anmerken zu lassen, wie verstört sie war.

Die anderen saßen beim Frühstück, rührten in ihren Tassen oder führten gerade den Löffel zum Mund, und alle Blicke waren auf sie gerichtet. Ihr war rätselhaft, wie sie an diesen Tisch gekommen war, sie erinnerte sich nicht an den Morgen und nicht ans Aufwachen, sie erinnerte sich an nichts anderes als den Schrecken der Nacht und Adams Namensgebung.

»Tut mir leid«, stammelte sie und suchte hektisch nach einer plausiblen Entschuldigung. »Ich war mit den Gedanken woanders, weil ich über das nachgedacht habe, was John mir neulich vorgelesen hat.« Die Gelehrten schienen ihre Erklärung zu akzeptieren und entspannten sich.

»Woanders!«, sagte Anita. »Das ist wohl eine Untertreibung. Eher nicht von dieser Welt! Mein Liebes, du hast uns einen Schrecken eingejagt! Woran hast du denn nur gedacht? Es muss ja sehr wichtig gewesen sein.«

Das erleichterte Geraune der Gelehrten gab Lilly Zeit, sich zu sammeln. »John hat mir die Geschichte der Anfänge vorgelesen, und ich habe mich gefragt … wer ist Lilith?«

»Lilith?« Simon verschluckte sich fast an seinem Essen. Lilly meinte ein warnendes Kopfschütteln zu bemerken, aber sie war sich nicht sicher. Auch die anderen wirkten schockiert.

»Diesen Namen kannst du nicht aus dem Text haben, den ich dir vorgelesen habe!«

»Und was ist so besonders an ihr?«, fragte Lilly, um ihre Verlegenheit zu überspielen.

»Blanker Unsinn, mein liebes Kind«, erwiderte Gerald, ungewohnt streng. »Ein besonders heimtückischer Mythos. Völliger Unfug. Wo hast du bloß von Lilith gehört?«

»Weiß ich nicht. Vielleicht in einem Traum?«

»Höchstens in einem Albtraum!«, erwiderte Gerald erregter, als Lilly ihn je erlebt hatte. »Oder eine Schlange hat dich gebissen.«

»Beruhige dich, Gerald«, sagte Anita besänftigend und tätschelte seinen Arm. »Du bringst das arme Mädchen ja ganz durcheinander. Sie kann doch gar nicht wissen, wer Lilith ist.«

»Ich entschuldige mich, liebes Kind«, sagte Gerald zerknirscht. »Hatte nicht die Absicht, dich zu erschrecken oder dir Vorwürfe zu machen, weil du dieses … Ding … ins Gespräch gebracht hast. Bitte vergib mir meine Heftigkeit.«

»Natürlich, Gerald«, versicherte Lilly. »Was ist an Lilith, das dich so aufgebracht hat?«

»Es gibt einen Mythos«, erklärte Gerald, wieder ruhiger geworden. »Gemäß dieser Legende, an die ich keine Sekunde lang glaube, war sie die erste Frau Adams.«

»Adam hatte mehr als eine Frau?« Lilly konnte es kaum glauben.

»Nein, natürlich nicht. Das ist ein Mythos. Eva war Adams einzige Frau.«

»Und war Lilith in dieser Geschichte eine gute Frau?«

»In den meisten Versionen war sie alles andere als gut. Eine Verirrung der Natur, halb Schlange, halb Frau, eine furchterregende Mondgöttin, die in der Nacht herumgeisterte.« Gerald hatte die Hände wie Klauen erhoben, um seine Erzählung zu illustrieren.

Wieder bemerkte Lilly einen warnenden Blick von Simon und ein leichtes Kopfschütteln. Sie wechselte abrupt das Thema.

»Und was hat es mit der Namensgebung auf sich? Wieso hat Adam den Tieren Namen gegeben? Warum war das wichtig?«

Simon griff das Thema sofort auf. »Ausgezeichnete Frage! Namen haben eine große Bedeutung. Gott hat die Tiere des Himmels und der Felder zu Adam gebracht, um ihre Wesensart zu bestimmen. Indem er ihnen Namen gab, etablierte Adam seine Herrschaft.«

»Das ist richtig«, bestätigte Gerald, »aber Adam war verzweifelt auf der Suche nach einem Gefährten, einem ›anderen‹, mit dem er eine ebenbürtige Beziehung eingehen konnte. Jemand oder etwas, das ihm seine Einsamkeit nehmen würde – obwohl er ja im Grunde nie allein war.«

»Gerald meint Folgendes, Lilly«, mischte sich Anita ein. »Wenn man eine Beziehung auf Augenhöhe sucht, ist die Namensgebung sinnlos. Auch Macht und Herrschaft führen nicht dazu. Es gab in der gesamten Schöpfung kein Gegenüber für Adam, und Gott ließ ihm die Zeit, das selbst herauszufinden. Sein Gegenüber war …«

»In ihm!«, schloss Lilly. »Eva ist sein Gegenüber, und sie war seit der Erschaffung der Welt in ihm.«

»Genau!«, bestätigte Anita. »Und Adam ist in Gott; Gott Der Nie Allein War. Ein Gegenüber im Gegenüber …« Und sie zog mit dem Buttermesser Kreise in die Luft, um ihren Standpunkt zu verdeutlichen.

»Die Namensgebung ist allerdings ein rechtmäßiger Herrschaftsakt«, stellte Simon fest, und von dieser These ausgehend entspann sich eine gelehrte Diskussion, bei der Lillys Gedanken abschweiften. Sie fragte sich immer noch, wie sie aus ihrem Schlafzimmer in den Frühstücksraum gekommen war und warum sie mit ihrer Erwähnung des Namens Lilith offenbar in ein Wespennest gestochen hatte.

John, der das Essen gebracht und den Tisch abgeräumt hatte, unterbrach das Gespräch der Gelehrten. Wenn sie dann so weit seien – das Gewölbe warte. Lilly hatte immer noch leichtes Fieber, und John machte sich Sorgen deswegen, aber sie ließ sich nicht anmerken, wie es wirklich um sie stand. Bei jeder Bewegung durchzuckte ein Schmerz, der sich wie tausend kleine Stromschläge anfühlte, ihren Unterarm vom Handgelenk bis hoch zum Ellenbogen. Daran merkte sie, dass das Gift sich bis fast zur Schulter ausgebreitet hatte. Aber lieber wollte sie ihre Schmerzen herunterspielen, als zu riskieren, dass die Gelegenheit, die ihr zugedachte Rolle zu spielen – wie immer sie auch aussehen mochte –, in immer weitere Ferne rückte.

Nachdem sie allen beteuert hatte, ihr ginge es gut, stand Lilly endlich vor dem Zielpunkt ihres Abenteuers. Nur wenige Meter vor ihr befand sich die Pforte zum Gewölbe, massiv, ohne Griff und anscheinend undurchdringlich. In das Material waren mit viel Kunstfertigkeit und Präzision verschiedene Symbole eingemeißelt worden. Sie sahen aus, als stammten sie von Künstlern aus uralten Zeiten.

»Was siehst du, Lilly?«, fragte John und schob das Mädchen so dicht an die Tür heran, dass sie sie fast berührte. »Kannst du es uns beschreiben?«

Das war eine merkwürdige, aber offenbar wichtige Bitte, denn auch die anderen sahen gespannt zu ihr herüber.

»Also gut, von mir aus.« Lilly zeichnete die Formen in der Luft nach. »Hier ist ein perfekter Kreis, der von einer Seite zur anderen reicht. Er ist so tief in die Tür eingemeißelt, dass es aussieht, als würde das, was im Kreis ist, frei in der Luft hängen. Nicht mal aus der Nähe kann ich erkennen, ob das stimmt oder nicht. Der Kreis wird horizontal und vertikal von Holzbalken in vier Viertel unterteilt. In jedes der Viertel ist etwas geschnitzt, eine Art Symbol oder Bild.« Zwei Motive erkannte Lilly sofort, doch sie fing mit den anderen an.

»Links unten ist ein Berg in Form einer Pyramide mit einem Auge darauf.«

»Du kannst den Einen Berg sehen?«, staunte Anita.

»Hmm, ja, schon.« Lilly wusste nicht, ob sie etwas Falsches gesagt hatte. »Da ist er, genau hier.«

»Nein, liebes Mädchen, du verstehst mich nicht. Keiner von uns sieht auf der Tür dasselbe. Das, was du siehst, siehst nur du.«

»Ist das schlimm?«, fragte Lilly verwirrt. »Dass ich diesen Berg sehe?«

»Es ist weder gut noch schlecht«, antwortete Gerald. »Es ist, wie es ist, aber dass du den Einen Berg sehen kannst, ist höchst ungewöhnlich und bringt uns deshalb aus der Fassung. Was noch?«

Lilly beugte sich vor. Wie kam es, dass die anderen den Berg nicht sahen? Sie streckte die Hand aus, um das Auge zu berühren, aber Anita packte sie am Handgelenk und riss den Arm zurück. »Nein!«

Lilly drehte sich erschrocken zu ihr um. »Du hast mir einen Schrecken eingejagt! Was ist denn los? Ich wollte nur prüfen, ob es echt ist oder nur eine Einbildung.«

»Wenn du es angefasst hättest«, erklärte Anita entschieden und ließ Lillys Hand los, »hätte es dich hineingezogen. Wohin es einen bringt, weiß keiner von uns, und auch nicht, wie wir dich zurückholen könnten.«

»Ehrlich?« Lilly betrachtete das Auge mit neuem Interesse. »Für mich sieht dieser Eingang einfach nur wie eine Tür mit tollen Schnitzereien aus.«

»Sie ist eine Pforte«, erklärte John. »Die Quadranten sehen für jeden von uns anders aus, nur den Kreis und das Kreuz sehen wir alle gleich. Jede der vier Flächen bringt dich, wenn du die Hand auf sie legst, an ein anderes Ziel.«

»Wow, dann könnt ihr meine Bilder also nicht sehen?«

Das Schweigen der Begleiter war Antwort genug.

»Okay, hier unten links«, fuhr Lilly fort, wobei sie darauf achtete, dass ihre Finger den Schnitzereien nicht zu nahe kamen, »ist eine liegende Acht …«

»Die Unendlichkeit!« Gerald war als Erster mit dem Wort herausgeplatzt und grinste entschuldigend. »Die Acht ist ein Symbol der Unendlichkeit, falls du das nicht gewusst hast.«

Etwas an dem Symbol kam Lilly ungewöhnlich vor. »In der Mitte, da, wo sich die beiden Ovale treffen, ist ein Schlangenkopf, und die Schlange schluckt ihren eigenen Schwanz … « Unwillkürlich erschauerte sie.

»Sprich weiter«, bat Anita ernst.

»Hier oben …«, Lilly deutete auf das linke obere Viertel, »sehe ich Adam.« Sie erschrak und verbesserte sich hastig. »Ich meine, die Figur von einem Mann, der Adam sein könnte. Er kniet und sieht sich die Erde an, die er mit den Händen zusammengescharrt hat. Er ist nackt, wie die Frau oben rechts, die Eva darstellen könnte. Die Frau steht mit ausgestreckten Händen vor dem Mann. Die Hände sind leer, aber sie hält sie vor sich, als würde sie etwas Kostbares tragen.« Lilly nahm etwas unbeholfen die Haltung der Frau ein, um den anderen zu demonstrieren, was sie meinte.

»Erstaunlich!«, rief Gerald.

Anita schüttelte den Kopf. »Wenn es je irgendeinen Zweifel gegeben hätte, dass du eine Zeugin der Anfänge bist, dann wäre er jetzt ausgeräumt.«

»Weil ich eine Tür sehen kann?«

»Weil du etwas Bestimmtes *auf* der Tür sehen kannst«, korrigierte Simon.

John trat einen Schritt auf die Pforte zu. »Wir gehen jetzt hinein. Dies ist der Eingang zum Gewölbe. Können wir?«

»Wie?«, fragte Lilly.

John hob lächelnd die Hand und legte sie auf die Stelle, wo sich die Balken kreuzten. Geräuschlos, langsam und majestätisch schwang die Tür auf.

»Manchmal musst du nur das Zentrum des Kreuzes berühren, die Stelle, an der alles zusammenkommt.«

Das Areal, das sie nun betraten, hätte aus einem Hochglanzmagazin für Design und Wohnkultur stammen können, als Beispiel für einen reich ausgestatteten Sitzungssaal oder ein opulentes Hotel. Geschnitzte Holzpaneele und Objekte, die erstklassige Innenarchitekten klug platziert hatten, schufen eine exotische Atmosphäre.

»Wow!«, rief Lilly überrascht. »Das hätte ich nicht erwartet. Ich hatte mir eher einen großen Safe vorgestellt.«

»Da drüben gibt es einen kleinen Vorratsraum und zusätzliche Ruhekammern«, erklärte John im Stil eines Reiseleiters, der durch eine Prominentenvilla führt.

»Und hier noch vier spezielle Räumlichkeiten, jede für einen besonderen Zweck gestaltet. Ich zeige sie euch.«

Er führte sein Grüppchen in einen Raum, der an ein Observatorium erinnerte. »Das Kartenzimmer. Diese Wände sind keine richtigen Wände, sie zeigen den Weltraum in Bewegung: Myriaden von Sternen und Galaxien, Konstellationen, Riesen und Zwergen, und winzige Asteroiden und Kometen, die durchs All schweben.«

Zwei lange Wände boten einen überwältigenden Ausblick auf zwei ganz unterschiedliche Bereiche des Kosmos. Alles war in stetiger Bewegung, und Lilly musste sich festhalten, um nicht aus dem Stuhl zu kippen.

»Das geht gleich vorüber«, tröstete John. »Das passiert auch beim ersten Mal auf einem Segelschiff. Die Bewegungen haben einen bestimmten Rhythmus, und wenn man sich im Einklang mit ihm bewegt und nicht gegen ihn, verträgt man ihn gut.«

»Ich kenne diese Räume bisher nur aus Erzählungen«, gestand Gerald. Anita, deren Umriss sich vom hellen Hintergrund abhob, starrte wie gebannt auf die Wand.

»Sieh dir das an, Gerald! Kapseln!« Sie deutete auf eine Reihe von sieben smaragdfarbenen Kugeln, jede etwa handtellergroß.

»Nicht anfassen!«, ermahnte John und fügte erklärend hinzu: »Ich möchte euch nur warnen, das soll kein Befehl sein. Wollen wir zur hinteren Wand weitergehen?«

Simon schob Lilly vor ein Wandbild, das wie eine typische Landkarte aussah. Es zeigte den Grundriss eines riesigen Komplexes, und Lilly begriff nicht gleich, worum es sich handelte.

Dann dämmerte es ihr. »Das ist ein Grundriss der Zuflucht!« Die Zuflucht war eine gewaltige Anlage, viel weitläufiger, als sie es sich vorgestellt hatte, fast so groß wie eine Stadt. Sie fand die oberen Räume, in denen sie während der Zeit ihrer Genesung gelegen hatte, und auch die Rampe und die Treppe zum Ausguck, wo ihr Simon den Spiegel geschenkt hatte.

Am meisten aber staunte sie über die Ausdehnung der unterirdischen Räume. Verschiedene Ebenen erstreckten sich bis weit unter die Hügel und Täler der Umgebung – vielleicht sogar bis unter die Purpurberge.

Mit den riesigen Dimensionen des Sternensystems war ihr Verstand überfordert, und diese Karte ließ sie die Zuflucht in einem neuen Licht sehen. Sie fühlte sich klein und unbedeutend.

Als Nächstes zeigte ihnen John ihren aktuellen Standort knapp unter der Meeresoberfläche. Dann legte er Daumen und Zeigefinger auf den Bildschirm, und der Maßstab der Karte änderte sich.

Er stellte sich neben der Karte vor die Wand, aus der nebeneinander zehn kleine blutrote Dreiecke ragten. Ähnliche Dreiecke hatte Lilly schon an den Wänden der Zuflucht gesehen. Sie hatte sie für Lichtschalter oder Temperaturanzeiger gehalten.

»Mit denen …«, John deutete hierbei auf die Dreiecke, »… können wir im Handumdrehen an jeden Ort der Zuflucht reisen.«

Lilly starrte ihn an. »Ehrlich?«

»Davon habe ich noch nie etwas gehört«, murmelte Simon. »Wie funktionieren sie?«

»Wenn du eines dieser Reisesegmente auf ein Dreieck auf der Karte legst, wirst du sofort dahin versetzt. Das Segment kehrt innerhalb von zehn Minuten ins Kartenzimmer zurück. Wenn du mit ihm zusammen zurückkehren willst, musst du vor Ablauf von zehn Minuten ein Rückkehrbehältnis finden.«

»Kann ich auch reisen?«, fragte Lilly. »Mit meinem Rollstuhl?«

»Ja. Alles, was du berührst, reist mit dir mit, einschließlich deiner Kleidung, was für manche von uns ein wahrer Segen ist.« Allgemeines Gelächter. »Aber jede Person muss ein eigenes Reisesegment mitführen.«

John deutete auf die andere Wand. »Diese Kugeln oder Kapseln, wie Anita sie nennt, funktionieren wie die Dreiecke, nur reist man damit zwischen den Welten hin und her. Das ist nichts für Feiglinge … oder Leute, die nicht genau wissen, wohin sie wollen.«

Niemand schien ihm widersprechen zu wollen.

John führte sie zur nächsten Tür. »Die anderen drei Räume sind schlichter. Das gilt insbesondere für die Kammer der Zeugen und den Protokollraum. Das Studierzimmer allerdings ist ein wahres Wunder für sich.« Mit einer schwungvollen Geste, die seinen Stolz verriet, stieß er die Tür auf. »Hier könnt ihr Gelehrten nach Herzenslust studieren, experimentieren und forschen, falls Lilly euer Fachwissen braucht – oder auch nur aus Spaß.«

Das Studierzimmer war geschmackvoll eingerichtet, mit Schreibtischen, Stühlen, Sofas und was man sonst noch für eine geistige Arbeit benötigte. Bücher reihten sich ordentlich in den Regalen, Federn und Stifte lagen bereit, Pergamente und Hefte warteten darauf, beschrieben zu werden, und auf Tabletts standen Tee, Kaffee, Kekse, Obst und Nüsse bereit. Es war ein schöner, aber nicht außergewöhnlicher Raum.

»Dann lasst mich euch jetzt das Wunder erklären«, verkündete John. »Immer wenn ein Künstler oder Gelehrter, beispielsweise ihr drei, das Studierzimmer betritt, bringt er alles, was er je gedacht, geschrieben oder erforscht hat –, selbst das, woran er sich nicht erinnert –, mit hierher. Es sammelt sich an und erwartet euch in den Schubladen, Vitrinen und begehbaren Schränken.«

Die drei Gelehrten machten große Augen.

»Das ist unvorstellbar«, sagte Gerald schließlich und strich mit der Hand über ein Regal mit dicken Bänden.

Anita hatte Tränen in den Augen. »Unser Lebenswerk ist hier aufbewahrt, Liebster«, sagte sie zu ihrem Mann. »Hier. Jetzt. In diesem Raum. Kein einziger Gedanke und keine einzige Betrachtung ist verloren.«

Die Gelehrten waren außer sich vor Glück.

Auch Simon war aufgewühlt. »Dies ist ein unvergleichlicher Schatz.« Er nahm einen silbernen Stift vom Tisch und wog ihn anerkennend in der Hand.

»Bevor ihr euch ganz von diesem Raum vereinnahmen lasst, sollte ich euch noch die anderen beiden zeigen«, unterbrach John die andächtige Atmosphäre. Er löste Simon am Rollstuhl ab und schob Lilly vorwärts. »Hier entlang, bitte.«

Die Kammer der Zeugen war ein kleiner grüner Raum mit einem sehr bequem aussehenden Sofa in der Mitte.

In den Ecken standen vier Polstersessel in verschiedenen Größen und Formen. »Es ist eigentlich ganz einfach. Man streckt sich aus, man macht es sich bequem … und man wird Zeuge … Zeuge dessen, was man hier bezeugen soll. Was die grüne Farbe bedeutet, weiß ich nicht, sie soll wohl den Prozess erleichtern. Die Farbe des Lebens, oder so etwas.«

Lilly wunderte sich, dass man für das Bezeugen ein spezielles Zimmer brauchte, aber ihr lag eine andere Frage auf der Zunge. »Wird alles, was ich hier als Zeugin sehe, auch hier aufgezeichnet?«

»Nein. Das passiert dort drüben im Protokollraum.« Und John führte sie durch die Tür in einen Gang. Als sie an einer geschlossenen Tür vorbeikamen, konnte Lilly nicht an sich halten und rüttelte heftig am Griff. Nichts zu machen.

»Das willst du gar nicht wissen«, sagte John, ohne seinen Schritt zu verlangsamen.

»Ah ja? Ich dachte schon, dass ich es wissen will«, murmelte sie.

»Lilly, das Geheimnis schafft einen Raum, in dem sich Vertrauen entwickeln kann. Alles hat seine Zeit, und das Timing ist Gottes Spielplatz. Vertrau mir, es ist viel besser, sich überraschen zu lassen, als alles kontrollieren zu wollen.«

Das bezweifelte Lilly, aber sie schwieg. Gleich darauf betraten sie das Protokollzimmer. Es war gut beleuchtet und in hellen Blautönen, Violett und Weiß gehalten.

Wie die Kammer der Zeugen war auch der Protokollraum eher karg möbliert. In der Mitte stand ein quadratischer Tisch mit vier Stühlen, die aussahen wie eine

Mischung aus Bürostuhl und Tritthocker, nur dass sie eine hohe, durchbrochene Holzlehne hatten. Die Tischplatte schillerte auffällig in sandigen Brauntönen und wässrigem Schwarz, als wäre sie lebendig.

An der Wand ragten aus knapp zwei Zentimeter breiten Spalten schmale Halterungen hervor. In jeder steckte ein sehr dünnes schwarzes Tablet.

»Hier wirst du alles aufzeichnen, was du bezeugst, Lilly«, sagte John.

»Du weißt doch, dass ich nicht gut schreiben kann«, sagte Lilly. »Und meine Rechtschreibung ist außerdem grauenhaft. Und was, wenn ich vergesse, was ich gesehen habe?« Sie kam sich jetzt schon wie eine komplette Versagerin vor.

»Keine Sorge.« John lächelte und wies in den Raum. »Schau dich um. Kein einziges Schreibgerät.«

»Ich dachte, ich soll hier aufzeichnen, was ich gesehen habe?«

»Was du bezeugt hast, Lilly.«

»Und wie soll das gehen?«

John sah die Tablets durch, bis er das gesuchte fand. Er zog es heraus, öffnete es und legte es auf den seltsamen Tisch. Das Tablet verschmolz mit der Platte, fast so wie Simons Spiegel. John schob Lillys Stuhl an den Tisch, und sie beugte sich darüber.

»Siehst du es?«, fragte John.

»Schwach. Dieser leicht rötliche Rand?«

»Richtig.«

»Der komische Tisch verändert sich dauernd, aber das Tablet bewegt sich nicht.«

»Wenn du so weit bist, kannst du beide Hände auf die

umrandete Fläche legen. Das Gerät übernimmt den Rest. Es zeichnet auf und archiviert, was du erlebt hast.«

»Soll ich gleich anfangen?«, fragte Lilly.

»Ich glaube nicht, dass schon etwas dabei herauskommt. Du musst erst etwas in der Kammer der Zeugen erlebt haben, damit du es hier aufzeichnen kannst.«

Unwillkürlich fielen Lilly ihre Träume und Halluzinationen ein. Aber sie schob den Gedanken schnell beiseite. Darüber durfte sie nicht sprechen.

Zögernd legte sie beide Hände auf das rot umrandete Feld. Zuerst schien sich alles zu verlangsamen. Dann blieb die Zeit fast stehen. Lilly sah noch, wie John die Hände hob und sie entsetzt anstarrte. Das Letzte, was sie hörte, war sein lang gezogenes »*Ha-a-a-a-l-t!*«

Dann wurde alles schwarz.

SECHS TAGE

Lilly schwebte wie körperlos. Zuerst kämpfte sie gegen die vertraute ölige Substanz an, die gegen ihren Willen und doch auch angenehm in ihren Mund floss und von ihr Besitz ergriff. Wie immer war sie an den Rand der Panik geraten, als sie den zähen Schlamm einatmete und sich ihre Lungen mit Flüssigkeit füllten.

Doch da sie inzwischen wusste, dass sie nicht ersticken würde, beruhigte sie sich schneller als zuvor. Mit offenen Augen, aber ohne etwas zu sehen, überließ sie sich dem Schwebezustand. Bald überkam sie ein vages Gefühl von Frieden. Sie wusste, wo sie war, und erinnerte sich an das, was sie getan hatte. Sie war mit John im Protokollraum gewesen und hatte die Hände auf den Tisch gelegt.

Der Erste Tag
Die ohrenbetäubende Eruption vollzog sich unmittelbar und unablässig, schleuderte neben gleißenden Lichtblitzen, die Kräfte und Informationen in allen erdenklichen Farbnuancen aussandten, auch expandierende Klänge und kosmische Melodien in alle Richtungen.

Den Anfang machte ein glitzerndes, aber nicht allzu helles Atemholen, dann folgte ein ungehemmter Ausstoß von Ekstase und Verzückung, ummantelt von einem alles verzehrenden Feuer, von Sturmwind und Wasser: die Kulmination der Allmächtigen Stimme, die auf die Vereinigung mit dem Anderen zustrebte.

Gewaltige Materie traf auf monströses Chaos, sodass Funken sprühten, spielerisch und machtvoll zugleich, durch die Raum, Energie und Zeit geschaffen wurden. Diese drei wurden erwartet und beifällig begrüßt von anmutigen Geistwesen, deren gemessener Jubel sich wie Tautropfen allenthalben verteilte, glitzernde Edelsteine, die nach außen, oben und innen wirbelten. Es war ein übermächtiger, misstönender Tumult, eine ohrenbetäubende Kakophonie, bis sich Harmonien um eine zentrale Melodie formierten.

Alles geschah noch einmal. Lilly erlebte wieder die explosiven Anfänge der Schöpfung und die Gestaltung des Schoßes, aus dem heraus Gott den Menschen erschuf. Doch jetzt wusste sie, warum sie hier war: Sie sollte eine Zeugin für die Zeitalter der Anfänge sein. Es gab kein Zurück mehr und auch keine Möglichkeit, sich zu entziehen, folglich ergab sie sich in ihr Schicksal – fühlen, erfahren und erleben. Sie erlaubte es der kosmischen Woge, sie zu erfassen und auf ihrem Kamm mitzutragen.

Lilly war nicht da, um zu verstehen, zu bewerten oder Grenzen zu setzen, sie sollte lediglich als einfache Zeugin hören, sehen und fühlen. Wie hätte sie das Licht, die Energie, die Geistwesen oder die Auffaltungen auch verstehen sollen, die sich wie Schichten zwischen Kraft und Materie bildeten? Wie sollte ihr Verstand die Mysterien der Strings, Quarks und multiplen Dimensionen fassen? Er konnte es nicht, und das spielte auch keine Rolle. An einem jedoch bestand für Lilly nicht der geringste Zweifel: Der Fokus dieser alles verbindenden Liebe lag auf einem winzigen, abgelegenen, mit Sorgfalt modellierten Planeten, der versteckt am Rand einer Spiralgalaxie lag.

Lilly sah genau hin, als die Töpferscheibe den Ton in das geriffelte All spuckte. Ein gewalttätiger Fremdling mit einem Feuerschwanz riss eine klaffende Wunde. Der Mond strebte davon, konnte sich aber nicht lösen, weil er in der liebevollen Umklammerung der Erdanziehung gefangen war.

Nun stand die Zeugin auf der Hülle einer neuen Welt, einer formlosen, leeren Ödnis, umkreist von einem Staubmantel aus Sternruinen und Gasen. Lilly hörte und fühlte das leise Rauschen der Schwingen des über allem schwebenden Geistes und die Rufe der anwesenden Engel, die IHREN Namen mit jedem Flügelschlag verkündeten: *Ruach! Ruach! Ruach!* Und der Geist blies die Trümmer fort, sodass das Licht des nächstgelegenen Sterns bis zum aufgewühlten Chaos der Oberfläche durchdringen konnte.

Aus Abend wurde Morgen, und es war Gut.

Der Zweite Tag
Die brennende Freude Gottes teilte die brodelnde Materie, und es entstand eine erste Öffnung, in der sich Atmosphärisches zusammenballen konnte. Wärme, von der Sonne geboren, und eine noch mit Staub beladene Feuchtigkeit legten sich auf Lillys nach oben gewandtes Gesicht und ihre ausgestreckten Hände. Das durchdrin-

gende Licht des Ersten Tages hatte die flüssigen Tiefen erreicht und in ihnen neue Melodien erweckt. Gebannt beobachtete Lilly, wie das sich formende Leben in fein aufeinander abgestimmten, tänzerischen Bewegungen auf diese Melodie reagierte; vielgestaltig frohlockten stoffliche Wesen angesichts des harmonischen, absichtsvollen Wirkens.

Aus Abend wurde Morgen, und es war Gut.

Der Dritte Tag

Die Erde erbebte. Ihre Kruste wölbte sich. Vulkane brachen auf und reckten, zum Lobpreis berufen, ihre Silicatarme gen Himmel. Die Landmasse tauchte auf, kühlte ab und kleidete sich in eine deckende Pflanzenschicht. Befeuert von isotopischem, photosynthetischem und eukaryotischem Überschwang pinselte der Große Künstler großzügig eine fulminante, vielschichtige Landschaft auf die breite Leinwand der Erde.

Selbstvergessen wie ein Kind tollte der Geist umher, ganz in der Liebe des Vaters geborgen. In Inneren des Ewigen malte Sie ungehemmt mit den Fingern Ihre Muster. Der Atem floss ein, beseelte, strömte aus, huldigte.

Aus Abend wurde Morgen, und es war Gut.

Der Vierte Tag

Lilly blickte bis weit hinaus ins Sternenzelt. Umgeben von zahllosen Begleitsternen, erleuchtete der Mond die Nacht. Das Tageslicht wischte die dunklen Wolken aus Schattenstaub fort und verwandelte die Himmel über der Erde, eben noch kaum lichtdurchlässig, in ein glasklares Gewölbe. Das Licht, das Gott ins Sein gesprengt hatte, vibrierte in Erwartung des Kommenden. Der Dramatiker hatte die Bühne bereitet, und vor den Augen eines gespannten Publikums wurde aus Abend Morgen, und es war Gut.

Der Fünfte Tag

Die See brodelte und spülte alles nach oben, was einst schwach gewesen war. In dieser Ursuppe schwammen Flossen, Kiemen und Gebilde, die das Wasser aufspritzen ließen, und kolossale, scharfzahnige Mörder auf der Suche nach ihrer nächsten Mahlzeit. Dann überließ sich das Land einem großen Kriechen und Schlängeln, einer riesigen Armee, die Boden und Luft vorbereitete. Sie alle schlossen sich ihrem Schöpfer an und wirkten mit beim Bau der Welt, und aus Abend wurde Morgen, und es war Gut.

Der Sechste Tag

Die *nephesh*, beseelte Wesen, bereits geformt, erhoben sich gemeinsam mit einer großen Zahl anderer Lebewesen aus den Ozeanen und dem Land, höchst unterschiedlich in Form und Gestalt. Sie hatten Zähne und Klauen, Knochen und Federn, und Lilly war von ihrer schlichten Schönheit überwältigt.

Wieder donnerte ein Jubelschrei durch das Universum, als stimmte eine Million Instrumente gleichzeitig in einem einzigen Saal ein Musikstück an. »Die festgesetzte Zeit ist gekommen. Eilt herbei!«

Als der Abend herabdämmerte, nahte der gesamte Kosmos – von überall her eilten tanzende Lichter und gelenkige Wesen auf die Heilige Stimme zu.

Wieder stand Lilly auf dem Hügel über dem weiten, kreisförmigen Plateau. Dahinter strebte der Grenzwall von Eden in die Höhe, wie ein Lobgesang der Erde an den Himmel.

»Erstaunlich!«, ertönte ein Singsang über Lilly. Das Mädchen hob den Kopf und erschrak. Dicht vor ihrem Gesicht hing eine Fußspitze, die in einer Sandale steckte. Sie legte den Kopf in den Nacken und blickte in ein breites Lächeln. Er oder sie balancierte auf einem Knie und hatte die Arme verschränkt.

»Hab keine Angst.« Das Wesen löste sich auf, wie eine Wolke auseinanderstiebender Glühwürmchen, und setzte sich zu einer Gestalt von ihrer Größe wieder zusammen.

»Größe ist relativ«, erklärte es in melodischem Getriller. »Bist du die Zeugin?«

Lilly war verwirrt. »Wo ist Eva?«

»Eva? Dieses Wort hat keine Bedeutung für mich.«

»Eva! Du weißt doch, die Mutter der Lebendigen!«

Das Wesen lachte, und es war, als würde eine liebliche Melodie über seine Lippen purzeln. »Das ist ein wunderbarer neuer Name für Gott!«

Lilly sah das lächelnde Wesen überrascht an. »Was? Du kennst Eva nicht? Wer bist du?«

»Mein Name«, sang das Wesen, »ist Han-el, und ich stehe zu Diensten.«

»Han-el? Johns Wächter?«

Eine Lachsalve folgte. »Ein Wächter bin ich ganz und gar nicht. Ich bin ein einfacher Bote und Sänger.« Das Wesen stutzte. »John?«

Lilly hob die Hand, um zu signalisieren, dass ihr das alles zu schnell ging. Han-el stupste ihre Finger an, und sofort breitete sich das vertraute angenehme Kribbeln in ihrem Körper aus – überall, nur nicht in dem infizierten Arm.

Sie trat einen Schritt zurück.

»Wieso kennst du Eva und John nicht, weißt aber, dass ich eine Zeugin bin?«

»Adonai hat bekanntgegeben, dass eine Zeugin hier ist. Ich, Han-el, habe die Ehre, dir zu dienen.«

»Adonai hat es bekanntgegeben?« Das hatte Lilly nun wirklich nicht erwartet.

»Er sagte, deine Gegenwart sei eine schätzenswerte Abweichung und Zweideutigkeit, und Er sei dir besonders zugetan.«

»Das hat Er gesagt?« Lilly war wieder einmal hin- und hergerissen zwischen Zuneigung und Ärger. »Eine Abweichung? Dann weißt du ja, dass ich nicht hierher gehöre.«

»Und dennoch bist du hier!«, sang Han-el.

Versuchsweise streckte nun auch Lilly die Hand aus, um das Wesen zu berühren, aber ihre Finger glitten durch den Sänger hindurch. »Du existierst gar nicht.«

Han-el lachte. »Wenn meine Existenz von deiner Wahrnehmung oder Berührung abhängig wäre, dann würde das auch für Liebe und Hoffnung und Glaube und Freude und eine große Zahl anderer Unsichtbarer gelten. Ich bin ein Geistwesen. Vielleicht bist *du* es, die nicht existiert?«

Lilly verschränkte die Arme, ihr Herz klopfte heftig. Warum hatte sie Angst? Warum fühlte sich das hier so anders an, als wenn sie mit Eva zusammen war? Wenn das Gewölbe ihre Erlebnisse aufzeichnete, hieß das, dass sie Adam noch aufhalten konnte? War Eva deshalb vor dem eigentlichen Bezeugen zu ihr gekommen? *Dies alles hat sich nur einmal ereignet …*

Und dann wusste sie es auf einmal. Es traf sie wie ein Blitz, und all ihre Zweifel verflogen. Man hatte sie hergeholt, damit sie den Höhepunkt von Gottes Schöpfung bezeugen konnte. Eva war nicht hier, weil sie innerhalb des Mannes geformt werden würde, und Lilly war hier, um ihre Geburt mitzuerleben.

»Ich existiere sehr wohl!«, wehrte sie sich. »Mein Name ist Lilly, und ich bin die Zeugin.«

Eine neue Kunde unterbrach ihr Gespräch. »Die Zeit ist gekommen!«, schrie Donnergesang, und seine Ankündigung katapultierte Lilly ins Zentrum der Versammlung. Sie war von Lichtwesen umgeben, und alle ihre Sinne waren aufs Äußerste gespannt. Von allen Seiten drang Musik auf sie ein, die sich mit wundersamen Düften und flirrenden Lichtern zu einem flüssigen Bildteppich verwob. Sanfte Meeresbrisen brachten Myrrhe und Sandelholz zum Erklingen wie Violinensaiten. Weihrauch und Früchte vereinten sich wie liebliche Flötenweisen mit den Melodien ferner Gestirne. Holzbläser verbreiteten den Duft von Hyazinthen, Pinien, Veilchen und Lavendel, untermalt vom rhythmischen Takt der Gewürze – Zimt und Nelken, Kurkuma und Ingwer.

Einmal zusammengekommen, musste die Schöpfung nicht lange warten. Im Wall des Gartens Eden tat sich majestätisch ein Tor auf, und etwas Strahlendes strömte heraus.

»SIE kommen«, hörte Lilly Han-el sagen, der in ihrer Nähe geblieben war. Sie selbst starrte fasziniert auf das lodernde Etwas. Es war ein Strudel aus feurigen Rot- und lebhaften Grüntönen, eingefasst von glitzerndem Jaspis, die ineinanderflossen, bis aus der Mitte heraus eine einzelne Gestalt hervortrat … ein menschliches Wesen.

»Der Ewige«, flüsterte sie. »Der immerwährende Gott. Adonai!«

Lilly war wie von Sinnen. Alles an ihr sehnte sich danach, zu Ihm zu laufen und Ihm all ihre Geheimnisse zu enthüllen, ein neuer Mensch zu werden, in Seine Herrlichkeit einzugehen, ihre Scham hinter sich zu lassen und endlich Frieden zu finden. Vor ihr stand die verkörperte Glaubwürdigkeit. Mit einem freundlichen Lächeln hob Er die Hände, und die Liegenden erhoben sich auf die Knie.

Auch der Ewige kniete nieder und schob mit den Händen wie ein spielendes Kind ein Häufchen rötlich braunen Staub zusammen. Mit äußerster Konzentration und voll überschäumender Freude saß er auf dem Boden und häufte Erde zwischen seinen Beinen an.

Gelächter erhob sich, Tränen flossen.

Und dann erklang ein Lied.

»Das Lied der Lieder«, flüsterte Han-el Lilly zu. »Das Lied des Lebens und aller, die lebendig sind, das Lied von Wort und Brot und Wahrheit und Hoffnung, von Geben und Vergebung.«

Aus dem Erdhäufchen quoll das berauschende Wasser, wie ein Sinnbild für die Kraft der Hoffnung, die in Lillys Herz erwachte. Aufstöhnend fuhr Er mit den Händen in die heilige Masse, und Lilly hielt den Atem an. Die Wehen waren fast ausgestanden. Da hob Adonai die Arme und schrie laut auf. In Seinen Händen lag ein Neugeborenes.

»Ein Sohn ist geboren, ein Sohn ist geboren!« Die gesamte Schöpfung brach in Jubel aus, und Lilly ließ sich von der allgemeinen Euphorie mitreißen.

Nun erhob sich die kristallklare, sanfte Stimme des Ewigen über den Freudentaumel: »Dies ist meines Herzens Freude, die Krone der Schöpfung. Ich zeige euch Meinen geliebten Sohn, an dem Meine Seele Wohlgefallen hat. IHR Name soll Adam sein.«

Lilly sah, wie der Kuss und der Atem Gottes ein Kind in eine lebendige Seele verwandelten. Sie wurde Zeugin des Augenblicks, in dem der Cherub die Nabelschnur durchtrennte, Gehorsam gelobte und sich zusammen mit anderen himmlischen Wesen vor dem zarten Kind verneigte.

»Wunder über Wunder!«, sagte der Ewige und hielt das schlafende Kind hoch. »Seht das Kind! Der Schoß der Schöpfung ist wahrhaftig gesegnet. Lasst uns nun alle feiern, einen jeden auf seine Weise. Mit dieser Geburt ist der Sechste Tag vollendet, und nun ruhen Wir von Unserer Arbeit.«

Und aus dem Abend wurde Morgen, und es war Sehr Gut!

Lilly riss die Hände vom Tisch. Sofort zuckte ein scharfer Schmerz durch ihren verletzten Arm bis in ihre Kehle. Ein paar Sekunden lang bekam sie keine Luft und wusste nicht, wo sie war.

Dann hörte sie John: »Sie ist zurück! Sie ist zurück!« Simon, Gerald und Anita kamen in den Raum gestürzt, und ihre Mienen zeigten eine Mischung aus Besorgnis und Erleichterung. Lilly ließ sich, überwältigt von einer schweren Erschöpfung, gegen die Rückenlehne sinken. Auch John war offensichtlich völlig übermüdet, so befreit er jetzt auch wirkte, und seine Augen waren gerötet, als hätte er geweint. Lilly fiel auf, dass die anderen sich in der Zwischenzeit alle umgezogen hatten.

»Wie lange war ich weg?«, wollte sie wissen. Ihre Arme und Beine fühlten sich steif an.

Gerald rechnete nach. »Ungefähr … in unserer Zeit … etwa fünfeinhalb Tage.«

»Fünfeinhalb Tage?«, wiederholte Lilly ungläubig. Sofort wurde sie noch müder. »Ich war fünfeinhalb Tage weg, nachdem ich meine Hände auf den Tisch gelegt hatte?«

»Ungefähr«, erwiderte Simon.

Anita nickte. »Eigentlich eher sechs volle Tage.«

»Wir waren schon sehr in Sorge, ob du überhaupt noch zurückkommen würdest«, sagte Simon.

John nickte. »Das stimmt. Wir hatten schon überlegt, ob wir deine Hände mit Gewalt vom Tisch lösen sollen, aber das Risiko …« Er atmete tief aus. »Es tut so gut, dich wieder hier zu haben.«

Lilly betrachtete ihre Hände und faltete sie im Schoß, damit niemand merkte, wie sehr sich der Zustand des Armes mit der Bisswunde verschlechtert hatte. »Unglaublich, was ich in diesen sechs Tagen alles gesehen habe.«

»Sechs Tage unserer Zeit«, betonte Gerald. »Was du als Zeugin gesehen hast, vor allem die Tage der Schöpfung, hat wahrscheinlich Milliarden von Jahren gedauert.«

»Ich habe das alles schon einmal gesehen«, sagte Lilly so leise, dass man es kaum hörte und ihr Geständnis fast keines war.

John nickte nur. Sie hatten noch viel Zeit, die Wahrheit herauszufinden.

»Es tut mir so leid«, sagte Lilly zerknirscht. »Ich dachte, ich habe Halluzinationen oder ich werde verrückt. Deshalb habe ich nichts gesagt. Ich wusste nicht, was echt ist und was nicht.« Traurig fügte sie hinzu: »Und ich bin mir immer noch nicht sicher.«

»Gräme dich nicht, Schätzchen«, sagte Anita rasch. »Für manche von uns ist Vertrauen eine große Herausforderung. Ich verstehe das. Es war Gerald, der als Erster den Eindruck hatte, du könntest schon einmal Zeugin gewesen sein, und obwohl uns das eingeleuchtet hat … bekamen wir Angst.«

»Dazu möchte ich anmerken«, sagte Gerald vergnügt, »dass Angst kein guter Ratgeber ist, auch wenn sie uns viele interessante Stunden bereitet.«

»Das Wichtigste ist«, ergänzte John, deutlich weniger fröhlich, »dass du zurück bist. Und jetzt sollten wir dir etwas zu essen und trinken besorgen. Eine Toilette wäre sicher auch nicht das Schlechteste, oder?«

Lilly brachte nur mit Mühe ein Lächeln zustande. »Ihr seid nicht enttäuscht von mir?«

Die Frage war eine Aufforderung, ein Risiko, und dessen waren sich alle bewusst.

»Enttäuscht? Nein. Bekümmert? Ja. Ist dein Vertrauen zu mir groß genug, dass ich traurig sein darf, ohne dass du dich selbst weniger magst?«

Das war eine wichtige Frage. Scham und Selbsthass waren Lillys älteste Begleiter. Sie deutete mitfühlende, freundliche oder kritische Worte sofort als Beweis dafür, dass sie wertlos war. Schon das Wort *Enttäuschung* konnte sie in einen Abgrund der Selbstzweifel stürzen. John bat sie, dem zu widerstehen und daran zu glauben, dass seine Zuneigung und Fürsorge die höhere Wahrheit darstellten.

Wenn sie sich darauf einlassen sollte, musste sie auch zulassen, dass sie ihn mochte.

»Okay«, sagte sie, obwohl ihr nicht wohl dabei war. Es kam ihr vor, als würde sie eine unentbehrliche Vereinbarung aufkündigen. »Das hilft mir. Ich werd's versuchen. Danke.«

Als sie im Bad gewesen war, rollte Lilly mit ihrem Stuhl ins Protokollzimmer zurück und versuchte einen Scherz. »Ich war also fast sechs ganze Tage und Milliarden Jahre weg, ohne dass ich pinkeln musste? Wie soll das gehen?«

Auf dem Weg zum Essraum antwortete Gerald auf ihre Frage. »Wenn du den Tisch berührst, verlangsamen sich Zeit und Wahrnehmung. Sie kommen sogar fast zum Stillstand. So sinkt zum Beispiel die Herzfrequenz auf ungefähr einen Schlag pro Minute. Wenn ich richtig rechne, hat dein Herz in diesen sechs Tagen nur etwa 8640 Mal geschlagen. Das klingt nach viel, ist es aber nicht. Gehen wir davon aus, dass dein Herz normalerweise sechzig Schläge pro Minute macht, was in etwa hinkommen dürfte – auf jeden Fall macht es das Rechnen leichter. Es bedeutet, dass dein Körper glaubt, es seien nur ein paar Stunden verstrichen.«

»Ah! Deswegen kam es mir so vor, als hätte John ›Ha-a-a-a-a-l-t‹ geschrien!« Alle lachten.

Der Tisch wurde gedeckt, und binnen Kurzem standen vor Lilly ein Teller mit appetitlichem Gemüse und eine Schüssel Suppe. Bevor sie anfingen, hielten sie sich an den Händen. Das war so üblich, es war bisher immer so gehandhabt worden, aber erst an diesem Tag beschloss Lilly, das kurze Gebet mitzusprechen: »Mein dankbares Herz ist heute mein größtes Geschenk.« Die anderen waren taktvoll genug, auf Lillys Teilnahme nicht einzugehen, nur bei John meinte sie, ein leichtes Lächeln wahrzunehmen, und freute sich darüber.

Die Speisen waren köstlich, auch wenn Lilly vor lauter Müdigkeit nicht so viel essen konnte, wie ihr gutgetan hätte.

Als sie fast fertig waren, ergriff John das Wort. »Lilly, wir haben uns das meiste von dem, was du aufgezeichnet hast, mit angesehen. Wir konnten es auf dem Tisch erkennen. Einer von uns war immer bei dir, und meistens waren wir zu viert im Protokollzimmer. Wir wollten dich nicht allein lassen, nicht nur aus Sorge um dich …«, er brach ab, hielt sich an der Tischkante fest und wartete, bis er seine Stimme wieder im Griff hatte, » … sondern weil … das, was sich da abspielte, so wunderschön war, dass einem die Worte fehlen.«

Lilly wusste genau, was er meinte. Sie streckte den gesunden Arm aus und nahm seine Hand. »Ich bin froh, dass ihr es gesehen habt. Ich könnte es nie so gut beschreiben, dass ich dem, was passiert ist, gerecht würde.«

Ein fast schon verlegenes Schweigen breitete sich aus. Gerald legte die Hand auf Lillys infizierten Arm. Das Mädchen versteifte sich bei der Geste, und John, der sie nicht aus den Augen gelassen hatte, zog fragend die Augenbrauen hoch.

Schnell erklärte sie, sie sei erschöpft und würde gerne ein wenig schlafen. »Ihr braucht sicher euren Schlaf.«

Während John sie zu ihrer Schlafkammer schob, fragte sie ihn: »Bin ich jetzt fertig? Ich habe alles aufgezeichnet, von der Explosion der Schöpfung bis zur Ankunft des Menschen, dann müsste ich doch jetzt fertig sein?«

»Ich weiß es nicht. Weißt du es?«

Sie war betroffen. Die drei letzten Worte stellten ihre Ehrlichkeit infrage. Sie begriff, dass John daran gelegen war, die Brücke des Vertrauens wieder aufzubauen, die sie zerstört hatte.

Sie zuckte die Achseln. »Ich weiß es auch nicht.«

John seufzte. »Dann gibt es wohl nur eine Art, es herauszufinden. Du legst dich in die Kammer der Zeugen und wartest ab, was passiert.«

»In Ordnung.« Lilly war zu müde, um über mögliche Folgen nachzudenken. »Ach, eins noch.«

»Das hatte ich befürchtet.« John lächelte matt. »Du bist die Königin der allerletzten Fragen.«

Lilly musste grinsen. »Kann nichts dafür. Meine Gedanken kreisen einfach immer weiter. Ich habe mich gefragt … wenn ich nicht hierhergekommen wäre, in die Zuflucht, hätte ich dann jemals etwas über … du weißt schon, Gott und Adam und die Anfänge erfahren?«

»Damit sprichst du ein weiteres Geheimnis an«, antwortete John. »Im Hinblick auf Pläne und Absichten ist Gott kein Handwerker, sondern ein Künstler, und Gott will kein von uns getrennter Gott sein. Du bist hier, das verändert alles. Wenn du nicht hier wärst, würde auch das alles verändern. Ich meinerseits bin – aber das ist ein bisschen egoistisch gedacht – froh, dass du hier bist.«

»Ich auch«, gab Lilly zu. »Meistens.«

*Es ist schon wieder passiert. Ich habe die Wahrheit ge-
sagt, weil ich erwischt wurde. Wahrscheinlich zählt das
nicht. Und ich habe nicht die ganze Wahrheit gesagt,
sondern nur den Teil, den ich musste. Ich habe John
gekränkt. Das sehe ich seinem Gesicht an. Und jetzt sitze
ich noch mehr in der Tinte, weil ich nicht die ganze
Wahrheit gesagt habe. Wie oft kann ich noch Brücken
hinter mir abbrechen, bis die Leute aufhören, sie wieder
aufzubauen? Es passt mir nicht, dass das überhaupt eine
Rolle spielt. Ich fühle mich schwach und ungeschützt.
Vielleicht ist das der Sinn von Lügen – sie sind eine Möglichkeit, sich zu schützen.*

*Das Protokoll hat längst nicht alles aufgezeichnet, was
ich bisher erlebt habe. Was bedeutet das? Ich will nicht
ewig und drei Tage aufzeichnen müssen. Schon bei dem
Gedanken daran wird mir ganz schwummrig.*

*Ich will Adam aufhalten. Ich will in den Spiegel
schauen. Ich will mit Simon reden. Ich will sterben oder
abhauen oder einen Weg nach Hause finden. Obwohl,
das mit zu Hause stimmt, glaube ich, nicht. Ich kann
mich nur an weniges erinnern, bin mir aber sicher, das
war nie ein Ort, an dem ich sein wollte. Ich gebe es nur
ungern zu, aber diese merkwürdige, ausgeflippte Zuflucht fühlt sich eher wie ein Zuhause an – oder wenigstens so, wie ein Zuhause sein sollte.*

*Heute bin ich schon wieder eine Zeugin der Schöpfung
geworden. Es war wie beim ersten Mal, aber auch anders. Ich habe Han-el getroffen, der mich und John und
Eva nicht kennt. Mein Arm tut schrecklich weh. Ich habe
John auch in diesem Punkt angelogen. Aber ich glaube,
er weiß Bescheid. Ich bin immer mehr davon überzeugt,*

dass der Spiegel recht hat, dass mein wahres Wesen so aussieht – wenn man ganz tief in Lilly reinschaut, findet man nur ein wertloses Stück Scheiße.

Aber vielleicht hat Simon auch recht. Ich bin Lilith und kann noch etwas tun, bevor ich sterbe: die Regie übernehmen in meinem nutzlosen Leben und den Verlauf der Geschichte ändern. Ich muss nur noch rauskriegen wie.

EVAS GEBURT

In der Einsamkeit ihres Zimmers im Gewölbe spürte Lilly, wie eine vertraute Hand sich an ihre schmiegte, und sie wurde von einer Welle der Erleichterung durchströmt. Sie hatte Eva nicht mehr gesehen, seit Gott Seine tiefe Trauer über Adams Abkehr geäußert hatte. Es lag ein großer Trost in der Gegenwart dieser Mutter, als könne sie helfen, Zweifel, Anspannung, Erwartungen und Ansprüche zu vertreiben. Abgesehen von kurzen Momenten mit John und den Gelehrten war die Zeit mit Eva die einzige, in der sich Lilly jemandem zugehörig fühlte.

»Kann ich dich etwas fragen …?«, flüsterte Lilly, um die andächtige Stille noch ein wenig andauern zu lassen.

»Natürlich.« Eva lächelte so herzerwärmend, dass Lilly fast ihre Frage vergaß.

»Warum hast du mich beim letzten Mal nicht begleitet? Sonst waren wir doch immer zusammen.«

»Mein Liebes, ich bin keine Zeugin. Heute gabelt sich der Weg, den wir zusammen gegangen sind, und wir müssen verschiedenen Pfaden folgen. Ich werde in der Ferne auf dich warten.«

»Dann gehen wir nicht mehr zusammen hin?«

»Ich bin schon dort. Wenn du das nächste Mal Zeugin sein wirst, werden sich unsere Wege auf eine neue Art vereinen. Was immer geschehen mag, denke daran: Ich habe dich immer geliebt, und du warst meiner Liebe immer würdig.«

Als Eva diese Worte aussprach, konnte Lilly sie fast glauben. Seltsam, wie zuweilen Worte der Zuneigung sich in spitze Stöcke verwandelten, die in die Seele stachen und ihren Bodensatz aufrührten.

Die Frau beugte sich vor und küsste Lilly auf die Stirn. Dann strich sie ihr versonnen über die Haare. »Du wirst mich wiedererkennen, ich dagegen werde mich nicht an dich erinnern. Doch Adonai vergisst nie. Er ist dir besonders zugetan.«

»Geh nicht weg!« Lilly lehnte sich an Eva. »Ich ertrage es nicht, wieder verlassen zu werden.« Ihr versagte die Stimme. »Mutter Eva, ich weiß nicht, wer ich bin.«

»Frage Adonai und vertraue dem, was Er dir sagt. Wahre Liebe sagt immer die Wahrheit, selbst wenn wir sie nicht hören können. Lilly, du bist meine Tochter, und wir werden nie weit voneinander entfernt sein. Du bist in mir, und im Geheimnis Gottes sind wir alle in dir enthalten – in dir, Lilly Fields. Du wirst nie allein sein.«

Lilly widersprach Eva nicht, aber die tiefen Wunden in ihr bluteten. Auf einmal begann Eva zu singen, eine sanfte, liebliche Melodie, die Lilly sachte aufhob und einem anderen in die Arme legte. Sie fiel in einen tiefen, friedlichen Schlaf, in dem Träume und Albträume nicht erlaubt waren.

Am nächsten Morgen fühlte sich Lilly körperlich noch schlechter und verzichtete auf ihre Übungen. Bei jeder Bewegung zog ein brennender Schmerz durch ihren rechten Arm und lähmte ihn, und sie übte dafür so lange mit dem linken Arm, bis ihre Bewegungen fast natürlich wirkten. Als sie ihren Stuhl in der Kammer der Zeugen neben das Sofa rollte, auf dem John und Simon sie erwarteten, war sie schweißgebadet.

John legte ihr die Hand auf die Stirn. »Das Fieber ist gestiegen. Ich glaube nicht, dass du heute weitermachen solltest.«

»Fühlst du dich denn der Aufgabe gewachsen?«, fragte Simon. »Es hängt ganz von dir ab.«

»Deshalb bin ich doch hier, oder?«, erwiderte Lilly. »Bringen wir es hinter uns.«

Ihre Hände auf die richtige Stelle zu legen kostete etwas Anstrengung, aber dann merkte Lilly, wie sie sich entspannte und von einem wunderbaren Wohlbehagen erfasst wurde. Was immer das für ein Gerät war, es machte seine Sache gut.

Im nächsten Moment stand Lilly auf einem bewaldeten Felsvorsprung und blickte hinunter auf eine ausgedehnte Ebene, auf der rege Betriebsamkeit herrschte. Sie stand allein inmitten von gigantischen Bäumen, und ihr Körper schmerzte nicht mehr. Als sie sich gegen einen Baum lehnte, reagierte dieser auf ihre Berührung mit einem melodischen Lachen.

Erschrocken machte Lilly einen Satz. Sie hatte sich an Han-el angelehnt.

»Bist du jetzt ein Baum?«, spöttelte sie, aber sie war dennoch froh, den Engel in ihrer Nähe zu haben.

»Nein, aber vielleicht erscheine ich dir so, wie du es erwartest«, sang Han-el. »Und du befindest dich in einem Wald.«

Lilly lachte aus vollem Hals. Sie war überrascht, wie viel Freude sie auf einmal empfinden konnte. Es war, als würde sie nach Tagen zum ersten Mal wieder tief durchatmen. Als sie ihre Hände und Arme betrachtete, entdeckte sie keine Spuren von dem Schlangenbiss oder dem sich ausbreitenden Gift. Sie hob den Saum ihres langen Rockes ein Stück an. Unglaublich – beide Füße waren ihre eigenen! War sie von der Prachtentfaltung der Anfänge so geblendet gewesen, dass sie das alles bisher nicht gemerkt hatte?

Sie tänzelte auf der Stelle, wandte ihr Gesicht der Sonne zu und drehte sich mit ausgebreiteten Armen, ausgelassen wie ein kleines Mädchen, einmal um die eigene Achse. Goldene Lichtstrahlen fielen durch das Blätterdach und küssten sie zärtlich auf die Wangen. Sie schloss die Augen.

»Han-el, was soll ich diesmal bezeugen?«

»Sieh her.«

Als sie die Augen öffnete, sah sie, dass Han-el auf eine andere Felsplatte deutete, die sich in ungefähr einhundert Metern Entfernung befand. Einen Lidschlag später standen sie und der Engel auf der belebten Ebene darunter, mitten im Zentrum der vielen Aktivitäten. Auch Adam war in der Nähe, umgeben von Feuer und Wind, ebenso Adonai. Adam deutete auf ein rundliches Tier und verkündete nach einem kurzen Moment des Nachdenkens: »Flusspferd«.

»Ich weiß, was Adam macht«, sagte Lilly. Ihre unbeschwerte Freude war verflogen.

»Ja, dies ist der letzte Tag der Namensgebung«, sagte Han-el. »Nach Adams Abkehr hat Gott ihm diesen Weg eröffnet, zu IHNEN zurückzukehren und IHNEN zu vertrauen.«

»Dann hat er sich schon abgekehrt?« Lilly war fassungslos. Es war zu spät. »Han-el, wieso ist das Benennen der Tiere eine Einladung, wieder Vertrauen zu fassen?«

»Sieh hin und verstehe. Adam sieht nicht mehr, was du sehen kannst. Seit er sein Gesicht abgewandt hat, glaubt er, er sei allein. Diese Täuschung hat seine Sicht bereits getrübt. Adam sieht im Wind und im Feuer keine Gestalt. Er sieht nur Adonai, und selbst Adonai verblasst.«

»Aber Adam wurde hereingelegt! Von der Schlange! Sie hat Adam weisgemacht, er wäre allein!«

»Nein. Adam hat der Schlange Macht gegeben, und nun spricht sie in seinem Namen.«

Adam sank zu Adonais Füßen und vergrub das Gesicht in den Händen. »Ich bin ganz allein«, stieß er so abgrundtief resigniert hervor, als wären es die letzten Worte, die er je aussprechen würde.

»Die Namensgebung ist vollendet!«, sang Han-el klagend. »Sie hat Adam nicht das gegeben, was er sich von ihr erhofft hat.«

Adonai legte Adam die Hand auf den Scheitel. Was als Nächstes geschah, war wie der Blick durch ein umgedrehtes Kaleidoskop.

Lilly wurde Zeugin, wie Adonai Adam auf einem Federbett aus himmlischen Schwingen in einen tiefen, behüteten Schlaf versetzte. Ein Blätterdach aus geflochtenem Schilfrohr schützte ihn, Engel hielten über ihm Wacht.

Alles geschah wie im Zeitraffer. Tage gingen in Monate über. Adams Bauch wuchs, wurde von der Schwangerschaft gedehnt. Und dann blieb die Zeit stehen.

Innerhalb von neun Monaten formte Gott aus Adams weiblicher Seite, aus dem Weiblichen, das in ihm schlief, ein atemberaubendes Wesen von ebenbürtiger Kraft, und doch zugleich so schwach und zerbrechlich wie die Quelle, der sie entnommen wurde.

Die gesamte Schöpfung hielt den Atem an. Adonai öffnete Seinen Sohn, und aus dem Er wurde eine Sie genommen, eins trennte sich in zwei. Keiner von beiden würde je wieder vollständig sein, doch Adonai gab ihnen das Versprechen, dass es ihnen eines Tages möglich sein würde, in Liebe ihr Einssein zu feiern. Gottes unermessliche Ganzheit fand nun ihren Ausdruck in den Zwei, als Weibliches und Männliches, beide von Natur aus dazu bestimmt, von Angesicht zu Angesicht mit Vater, Sohn und Geist zu leben.

Der erste Schrei des kleinen Mädchens tönte durch die Nacht von Eden, und Boten trugen die frohe Nachricht in die unendlichen Weiten der Schöpfung.

Lilly sah zu, wie Gott Adams Leib wieder verschloss. Dann beugte Er sich über den Schlafenden und weckte ihn mit einem Kuss. Adam erhob sich und griff an seine Flanke, die bereits heilte. Dann hielt ihm der Ewige das Neugeborene hin, in Liebe, Licht und Wunder gekleidet. Als Adam sie in den Armen hielt, warf er den Kopf zurück und lachte beseligt auf.

»Endlich! Dies ist meine Art, mein Fleisch, mein Knochen. Sie soll Isha, Schwäche, genannt werden, weil sie aus Ish, meiner Stärke, genommen wurde.«

Lilly begann voller Begeisterung zu klatschen und zu tanzen. Sie breitete die Arme aus und drehte sich jubilierend im Einklang mit der restlichen Schöpfung. Aber als sie auf den Mienen von Han-el und Adonai einen Ausdruck düsterer Resignation entdeckte, stockte sie und blieb schließlich stehen.

»Han-el? Warum bist du nicht glücklich?«

»Ich bin selig. Sie ist die Antwort der Liebe auf Adams Entscheidung, sich abzukehren. Ich erkenne, dass Gott in ihr der Erlösung und Versöhnung eine Form geben will, aber ich sehe Adonais Antlitz auch an, dass dieser Akt einen Preis haben wird. Das betrübt mich.«

»Ihr Kommen rettet Adam nicht von seiner Abkehr?«

»Es ist eine Verheißung.« Der Sänger beließ es dabei.

»Was passiert jetzt mit Adam?«

»Dadurch, dass er sich ihr zuwendet, ist er vom Abgrund zurückgetreten, aber nur für kurze Zeit. Sie ist Adonais Einladung, Zartheit und Weichheit zu akzeptieren, in Fülle und ohne Scham zu leben und ganz auf die Abkehr zu verzichten. Aber dieses Von-Angesicht-zu-Angesicht wird nie genug sein.«

Lilly verstand und schüttelte den Kopf. »Isha. Er hat sie nicht Eva genannt. Er hat ihr einen Namen gegeben, genau wie den Säugetieren und den Vögeln, nicht wahr?«

»Ja, so ist es«, bestätigte Han-el wehmütig. »Nicht einmal bei diesem besonderen Anlass konnte er darauf verzichten, sich von Gott ab- und der Macht und Herrschaft zuzuwenden. Er hat sie ›schwach und angreifbar‹ genannt – was in Wahrheit auf seine eigene Natur zutrifft, derentwegen er sich schämt. So will er versuchen, sich von der Wahrheit zu trennen und im Alleinsein

Stärke zu finden, als könnte er, getrennt von Gott, sein wie Gott.«

Lilly bot dem Engel ihre Hand, obwohl sie nicht wusste, ob Han-el ihren Trost annehmen würde. Doch der Sänger ergriff sie sanft und kraftvoll am Arm, und seine Stärke und Trauer flossen in sie ein.

»Es tut mir leid«, sagte sie und dachte dabei an Adam.

»Mir auch.« Lilly ahnte, dass Han-el auch sie damit meinte.

»Aber hier«, fügte der Engel hinzu, »hat die Geschichte gerade erst begonnen.«

Wieder drehte sich die Zeit in immer schnelleren Kreisen: Auch Isha wurde an Gottes Brust genährt, sie machte ihre ersten schwankenden Schritte auf Adam zu und lief ihm in die ausgebreiteten Arme. Sie rannte durch Wälder und Felder, in Feuer und Wind gekleidet, an der Hand des Ewigen. Bald entdeckte Lilly an ihr die ersten Anzeichen der königlichen Haltung, die sie einmal auszeichnen sollte. Das Mädchen aus dem Garten Eden wurde sehr schnell verständig und erblühte im Schutz einer glücklichen, erfüllten Beziehung. Sie reifte heran, und damit reifte auch ihre Zuneigung und Liebe zu Adam, und die seine zu ihr – erkennbar an vielsagenden Blicken, an einem Lächeln ohne Grund. Die Freude, die sie aneinander hatten, kannte keine Grenzen.

Doch wenn sie im Gespräch mit Adonai von dem Wunder der Schöpfung auf das Wunder der Fortpflanzung kamen, wurde Lilly verlegen und empfand eine Scham, die sie nicht näher definieren konnte. Adam und Isha waren unbefangen, sie freuten sich an Gottes Vorhaben mit all seinen Wonnen und Schönheiten. Sie lachten und neckten sich, in dem Wissen, dass ihre Vereinigung in Liebe geschehen würde, wenn die rechte Zeit gekommen war und sie auf wundersame Weise wieder zusammenfügen würde.

Das Mädchen wuchs zu einer zielstrebigen, geistig regen, schnellen und starken Frau heran. Manchmal durchstreifte sie den Garten auf eigene Faust, wenn sie jedoch tanzte, dann zur Musik von Gottes unendlicher Freundschaft, die sie stets in Adams geöffnete Arme zurückführte.

Doch Adam entfernte sich nach und nach von ihr. Lilly erspähte den Schatten, den sein Rückzug warf, noch vor Eva. Sein innerer Wandel kündigte sich fast unmerklich an – ein nicht zu Ende gesprochener Satz, ein etwas verunglücktes Lächeln, eine verweigerte Zärtlichkeit. Furcht machte sich in Lillys Herz breit.

»Ich will diesen Teil nicht sehen«, sagte sie zu Han-el.

»Das verstehe ich, Lilly«, antwortete der Engel mit sanfter Stimme. »Möchtest du an den Ort zurückkehren, von dem du gekommen bist?«

»Ja.« Und mehr war dazu nicht vonnöten.

»Okay!« Lilly fuhr auf. John, der sich gerade neben sie gesetzt hatte, erschrak. Auch sie selbst war bestürzt über ihre unbedachte Bewegung, zumal der Arm sofort wieder wehtat. Stöhnend schloss sie die Augen, um den Schmerz möglichst schnell an den Rand des Bewusstseins drängen zu können.

Nach einer Weile war sie imstande, ihre Aufmerksamkeit John zuzuwenden. »Ich habe Fragen!«

»Fragen? Du warst kaum zwei Minuten weg!«

»Mehr nicht?« Ihre Wangen glühten, das Fieber stieg anscheinend wieder. »Laut Gerald könnten zwei Minuten zwei Millionen Jahre sein. Ich verstehe nicht, warum ich das eben bezeugen sollte.«

»Äh…«, John kratzte sich am Haaransatz, »ich weiß nicht, was du gesehen hast.«

»Du hast dich entschieden, eine Zeugin zu sein«, kommentierte eine Stimme, die nach Simon klang, und Lilly drehte sich um. Sie hatte ganz vergessen, dass er auch da war. »Aber du kannst nicht entscheiden, was du sehen willst.«

»Ich habe mich nicht entschieden, eine Zeugin zu sein. Anscheinend habe ich überhaupt keine Wahl. Wer entscheidet denn, was ich sehe?«

»Die Weisheit Gottes«, erwiderte Simon.

»Und wer entscheidet, was aufgezeichnet wird?«

Die Männer sahen sie verständnislos an.

»Diese Frage verstehe ich nicht«, sagte John. »Alles wird aufgezeichnet.«

»Oh, Mann.« Lilly seufzte und rutschte unruhig auf dem Stuhl hin und her. Die Unbeweglichkeit ihres Körpers war nun, da die Erinnerung an ihren Freudentanz noch so frisch war, noch schwerer zu ertragen. »Ihr werdet das erst verstehen, wenn ihr es selber seht. Kommt mit, lasst uns das von eben aufzeichnen, dann kann ich meine Fragen stellen.«

Die Männer schoben sie auf direktem Wege ins Protokollzimmer und klopften nur kurz bei Anita und Gerald an, um sie zum Mitkommen einzuladen.

Der Transfer begann, sobald Lilly den Tisch berührte, und alle beobachteten sie gespannt. Als die Prozedur abgeschlossen war, hob Lilly die Hände vom Tisch und wandte sich den vier Wartenden zu. Gerald hatte eine Hand vor den Mund geschlagen, Anita schüttelte den Kopf, und John und Simon standen da wie versteinert.

»Was ist?«, fragte Lilly.

Gerald fasste sich als Erster. »Ich studiere die Texte seit Jahren und habe die tiefe Bedeutung des Geschehens nie verstanden. Nicht dass ich jetzt alles verstehen würde ...«, fügte er rasch hinzu. »Es kommt mir so vor, als hätte ich im Tal gestanden und zum Berg der Schriften hochgeschaut, und nun stehe ich auf dem Berggipfel.«

»Was wir gesehen haben«, ergänzte Anita in feierlichem Ton, »war der Beginn von Adams Abkehr.«

»Nein! Das meine ich doch gerade!«, protestierte Lilly entnervt. Ein neuer Schmerz fuhr ihr am Rückgrat entlang und verdichtete sich im Kopf zu einem dumpfen Pochen. »Die Namensgebung ist das *Ergebnis* von Adams Abkehr, nicht der Anfang! Ich habe die ersten Stadien erlebt, aber aus irgendeinem Grund hat das Gerät diesen Teil nicht aufgezeichnet – den Teil, in dem Adam mit einer Schlange redet, die ihm ein Messer gibt. Aber was kommt danach? Explodiert das Universum?«

An den Mienen der anderen konnte Lilly ablesen, dass sie schon wieder ungewollt etwas von sich preisgegeben hatte, aber in diesem Augenblick war ihr das fast egal.

»Warte!«, fuhr John heftig dazwischen. So laut hatte er zum letzten Mal bei ihrem Krampfanfall gesprochen. Bei der Erinnerung daran musste sie sich ein Lächeln verkneifen. Sie stellte fest, dass es ihr sogar gefiel, wenn John einmal laut wurde!

Alle schwiegen, während John sich sammelte.

»Vielleicht solltest du uns von dem Gespräch zwischen Adam und der Schlange erzählen, Lilly? Und von dem Messer?«

Lilly sah ein, dass die Zeit gekommen war, reinen Tisch zu machen. Sie erzählte alles, so gut sie konnte, und sprach auch über Evas Anwesenheit und Adonais Trauer. Während sie erzählte, wich der Ausdruck von Neugier von den Gesichtern ihrer Zuhörer, und sie wirkten zunehmend bekümmert. Nur Simon tigerte unruhig im Zimmer hin und her.

Nachdem Lilly geendet hatte, entstand ein nachdenkliches Schweigen, das mehrere Minuten andauerte. Dann sagte Gerald: »Der Augenblick der Abkehr wurde nie aufgezeichnet.«

Daraufhin stand John auf und ging zu einem vollgepackten Regal in der Nähe der Halterungen für die Tablets. Er schien etwas zu suchen.

»Lilly, du musst das verstehen«, sagte Anita währenddessen. »Alles Übel, das das Universum durchlitten hat – jeder Verrat, jeder Verlust, jedes Unrecht, das im Namen von Gut oder Böse begangen wurde, das gesamte Leid der Schöpfung –, hat seinen Ursprung in Adams Abkehr. Vorher gab es nichts, was nicht gut war. Nichts. Im Gegenteil – alles war sehr gut.«

»So etwas Ähnliches hat Han-el auch gesagt«, entgegnete Lilly. »Aber ich verstehe es trotzdem nicht. Was hat Adam falsch gemacht? Ich meine immer noch, es ist die Schuld der Schlange.«

»Nein«, sagte Anita. »Die Schlange hat die Dunkelheit der Abkehr nicht verursacht. Das war Adam.«

»Aber warum denn?« Lilly rollte mit ihrem Stuhl vor

und zurück, weil ihr das beim Nachdenken half. »Warum geht es dauernd um diese Abkehr? Es ist doch nicht so, als hätte Adam gelogen oder jemanden umgebracht.«

»Leider wird seine Abkehr aber dazu führen, und zwar sehr bald«, sagte John. Er nahm eine Art Stab vom Regal. »Vielleicht kann das hier helfen.« Er drehte an der Basis des Stabs, und sofort leuchtete ein blendend helles Licht auf. Lilly musste sich die Hand vor die Augen halten.

»Das Licht ist zwar grell, aber es tut dir nichts«, versicherte John. »Bitte vertrau mir. Würdest du hineinschauen und mir dann eine Frage beantworten?«

Lilly tat wie geheißen. Zuerst musste sie die Augen zusammenkneifen, doch dann gewöhnten sie sich an den Lichtstrahl, und er bekam fast etwas Beruhigendes. Tatsächlich ließ ihr Kopfschmerz, der mittlerweile ihren ganzen Hinterkopf erfasst hatte, ein wenig nach.

»Wo du jetzt direkt ins Licht schaust – kannst du mir sagen, wie viel Dunkelheit du siehst?«

»Gar keine«, antwortete Lilly. »Da ist überhaupt keine Dunkelheit.«

»Genau. Nächste Frage. Wie könnte Dunkelheit oder ein Schatten entstehen?«

»Wenn irgendetwas das Licht blockiert?«

»Richtig, aber wenn es nichts und niemanden gäbe, der es blockieren könnte?«

Es dauerte nur wenige Sekunden, bis ihr die Antwort einfiel. »Ich würde mich wegdrehen müssen. Das ist die einzige Art, wie ein Schatten entstehen könnte.«

»So ist es«, bestätigte John. »Gott ist Licht, und in IHNEN gibt es keine Dunkelheit. Gar keine! Und Gott, der Licht ist, umarmt das gesamte erschaffene Universum. Durch seine Abkehr von Gott warf Adam einen Schatten, und zwar seinen eigenen. Adam verfügt über Macht und zieht die Schlange und die Schöpfung in seinen eigenen Schatten.«

John schaltete das Licht aus.

Nun trat Gerald auf Lilly zu. »Vielleicht könnte das auch helfen.« Er wischte sich die Hände an seinem Hemd ab, als wolle er sie säubern, und streckte sie dann verlegen nach ihrem Gesicht aus.

»Darf ich?«

Ihrem ersten Impuls folgend, wollte sie zurückweichen, aber dann gab sie ihm doch die Erlaubnis, weil sie ihn nicht kränken wollte. Seine Handflächen waren glatt und warm.

»Wenn du und ich uns auf diese Weise ins Gesicht sehen, was käme dir dann nie in den Sinn?«

Wieder dauerte es nicht lange, bis Lilly verstand. »Es käme mir nicht in den Sinn, dass ich allein bin.«

»Ganz genau!« Gerald ließ sie los und trat zurück. »Adam war von der Liebe Gottes vollständig umgeben, er lebte von Angesicht zu Angesicht, wie Anita es ausgedrückt hat. Wohin auch immer er sich wandte, er befand sich von Angesicht zu Angesicht mit der Liebe. Deshalb wandte er sich dem einen unvorstellbaren Ort zu …«

Lilly verstand. »Er schloss die Augen und kehrte sich ab von dem Angesicht, er zog sich in sich selbst zurück, und als er das tat, glaubte er, er sei allein!«

John formulierte ihre Gedanken noch einmal um, damit sie klarer wurden. »Wenn du wirklich von Angesicht zu Angesicht lebst, weißt du, dass du nicht allein bist.«

Diese Erkenntnis traf Lilly bis ins Mark. »Warum hat sich Adam nicht wieder zurückgedreht? Warum gab es keine Rückkehr?«

Diesmal antwortete Anita. »Nachdem Adam einmal zu der Überzeugung gelangt war, dass seine Abkehr gut war, wurde die Dunkelheit zu seiner Realität. Kontrolle ersetzte Vertrauen, Einbildung trat an die Stelle des Worts, und Macht übernahm den Platz von Beziehung und Liebe. Seine eigene Dunkelheit führte zu einer neuen Sicht aller Dinge, einschließlich Gott. Er vergaß bald, dass er sich überhaupt abgekehrt hatte. Er ist immer noch der Sohn Gottes, der Inbegriff der Schöpfung, mit Autorität und Macht ausgestattet, aber nun macht er diese als unabhängige Ansprüche geltend. Leider leben wir, als Kinder Adams, allesamt bis heute im Schatten des Lebens, und jeder von uns bestimmt eigenmächtig, was gut und böse ist.«

»Und all das wegen der Abkehr«, ergänzte Gerald. »Ohne Vertrauen in das Wort oder Wesen Gottes ist unser Beitrag zur Schöpfung der Tod. Das ist das Erbe, das wir weitergeben und mit dem wir Herrschende und Mächte entfesseln, auf dass sie den Bestien Politik und Religion dienen. Wir ersetzen unseren Wunsch nach Einheit, der in Gott seinen Ursprung hat, durch eine selbstgefällige Gier nach Eroberung. Wir heiligen das Geld, als sei es lebenspendendes Blut, wir verzerren Kunst zu Propaganda und machen aus Waffen Objekte der Anbetung. Für das Wohl der Vielen würden wir jederzeit den Einen opfern, immer und immer wieder, da der Zweck die Mittel heiligt, alles aus bester Absicht natürlich – so wie jeder von uns sie für seine Zwecke definiert.«

Nach Geralds Redeschwall herrschte Schweigen, und nicht nur, weil er für ihn so untypisch war. Geralds eindringliche und leidenschaftliche Worte hatten Gewicht, und alle respektierten sie. Schließlich meldete sich Lilly zu Wort.

»Aber wir sind doch auch Evas Kinder, oder? Und sie war nicht mal da, als Adam sich abgekehrt hat.«

»Sie war da, in Adam«, entgegnete Simon, »aber noch nicht erwacht. Ein Grund für die Tatsache, dass sie aus ihm genommen wurde, war die gnädige Barmherzigkeit Gottes, mit der er Adam zur Rückkehr einlud. Eva wurde Adam genommen, um ihn an seine Menschlichkeit zu erinnern. Hätte man Adam doch nur aufhalten können!«

An Lillys Hinterkopf machte sich aufs Neue ein ziehender Schmerz bemerkbar. Sie versuchte, die Verspannung durch eine Nackenmassage zu lindern, aber ihr rechter Arm war durch das Schlangengift zunehmend weniger beweglich.

»Ich glaube, du solltest dich ausruhen«, sagte Gerald mitfühlend. »Ich muss mich auch ein Weilchen hinlegen. Dieser Kummer lastet zuweilen stark auf mir, er überwältigt mich regelrecht.«

»Adam muss Gott einen großen Schmerz zugefügt haben«, sprach Lilly laut ihre Gedanken aus. Die anderen nickten.

»Ich weiß, wie es ist, wenn derjenige, den man liebt, sich abwendet«, sagte Simon. Mit diesen Worten ging er hinaus.

Lilly ließ den Kopf hängen, und Anita tröstete sie mit einem mütterlichen Kuss auf den Scheitel. Das Mädchen legte sich auf ihr Bett und ließ den Tränen, die schon lange herauswollten, freien Lauf. Lilly hatte das Gefühl, den traurigsten Tag der Menschheitsgeschichte miterlebt zu haben, und obwohl sie viele Tränen für Adam vergoss, für Gott und sogar für sich selbst, weinte sie vor allem um Eva.

GESAMMELTE VERLUSTE

Eine Hand legte sich auf Lillys Mund, und ein schweres Gewicht drückte sie nieder. Nach Luft ringend, riss sie die Augen auf und schlug mit ihrem gesunden Arm um sich.

»Psst!«, befahl eine Stimme, und sie wehrte sich noch panischer, bis sie merkte, dass es Simon war. Erst da gab sie ihren Widerstand auf, und er ließ sie los.

Lilly schlug das Herz bis zum Hals. »Simon!«, flüsterte sie wütend. »Du hast mir einen solchen Schrecken eingejagt! Was machst du hier?«

»Wir müssen reden.« Sein Blick flehte um Verständnis. Sie nickte und stellte die Rückenlehne ihres Bettes gerade.

»Was ist los?«

»Lilith, du darfst ihnen nicht trauen.«

»Was? Wem darf ich nicht trauen?«

»Den anderen. John, Anita, Gerald.« Als sie widersprechen wollte, hob Simon abwehrend die Hände. »Missverstehe mich bitte nicht. Sie halten sich wahrhaftig für deine Freunde, und in einem gewissen verdrehten Sinn sind sie das wohl auch, aber sie verstehen die Bedeutung dessen nicht, was du hier bewirken sollst.«

»Und das wäre …?«

»In den Verlauf der Geschichte eingreifen. Das Unglück verhindern, in dem wir alle feststecken.«

»Und wer wäre deiner Meinung nach auf meiner Seite? Du?«

»Ja, ich. Und irgendwie sogar auch die Schlange.«

»Die Schlange?« Das war eine so unerwartete Behauptung, dass Lilly aufgesprungen wäre, wenn sie nur gekonnt hätte. »Das *Ding* hat mich gebissen! Wie soll die Schlange etwas anderes als mein Feind sein?«

»Sie ist deine Verbündete. Denk mal darüber nach.« Simon sprach sehr eindringlich. »Und denk daran, was die anderen gesagt haben. Es ist nicht die Schuld der Schlange. Wegen Adam ist der Tod in die Welt gekommen, und das muss gesühnt werden. Nur indem ein Leben geopfert wird, lässt sich die Schattenkrankheit des Todes besiegen.«

Simon war wie berauscht von seinem eigenen Wortschwall, doch dann hielt er inne und holte tief Luft. »Es tut mir sehr leid. Diese Sache bedeutet mir so viel.«

»Die Schlange hat mich gebissen!«, wiederholte Lilly aufgebracht. »Es tut weh, und das Gift breitet sich aus.«

»Genau. Der Biss sollte dir Macht verleihen. Bist du nicht selbst darauf gekommen?«

Lilly wurde rot. »Gut, erkläre es mir.«

»Ich glaube nicht, dass du als Zeugin irgendetwas verändern kannst, aber als Lilith bist du mehr als eine Zeugin. Was, wenn dir der Mythos eine Möglichkeit eröffnen soll, in den Verlauf der Geschichte einzugreifen?

Du hast in dieser Geschichte schon manches erlebt, was nicht aufgezeichnet wurde, richtig?«

»Ja. Zum Beispiel Adams Gespräch mit der Schlange, das ich belauscht habe.«

»Genau!«, rief Simon aufgeregt. »Sag mir – das Messer, das die Schlange Adam gab … hatte es einen Namen? Machiara?«

»Ja«, bestätigte Lilly. »Woher weißt du das?«

»Gelobt sei Gott«, sagte Simon in ehrfürchtigem Ton. »Ich wusste es. Nun ergibt allmählich alles einen Sinn.«

Lilly zog eine Grimasse. »Na, wie schön, dass es für irgendwen einen Sinn ergibt.«

»Machiara ist nicht irgendein Messer, sondern *das* Kurzschwert, mit dem seit alters die Tieropfer durchgeführt werden, mit denen Adams Abkehr von Gott gesühnt wird. Ein würdiges Opfer ist Gott wohlgefällig. Was hat Adam damit gemacht?«

»Das weiß ich nicht mehr so genau«, erwiderte Lilly stirnrunzelnd. »Ich glaube, er hat es nach Eden mitgenommen.«

»Gut!« Simon versank in Gedanken. »Du hast Adams Abkehr nicht verhindert, aber das bedeutet nicht, dass du nicht noch die Geschichte ändern könntest.«

Seine Bemerkung traf Lilly wie ein Vorwurf, eine Bestätigung ihrer Inkompetenz. »Wie soll ich das anstellen?«

»Ich denke, der Biss der Schlange gibt dir die Macht, innerhalb deiner Visionen noch mehr Substanz anzunehmen, als Zeugin noch ›realer‹ zu werden. Wahrscheinlich musst du ›echt‹ genug sein, um die Dinge ändern zu können. Mir ist nur noch nicht ganz klar, wie.«

»Das hilft mir nicht viel«, seufzte Lilly.

»Eines können wir aber tun. Der Spiegel ist der Schlüssel. Was er dir offenbart hat, ist von essentieller Bedeutung, es zeigt dir dein wahres Ich, und das musst du akzeptieren.«

»Nein, Simon! Das kann ich nicht!« Nun war es Lilly, deren Stimme einen flehentlichen Ausdruck angenommen hatte. »Wenn du gesehen hättest, was ich gesehen habe, würdest du nicht mal mehr im selben Zimmer mit mir sein wollen. Ich bin eine widerliche, ekelhafte, böse Person, wertlos und verdorben.«

»Aber verstehst du denn nicht? Deshalb wurdest du doch auserwählt, Lilith. Ich sage es nicht gern, aber Gott braucht die Schlechtesten, um das Beste zu erreichen.«

Simon hätte nichts Verletzenderes von sich geben können, und Lillys erster Impuls war, ihn so hart wie möglich ins Gesicht zu schlagen. Doch etwas hinderte sie daran. Seine Worte hallten in ihr nach, und sie wusste, dass im Kern etwas Wahres daran war. Sie trafen einen Nerv und stärkten auf perverse Weise sogar ihren Wunsch, konsequent zu sein und zu handeln.

Simon legte ihr behutsam die Hand auf die Schulter. Sie entzog sich ihm nicht. Ohne aufzublicken, fragte sie leise: »Was muss ich tun?«

»Du akzeptierst die Wahrheit über dein Innerstes und dein Schicksal! Wir müssen dafür sorgen, dass du an deine Habseligkeiten im Vorratslager gelangst. Was du dort siehst, wird dir sicher helfen, ein paar der Puzzlestücke zusammenzufügen, die dich davon abgehalten haben, deine bedeutsame Rolle zu spielen.«

»Aber wie? Es ist so weit weg ... Oh, warte mal, meinst du, wir könnten vom Kartenzimmer aus hingehen?«

»Genau. Wir können von dort aus innerhalb von zehn Minuten im Vorratslager und wieder zurück sein. Hat John das nicht so erklärt? Bist du nicht neugierig, was sich im Lager befindet?«

»Doch, aber ich weiß nicht, ob ich es wissen will.«

»Du musst. Vertrauen erfordert Risiken. Du musst wissen, wer du wirklich bist, damit du Frieden findest und an Gottes Absichten mitwirken kannst.«

»Ich glaube kaum, dass ich je meinen Frieden machen kann mit dem, was ich in meinen Flashbacks oder im Spiegel sehe.« Die Vorstellung, dass sie mit Erinnerungen konfrontiert sein würde, die ihr Verstand zu vergessen versuchte, machte ihr Angst. Das Unbekannte ließ sie instinktiv erschauern.

»Was hast du zu verlieren, Lilith? Du hast nichts zu verlieren.«

Er hatte recht. Wenn sie es recht bedachte, hatte sie nichts zu verlieren. Ihre Beziehungen zu John, Anita, Gerald, Letty und sogar Simon waren reine Phantasieprodukte. Bestenfalls hatten diese Leute eine Person gern, die nicht einmal existierte.

Lilly nickte, und Simon schob sie wortlos durch den Saal ins Gewölbe. Sie begegneten niemandem, die anderen ruhten sich vermutlich noch aus. Bald standen sie vor der Übersichtskarte der Zuflucht. Ihr Standort war leicht zu finden, ebenso das anzusteuernde Ziel. Simon reichte Lilly ein Dreieck und deutete auf einen Punkt auf der Karte.

»Führe einfach die Ecke des Dreiecks an diesen Punkt hier. Ich bleibe direkt hinter dir. Fang an, wenn du so weit bist.«

Lilly zögerte nicht. Eine Welle von Licht und Nebel riss sie mit sich fort. Ein paar Sekunden lang war sie in einem grauen Wirbel gefangen, und als sie wieder etwas sehen konnte, saß sie in ihrem Stuhl in einem Gang mit Steinwänden.

Kurz darauf stand Simon neben ihr. »Das war apart! Ich muss mich erst kurz orientieren.«

Er zeigte ihr, wie sie ihr Dreieck in die Wandhalterung stecken musste. Diese Vorrichtung würde sie nach zehn Minuten an ihren Ausgangspunkt zurückbefördern.

Simon begab sich auf die Suche nach einem zweiten Halter für sein Dreieck und war kurz darauf wieder da.

»Dank sei Gott, da war noch einer ganz in der Nähe. Sehen wir zu, dass wir deine Sachen finden. Die Nummer ist?«

»Eins-elf-fünfzehn. Der Tag, an dem John mich gefunden hat, und mein Alter.«

Es dauerte beinahe fünf Minuten, bis sie den richtigen Container gefunden hatten. Mit seinem Vorhängeschloss erinnerte er Lilly an die Rückwand eines großen Transporters. In Augenhöhe befand sich ein Schild mit den Ziffern 11115 und dem schwachen Umriss einer Hand.

Simon deutete auf den Handabdruck. »Ich kann ihn nicht öffnen.«

Lilly hob die linke Hand und drückte sie gegen das Schild. Man hörte einen Verschlussmechanismus surren, dann war es still. Simon deutete auf einen Griff, den er offensichtlich nicht anfassen wollte.

»Ich kann das nicht«, stammelte Lilly. »Ich habe Angst.«

»Wenn du es nicht kannst, kann es niemand.« Simon ließ nicht locker. »Wenn du nicht herausfinden willst,

wer du bist, werden wir nie aus dem Schlamassel heraus-
kommen, den Adam verursacht hat ... und sind wahrscheinlich für immer verloren.«

Lilly ließ schwer die Stirn gegen die Metalltür sinken
und stöhnte. Auf ihren Schultern schien ein unerträgli-
ches Gewicht zu lasten. »Warum hängt denn alles von
mir ab?«

Simon gab keine Antwort.

Je länger sie zögerte, desto unentschlossener wurde
sie. Um die Sache endlich hinter sich zu bringen, zog sie
mit beiden Händen den Riegel zur Seite. Die Tür glitt auf,
und im Inneren des Containers sprang eine Beleuchtung
an.

Lilly erstarrte. Doch nicht der Anblick des Inhalts
löste einen Schwall Erinnerungen aus, sondern der Geruch. Nikotin, das jahrelang in den fadenscheinigen Teppich eingezogen war, vermischt mit dem Gestank von
schimmligem Essen, billigem Parfüm und verrottendem
Abfall. Dies war der ekelerregende Gestank ihrer Kindheit, dem sie nie hatte entrinnen können, während sie
auf dem Boden herumgekrochen war und im Abfall
nach Essensresten gesucht hatte. Wie von ferne hörte sie
Musik, Songs von Kurt Cobain und Merle Haggard, zu
denen sie ihre ersten Tanzschritte gemacht hatte, und
natürlich John Denver, der immer dieselben Takte von
»Sunshine on My Shoulders« sang.

Die Erinnerungen legten sich auf sie wie eine schwere
Decke. Und auf einmal kam alles zurück, traf sie wie
ein Keulenschlag, und sie konnte nur noch schreien und
würgen und wieder schreien. Dann verlor sie das
Bewusstsein.

Als sie wieder zu sich kam, hatte die Angst sie immer noch fest im Griff, und sie trat und schlug um sich. Aber sie wurde von starken Armen gehalten. Anita und John waren ihr zu Hilfe gekommen.

Allmählich beruhigte sie sich. Alle redeten geduldig auf sie ein, sie hörte »alles ist gut« und »wir sind bei dir«, und ihr Herz hörte auf, wie wild zu hämmern. Doch sie hatte immer noch den Geschmack von saurem Essig im Mund und den Geruch von scharfer Bleiche in der Nase, und musste sich zweimal übergeben.

»Hol ihr einen warmen Tee«, forderte Anita Gerald auf, der gehorsam davoneilte. »Mit Milch und Honig«, rief sie ihm hinterher, um sich dann wieder Lilly zuzuwenden.

»Lass dir Zeit, mein Liebes, du musst dich erst wieder zurechtfinden. Wir sind bei dir und lassen dich nicht allein. Du bist in Sicherheit.«

Lilly fing an zu weinen. »Anita, ich erinnere mich wieder.« Ihre Stimme klang heiser und rau. »Oh, Anita, ich erinnere mich an alles. Ich wollte nicht …«

»Still, Kind.« Anita wiegte sie in den Armen. Lilly hörte, wie John leise im Hintergrund betete, aber sie hätte sich in diesem Moment am liebsten für immer in den Armen der Frau verkrochen. »Niemand wird dich auffordern, über etwas zu reden, worüber du nicht reden willst oder kannst. Alles wird gut. Du musst nichts tun, nur einatmen und ausatmen.«

Bald darauf kam Gerald mit dem Tee und stellte sich abwartend neben John. Hin und wieder stöhnte Lilly auf oder erschauerte, wenn sie sich an etwas besonders Schreckliches erinnerte. Sie fühlte sich wie zerschlagen.

Erst als der innere Aufruhr ein wenig abgeflaut war, reichte Anita ihr einen warmen Waschlappen, damit sie sich das Gesicht abwischen konnte. Lilly nippte an ihrem Tee. Er floss wärmend und tröstlich in ihren Bauch. Nur der vergiftete Arm blieb weiterhin kalt und steif.

»Dein Albtraum hat einen ganz schönen Aufruhr verursacht«, erzählte Anita. »Der arme Gerald ist einfach umgekippt, und als er wieder auf den Beinen war, ist er gegen einen Schrank gelaufen. Er hat sich einmal um sich selbst gedreht wie ein Kreisel, und wenn wir von deinem Geschrei nicht so abgelenkt worden wären, hätte das alles ziemlich komisch ausgesehen. Zum Glück hat er sich nicht verletzt.«

Lilly hatte kaum noch die Kraft zu lächeln, aber sie gab sich Mühe.

»Zuerst war ich der festen Meinung, du seist im Gewölbe, dann jedoch hat sich herausgestellt, dass du in deinem Zimmer warst. Geräusche pflanzen sich hier unten auf sehr eigenartige Weise fort. Simon ist wohl im Studierzimmer, das ist der einzige einigermaßen schalldichte Raum.«

Wie sehr sich Lilly in diesem Moment wünschte, sie könnte es machen wie Simon und sich verstecken! Auf was für eine Dummheit hatte sie sich nur eingelassen? Was hatte sie sich dabei gedacht? Überhaupt nichts hatte sie sich gedacht – das war ihr Problem. Und wenn John es je herausfand, würde sie vor Scham sterben.

»Kann ich aufhören?«, flüsterte sie. »Ich möchte so sehr, dass alles aufhört.«

Anita tätschelte ihre Hand. »Ich weiß. Ich glaube, du musstest viel zu früh erwachsen werden, und das macht mich sehr wütend.« Hinter ihren regelmäßigen Gesichtszügen loderte der Zorn, das konnte Lilly erkennen. Es war ein gutes Gefühl, dass jemand um ihretwillen wütend wurde, selbst wenn sie es nicht wert war.

»Danke, dass du auf mich aufpasst!«

»Das tue ich doch gern, mein Liebes!«, sagte Anita. »Immer! Und jetzt schlaf, solange du willst. Einer von uns wird hierbleiben.«

Dagegen wollte Lilly keine Einwände erheben, und sie hatte auch gar nicht die Kraft dazu. Der Tee hatte sie schläfrig gemacht. Als ihr Kopf auf das Kissen sank und sie die Augen schloss, schickte sie eine stumme Bitte gen Himmel, die fast wie ein Gebet klang: »Lieber Gott, ich will mich jetzt eine Weile mit nichts auseinandersetzen müssen. Kann ich bitte einfach schlafen?«

Lillys kleine Kammer war nicht mehr in das frische Gelb des künstlichen Tageslichts getaucht, sondern in das gedämpfte Blau der Nachtbeleuchtung.

Als sie erwachte, sah sie, dass Anita neben ihrem Bett saß. »Wie lange habe ich geschlafen?«

»Fast vier Stunden.« Anita lächelte zärtlich. »Wie fühlst du dich?«

»Ich weiß nicht. Im Moment fühle ich gar nichts. Wie wacht man aus einem Traum auf, der echt ist? Aber ich bin mir ziemlich sicher, dass ich jetzt wach bin. Siehst du?« Und sie kniff sich in den linken Arm, bis die gerötete Stelle fast genauso wehtat wie die Wunde an dem anderen, dem vergifteten Arm.

»Du willst dir sicher sein?«, fragte Anita mit hochgezogenen Augenbrauen.

»Ja. Alles ist irgendwie unsicher, verstehst du, alles.«
Lilly schwieg eine Weile. »Was hast du gemeint, als du
gesagt hast, dass ich zu früh erwachsen werden musste?«

Die Gelehrte ließ sich Zeit mit der Antwort. »Wir sind
alle Kinder, ungeachtet unseres Alters, und obwohl Gott
gewiss wollte, dass wir an Größe und Weisheit zuneh-
men, wollten SIE auch, dass wir im Herzen Kinder bleiben. Leider zwingen böse Mächte viele von uns, unser
kindliches Verhalten zu früh aufzugeben und erwachsen
zu werden.«

»Wie viel weißt du über mein Leben?«

»Genug, um zu sehen, dass es dir tiefe Wunden zugefügt hat und du dich durch Trümmer wühlen musst.«
Wieder hörte man ihrer Stimme die unterdrückte Wut
an. »Das ist nicht das Urteil einer Gelehrten, sondern die
Beobachtung einer Freundin, die dich liebt.«

Sie ergriff Lillys Hand. Nach einer Weile sagte Lilly:
»Meine Mutter hat mich verkauft, Anita. Meine Mutter!
Sie hat mich erst an ihren Freund verkauft, und er hat
mich dann an andere Männer verkauft.« Tränen rollten
über ihre Wangen, und auch Anita bekam nasse Augen.
»Wie kann eine Mutter so etwas tun? Sie hat mich gegen
Drogen eingetauscht. Wenn sie high war, nannte sie mich
Kris, denn das war ihre liebste Droge, Crystal Meth. Die
Männer nannten mich nur Prinzessin.«

Anita drückte ihr schweigend die Hand. Dies war
nicht die Zeit für Worte.

»Weißt du, was das Schlimmste bei einer Vergewaltigung ist? Nicht der Schmerz, sondern das, was es hinterher mit dir macht. Meine Mama ging mit mir zur Kirche
in unserem Viertel und ließ mich dort. Vielleicht war

das ihre Art zu beichten, oder sie wollte, dass Gott mich wieder so weit in Ordnung bringt, dass sie mich erneut kaputt machen konnte. Ich weiß noch, wie ich in einem Klassenzimmer saß, zusammen mit Kindern in meinem Alter. Ich war fünf oder sechs und dachte: *Was stimmt nicht mit diesen Kindern? Wie können sie lachen, wo ich doch hier bei ihnen sitze? Wissen sie nicht, dass sie sich an meiner Krankheit anstecken könnten?* Sie haben sich über meine ›heiligen‹ Strümpfe lustig gemacht, dieselben ›heiligen‹ Strümpfe, die die Männer mir auszogen, bevor … bevor … du weißt schon.«

Anita seufzte tief auf.

»Jemand hat es mal Vergewaltigung der Seele genannt. Ich finde, das stimmt. Am Ende hast du nichts und niemanden mehr, weil du genau das verdient hast. Es ist deine Schuld, dass du süß und niedlich bist und deshalb ausgesucht wurdest. Wenn die Wahl auf jemand anderen fällt, ist das auch deine Schuld, denn es heißt, du bist nicht gut genug. Ich bin immer wieder weggelaufen, aber andere Männer haben mich gefunden. Sie haben mich immer wieder verkauft und operieren lassen, damit die Kunden mich für eine Jungfrau hielten, und später ließen sich mich wieder operieren und nahmen mir das Einzige, was mir noch geblieben war. Ich weiß, warum ich keine Periode habe, Anita. Weil ich keine bekommen kann. Ich kann nie ein Baby auf die Welt bringen. Es ist nicht so, dass ich eine Tragödie erlebt habe, Anita, ich *bin* die Tragödie.«

Anita beugte sich über Lilly und nahm sie in die Arme. Sie drückte sie an sich und ließ spüren, wie viel Geborgenheit Liebe und Mitgefühl vermitteln können.

»Ich kann nie ein Baby haben, Anita«, schluchzte das Mädchen. »Ich dachte immer, egal, was für schlimme Sachen ich getan habe, eines Tages werde ich etwas richtig machen und ein Baby bekommen, jemand, den ich lieben kann und der mich liebt und Mama nennt, und jetzt werde ich das nie, nie können …«

Die Frau ließ das Mädchen weinen und wiegte es wie ein kleines Kind. Lilly war so mit ihrem Kummer beschäftigt, dass sie lange Zeit nicht merkte, dass auch über Anitas Gesicht Tränen rollten.

Nachdem der Gefühlsausbruch abgeklungen war und die beiden Frauen sich die Augen getrocknet hatten, umarmten sie sich lange und fest. Lilly war es peinlich, dass sie ihr Leben so rückhaltlos vor einer anderen Person ausgebreitet hatte, aber nun konnte sie es nicht mehr rückgängig machen.

»Darf ich dir auch etwas Persönliches anvertrauen, Lilly?«, fragte Anita.

»Klar.«

»Gerald und ich hatten eine Tochter, die ich bis zum Ende austrug und die dann tot auf die Welt kam. Es war der schrecklichste Tag meines Lebens. Ihr Name ist Nadja, das bedeutet Hoffnung. Wir gaben ihr diesen Namen, bevor wir sie gesehen hatten. Sie hatte ganz zarte Hände und Füße, vollständig ausgebildet und perfekt. Sie hatte Geralds Ohren – sicher eine Herausforderung, aber sie hätte sie bestimmt bewältigt. Aber seit Nadja in Gottes Obhut entrückt wurde, konnte ich keinen Sohn und keine Tochter mehr empfangen. Nicht dass wir es nicht versucht hätten! Körperlich schien alles in Ordnung zu sein, aber die Zeit war nicht die passende. Und nun ist es für immer zu spät.« Anita verstummte, und diesmal ergriff Lilly ihre Hand.

»Meine Geschichte ist nicht identisch mit deiner, mein Liebes«, fuhr Anita fort. »Mir wurde, im Gegensatz zu dir, nichts gestohlen. Mir wurde nach und nach etwas entzogen. Dennoch haben wir, du und ich, gewissermaßen einen Verlust gemeinsam. Es gibt eine Art Kummer, die nur eine Frau versteht, die kein Kind bekommen kann. Sich bewusst für die Kinderlosigkeit zu entscheiden ist das eine, aber wenn einem dieses Wunder genommen wird – das ist eine tiefe Wunde, so tief, dass sie nicht einmal blutet.«

»Es tut mir so leid, Anita. Dein Geheimnis ist bei mir gut aufgehoben«, flüsterte Lilly.

»Ich habe keinerlei Geheimnisse«, sagte Anita sanft. »Wahre Freunde haben keine Geheimnisse voreinander, nur Überraschungen für eine spätere Zeit.«

Lilly lächelte matt. »Siehst du, du bist auch nicht gerade objektiv.«

»Kühle Distanz ist ein Mythos und oft ein Deckmäntelchen für Feigheit. Es ist so viel beschwerlicher und riskanter, authentisch und präsent zu sein, doch unendlich viel lohnender. Heiler heilen sich selbst, während sie andere heilen.«

Anita stand auf, behielt jedoch Lillys Hand in ihrer.

»Adams Abkehr war eine Katastrophe für die Frauen, zweifellos, aber auch für die Männer. Dennoch fanden manche von ihnen den Weg aus Adams Schatten heraus. Ob du es glaubst oder nicht, es gibt viele Männer auf der Welt, die anders sind als die, die du gekannt hast. Sollen wir uns auf die Suche nach den Guten machen und sehen, ob sie etwas zu essen für uns haben? Diese Gefühlswallungen machen mich hungrig.«

Lilly lachte und war froh, dass es ihr nicht allzu schwerfiel. »Geh voraus, Anita«, bat sie. »Ich muss erst noch ein bisschen verschnaufen, aber ich komme in ein paar Minuten nach. Okay?«

»Natürlich, Liebes.« Anita lächelte und umarmte sie ein letztes Mal. »Danke, dass ich mit dir über deinen heiligen Boden gehen durfte.«

»Danke, dass du mich nicht alleingelassen hast.« Lilly klammerte sich einen Moment an Anitas Arm.

»Etwas an dem, was du gesagt hast, Anita, hat mich an jemanden erinnert, einen Mann. Vor ein paar Tagen habe ich mich an sein Gesicht erinnert, aber an nichts anderes – bis heute. Als sie mich und die anderen Mädchen in den Container verfrachtet haben, in dem wir angespült wurden, hat er versucht, uns zu retten. Wir waren verbraucht, verstehst du? Krank, ausgestoßen …
›Nutzlos für den heimischen Markt‹, waren die Worte, die ich noch im Ohr habe. Die Tochter des Mannes, von dem ich gesprochen habe, wurde vermisst, und er schloss sich den Mädchenhändlern an, um sie zu suchen. Sie war nicht dabei, aber ich glaube, ich habe ihn an sie erinnert. Er hat mich in dieses Fach geschoben, aber es musste so schnell gehen, dass er es nicht mehr schaffte, mich in die richtige Position zu bringen. Als die anderen Männer kamen, haben sie ihn als Ersten erschossen, glaube ich. Ich hörte Schüsse, bevor ich ohnmächtig wurde, das ist das Letzte, woran ich mich erinnere. Der Mann hieß Abdul Baith. Das sollte unbedingt jemand wissen.«

Anita legte die Hand auf Lillys Arm. »Wenn wir wieder nach oben gehen, sorge ich dafür, dass wir über ihn sprechen und seiner angemessen gedenken. Eines Tages wirst du ihm selbst danken können. Das ist ein Teil unserer Hoffnung.«

Als Anita gegangen war, schrieb Lilly in ihr Tagebuch.

Ich habe die Geheimnisse satt. Es war ein ganz schön heftiger Tag. Ich habe herausgefunden, oder besser gesagt, mich erinnert, dass ... es macht mir sogar Angst, es hinzuschreiben, denn dann wird es irgendwie realer. Sie haben mir Drogen gegeben und mich sterilisiert wie einen Hund, und ich weiß nicht mal, wer es war.

Anita hat mir erzählt, dass sie auch keine Kinder kriegen kann. Wahrscheinlich kann ich deshalb darüber schreiben. Es tut mir so wahnsinnig leid für sie und für mich, ich kann gar nicht aufhören zu weinen. Ich bin total wütend, aber die meiste Zeit fühle ich überhaupt nichts, es ist, als wäre ich taub, und ich will mich ritzen, weil ich nichts fühle. Ich mache es nicht, aber ich will etwas fühlen, und wenn ich dieses taube Gefühl habe, kriege ich Angst, dass ich nie wieder irgendwas fühlen werde. Den Schlangenbiss am Arm fühle ich aber. Er tut höllisch weh.

Vielleicht sollte das Eis unter meinen Füßen wegbrechen, damit ich ins Loch falle und einfach verschwinde. Lieber Gott, würdest Du mich finden, selbst wenn ich total verrückt wäre? Ich glaube, ich will wirklich gefunden werden, von Dir, nicht nur von den anderen.

Ich bin an den Ort gegangen, wo John meine ganzen Sachen aufbewahrt, und dort kamen alle Erinnerungen auf einmal zurück. Gut, vielleicht nicht alle, aber viele. Zu viele auf einmal. Dann habe ich Anita alles erzählt.

Aber ich glaube, ich weiß, was ich jetzt machen muss. Zum ersten Mal ist es mir klar. Simon hat recht, ich kann die Welt verändern. Aber nicht als Lilly. Lilly war ein kleines Mädchen, das vor langer Zeit gestorben ist, ein schwaches, machtloses, kaputtes kleines Ding, das es verdient, in Frieden gelassen zu werden. Es ist an der Zeit, dass ich mir eine neue Wahrheit suche, mir einen neuen Namen gebe und ein neues Schicksal. Deshalb bin ich von nun an Lilith, weil Simon an sie glaubt. Die Wahrheit über mich heißt: Ich bin Lilith.

LILITH

Nachdem Lilly ihre Entscheidung getroffen hatte, beruhigte sich der Tumult in ihrem Inneren, und alles schien auf einmal leichter. Sie rollte mit ihrem Stuhl ins Wohnareal und fand dort John, der an der Wand lehnte und, wie hypnotisiert vom rhythmischen, tanzähnlichen Wogen der Meerespflanzen, in den Ozean hinausstarrte. Auf dem Tisch stand das Essen bereit.

Lilly stellte sich neben John. »Woran denkst du?«

»Hmm?« Er drehte sich nicht gleich zu ihr um. Seine Stirn war gerunzelt, und er schien in einen inneren Dialog versunken zu sein. »Für dein jugendliches Alter hast du schon tiefgehende Verluste erlebt«, sagte er nach einer Weile. »Ich werde wohl nie verstehen, warum die menschliche Seele ein so unstillbares Bedürfnis hat, ihre Tragödien immer wieder aufs Neue zu durchleben.«

»Anita hat es dir erzählt?«

Er hob die Hand, damit sie ihn ausreden ließ.

»An manchen Tagen«, sagte er mit von Trauer schwerer Stimme, »empfinde ich es als meine Pflicht, dir zusätzlich zu den vielen Sorgen, die du schon hast, noch weitere aufzubürden und in deinen Wunden zu stochern. Das ist mir selbst eine große Last. Es gefällt mir nicht, und mein Missfallen wächst im Verhältnis zu meiner Zuneigung zu dir.«

Lilly berührte ihn am Arm, was sie bisher noch nie getan hatte. »Du hast mich gern?«

»Ja«, antwortete er sachlich, den Blick immer noch auf die schwankenden Seegräser gerichtet. »Für mich kam das völlig unerwartet. Anscheinend haben Beziehungen eine eigene Dynamik und richten sich nicht nach historischen Abläufen oder einem Plan oder der Notwendigkeit. Das ist ärgerlich. Aber es ist auch ein Geschenk, sogar eine Freude. Ein Rätsel, sagen manche.«

Er holte tief Luft und stieß einen Seufzer aus, der tief aus seiner Seele kam. »Um deine Frage zu beantworten: Ja, ich habe dich gern, und das trübt meine Urteilskraft.« Er kniff die Lippen zusammen, als wolle er sie daran hindern, noch mehr Worte hindurchzulassen.

»Dann hör auf damit«, sagte Lilly, nur halb ironisch. »Ich bin es nicht gewohnt, dass jemand mich gernhat. Es fühlt sich komisch an. Und du hast recht, es verkompliziert alles.«

»Wenn es nur so einfach wäre! Ich habe versucht, darauf zu verzichten und mich davon zu überzeugen, dass du nur ein Auftrag bist, den ich zu erfüllen habe. Aber es nützt nichts.«

Lilly lachte so fröhlich, dass sie selbst davon überrascht war. »Ich kann es nicht fassen! Du hast versucht, mich weniger zu mögen?«

Er sah sie an, ohne zu lächeln. »Dieser Weg schien mir sicherer zu sein.«

Lilly lachte noch immer. »Glaub mir, Wege sind selten so, wie man es von ihnen erwartet, und sind nicht voraussehbar. Vielleicht hat dieses ›sicher‹ eher etwas mit den Begleitern zu tun, mit denen man unterwegs ist, als mit dem Weg selbst?«

John war erstaunt. »Das ist eine Erkenntnis, die man nicht umsonst gewinnt. Ich danke dir. Es wäre für uns alle besser, wenn wir das beherzigen würden.«

Lilly wusste nicht recht, was sie dazu sagen sollte, und flüchtete sich in eine sarkastische Bemerkung: »Na ja, wenn's dir hilft – ich mag dich nicht besonders. Du bist ein komischer Kauz, und ich kann dich weder besonders gut noch besonders schlecht leiden.« Das war nicht die Wahrheit, und sie vermutete, dass John sie durchschaute.

»Hmm.« John schien ihre Sätze auf sich wirken zu lassen. Nach einer Weile sagte er: »Das hilft mir nicht im Geringsten. Macht nicht den geringsten Unterschied, was meine tiefen Gefühle für dich angeht.«

Sie merkte, wie sich ihr Körper versteifte, und fragte argwöhnisch: »Du willst mir damit doch nicht sagen, dass du dich in mich verliebt hast, oder?«

»Du lieber Himmel, nein!«, beteuerte John. »Verliebt? Wie bei diesen romantischen Geschichten, wo man sich von jemandem angezogen fühlt und weiche Knie bekommt und für den Rest der Menschheit ziemlich nutzlos wird? Diese Art von Liebe? Nein, nichts dergleichen.«

Lilly seufzte erleichtert auf. »Gut! Das hätte ich total gruselig gefunden. Nicht, dass sich nicht jemand in dich verlieben könnte, aber du und ich, das geht gar nicht. Du bist alt … älter, meine ich, mindestens vierzig oder fünfzig, richtig?« Sie verzog das Gesicht.

»Wow!« John lachte. »Gut, dass wir das geklärt haben! Aber du hast recht. Ich bin mindestens vierzig oder fünfzig, und du bist noch ein Baby.«

»Ich bin kein Baby«, protestierte Lilly entschieden. »Ich bin eine starke junge Frau!«

»Und ein Dickkopf!«, ergänzte John lächelnd, wurde aber schnell wieder ernst.

»Warum bist du so traurig, John?«

»Weil ich es schon lange gewusst habe. Was sie deinem Körper angetan haben. Aber ich wusste nicht, wie ich es dir sagen sollte. Die wunderbare Gabe, einem Kind das Leben schenken zu können, wurde dir lange vor der Tragödie geraubt, die dich hergeführt hat, und nicht einmal wir hier mit unseren Kenntnissen waren in der Lage, das wieder rückgängig zu machen. Es tut mir unendlich leid.«

»Mir auch«, sagte Lilly. »Vorläufig habe ich vor allem ein taubes Gefühl. Wahrscheinlich ist es besser so.«

»Vielleicht«, stimmte John zu. »Der Kummer ist eine seltsame Sache. Wie das Glück trifft er uns unerwartet, hinterrücks und völlig überraschend. Das gehört zum Rhythmus unseres Lebens, zum Rhythmus des Menschseins.«

»Ist denn jeder so kaputt, John? Hat jeder so einen Kummer?«

»Es kommt selten vor, dass jemand länger auf der Welt ist und keine Verluste erleidet. Verluste sind das, was wir mit anderen gemeinsam haben. Der Kosmos ist in Stücke zerbrochen, wie deine Seele. Aber hör mir zu.« John hockte sich neben ihren Stuhl und sah sie eindringlich an. »Wenn du an deiner eigenen Heilung mitwirkst,

Lilly, eröffnest du der Schöpfung Möglichkeiten, ebenfalls geheilt zu werden.«

»Ich? Meine Heilung? Hängt alles von mir ab?«

»Alles hängt von jedem Einzelnen von uns ab, weil jeder von uns eine Bedeutung hat. Wir sind alle in Adonai erschaffen. In Ihm sind wir alle miteinander verbunden, ob wir wollen oder nicht.«

Jemand räusperte sich, und als Lilly den Kopf wandte, sah sie Simon in der Tür stehen. Sie fragte sich, wie lange er wohl schon da gestanden haben mochte und wie viel er gehört hatte. John stand auf und nickte ihm zu.

»Entschuldigt«, sagte Simon, »ich wollte nur nachsehen, wie es dir geht, Lilly. Wie ich höre, habe ich vorhin aufregende Entwicklungen verpasst.«

»Es geht mir besser, danke«, erwiderte Lilly. Und das stimmte sogar. Es kam ihr so vor, als stiege das Fieber langsamer und als breite sich die Infektion nicht mehr so schnell aus.

Sie erwartete, dass sich Simon über ihre gute Verfassung freuen würde, aber er wirkte eher verwundert. Lilly wandte sich wieder an John, der geistesabwesend am Fenster stand.

»John? Ich glaube, ich bin bereit, wieder an die Arbeit zu gehen und zu bezeugen, wozu ich hergekommen bin.«

John atmete tief durch und lächelte ihr zu. Einen so gütigen Menschen zu täuschen war ihr zuwider. Das erinnerte sie daran, wer sie wirklich war: ein gerissenes Biest. Ihr drehte sich der Magen um, aber sie ließ sich nichts anmerken.

»Das ist keine gute Idee, Lilly«, sagte John. »Es scheint dir zwar ein bisschen besser zu gehen, aber du bist erschöpft. Ich glaube, der Kosmos kann dir einen Extratag Ruhe genehmigen. Wenn alles in die Brüche geht, haben wir eben Pech gehabt. Du bist mir wichtiger als das Schicksal unseres Planeten.«

Nach Strich und Faden reingelegt!, war der erste Gedanke, der ihr durchs Gehirn schoss. *Wenn er wüsste, wer ich wirklich bin, würde er mich im Handumdrehen abservieren.*

Was konnte sie anderes tun als nachgeben, das Spiel mitspielen und sich scheinbar seinen Anweisungen fügen? »Willst du nichts essen?«, fragte sie.

»Heute nicht«, antwortete John. »Ich trinke vielleicht später ein wenig Wasser. Aber du solltest etwas essen. Und dich dann ausruhen. Ich habe ein merkwürdiges Gefühl, was den morgigen Tag betrifft, fast eine Art Vorahnung. Ich will versuchen, mit Klarheit zu verschaffen, aber auch das muss wohl noch warten. Anita und Gerald haben bereits auf ihrem Zimmer gegessen.« John beugte sich vor und nahm Lilly länger als sonst in den Arm, fast so, als wolle er Abschied nehmen. Er küsste sie auf die Stirn und ging auf sein Zimmer.

Obwohl es gar nicht notwendig gewesen wäre, schob Simon sie auf den Tisch zu. »Er ist naiv und sentimental oder Schlimmeres«, behauptete er, als John außer Hörweite war. »Niemand liebt auf diese Weise, wenn er keinen Grund hat. Du fällst doch nicht darauf herein, Lilith, oder?«

»Natürlich nicht.«

»Es macht mich krank«, fuhr Simon fort, »wie sie dich alle benutzen, jeder für seine eigenen Zwecke. John ist der Übelste von allen.«

»Wie kannst du so etwas sagen? Er hat mir alles geopfert – sein Zuhause, seine Privatsphäre, wahrscheinlich sein Geld …«

»Er hat nicht das Geringste geopfert. Diese Zuflucht ist sein kleines Reich, und du bist das Pfand, das seine Machtstellung sichern wird. Du kannst dir nicht vorstellen, wie viel Autorität er besitzen wird, wenn er erst die Aufzeichnungen der Anfänge in Händen hat. Sie haben alle etwas zu gewinnen, verstehst du das denn nicht? Sie werden Einfluss auf die ganze Welt gewinnen und die Mythen verbreiten, die ihnen passen. Lilith, sie sind hier, um dich auszunutzen. Das darfst du nicht zulassen.«

So leicht ließ Lilly sich nicht überzeugen. »Glaubst du wirklich, dass er nur seinen Vorteil im Sinn hat?«

»Liegt das nicht auf der Hand?« Simon setzte sich neben sie und begann, Essen auf ihren Teller zu häufen. »Hast du nicht gemerkt, wie er mit den anderen heimlich flüstert? Und wenn ich dazukomme, verstummen sie. Sie hecken etwas aus, und deinen Vorteil haben sie dabei nicht im Auge, das garantiere ich dir!«

Lilly stocherte in ihrem Essen. Ihr war der Appetit vergangen, und die innere Unruhe war zurückgekehrt. »Und was steckt bei dir dahinter? Warum bist du hier? Liegt dir mein Wohl am Herzen, Simon?«

Der Mann legte Messer und Gabel weg. »Nein, Lilith, dein Wohl liegt mir nicht in erster Linie am Herzen. Aber wenigstens gebe ich es zu, im Gegensatz zu den anderen, die dir ins Gesicht lügen.«

Simon nahm Lillys Hand. Seine Haut fühlte sich unerwartet kalt und feucht an, aber sie empfand die Kühle auf ihrer fiebrigen Haut als angenehm. »Ich will durchaus, dass es dir gut geht, aber ich gebe zu, dass ich dafür meine eigenen Gründe habe.«

»Welche sind das?«

»Wenn du wirklich die Zeugin bist, die den Lauf der Geschichte ändern kann, Lilith, kannst du mir vielleicht meine Frau zurückbringen.«

»Aber Simon, hast du nicht gesagt, dass sie tot ist?«

»Für mich nicht, nein. Ich sagte, sie ist an einem besseren Ort. Sie ist in jeder Sekunde des Tages bei mir und in meinen Träumen bei Nacht. Sie kommt zu mir, und ich kann sie nicht halten oder auch nur kurz berühren. Sie war mein Ein und Alles, und ich hatte die Hoffnung verloren, bevor ich dich kennenlernte. Du, Lilith, hast mir meinen Lebensmut und meine Hoffnung zurückgegeben. Du und ich, wir werden zusammen die Welt verändern.«

Lilly war wie benommen. Waren Simons starke Gefühle für seine Frau wahre Liebe oder Wahnsinn? Das war ihr nicht ganz klar. Aber es klang alles sehr romantisch, und sie hoffte, dass eines Tages jemand sie so innig lieben würde, wie Simon seine Frau liebte.

»Wie denn? Wie sollen wir die Welt verändern?«, fragte sie frustriert. »Ich konnte Adam nicht aufhalten. Er hat sich abgekehrt, bevor ich wusste, was passiert.«

»Das stimmt«, sagte Simon. »Aber *sie* kannst du immer noch daran hindern.«

»Sie? Wen? Meinst du Eva? Sie daran hindern, was zu tun?«

Simon stand auf und lief unruhig im Zimmer hin und her. »Ich habe zu viel gesagt«, murmelte er vor sich hin, so leise, dass Lilly ihn nicht hörte. »Sie muss ihre eigenen

Entscheidungen treffen, damit das hier funktioniert, und wenn ich zu viel preisgebe, ist es fast schon Nötigung und nichts wird sich jemals verändern. Aber wenn ich gerade genug verrate, wird ihr der Rest vielleicht von allein klarwerden. Genau, das ist es!« Er kam mit eiligen Schritten wieder an den Tisch und ließ sich auf seinen Stuhl fallen.

»Du musst heute Nacht wieder hin!«, erklärte er resolut und packte sie am Arm. Lilly zuckte zusammen und drückte sich in ihren Stuhl, als könne er ihr Schutz bieten. Simons seltsames Gebaren hatte sie überrumpelt. Sie bekam Angst.

»Wohin muss ich?«

»In den Garten. Du musst heute Zeugin sein.«

»Aber …«

»Alle sind auf ihren Zimmern. Wir schaffen das!«

»Das? Was denn? Du hast mir nicht gesagt, was …«

»Warte – vorher musst du noch etwas anderes tun.«

»Was?«, fragte sie ängstlich.

»Du musst noch einmal in den Spiegel schauen. Es muss sein.«

»Das kann ich nicht, bitte zwing mich nicht dazu.«

»Lilith.« Er kniete sich neben sie. »Glaub mir doch. Es ist die einzige Möglichkeit. Der Spiegel wird dir nicht nur in aller Deutlichkeit zeigen, wer du in Wahrheit bist, er wird dir auch die Macht verleihen, im Garten wirklich präsent zu sein. Er wird dir die Fähigkeit geben, in das Geschehen einzugreifen, etwas zu bewirken! Es ist der Spiegel, der dir die Macht verleiht, den Lauf der Geschichte zu verändern. Du musst ihm und dem, was du darin siehst, Vertrauen schenken! Bitte!«

Irgendwie hatte Simon tatsächlich recht. Sie hatte in Eden an Substanz gewonnen, nachdem der Dorn am Spiegel sie gestochen hatte.

Halt – war der Spiegel dafür verantwortlich gewesen oder nicht doch der Schlangenbiss? Was hatte ihr die Kraft verliehen? Sie wusste nicht mehr genau, was Simon gesagt hatte. Aber egal, Spiegel und Schlange waren offenbar irgendwie miteinander verbunden, deshalb spielte es vermutlich keine Rolle. Und vor allem hatte sie sich entschieden, ihr Schicksal als Lilith selbst in die Hand zu nehmen, und Simon bot ihr die Chance, genau das zu tun.

»Okay, der Spiegel liegt noch in meinem Zimmer in der Kommode. Aber ich hole ihn da nicht raus.«

»Ich hole ihn dir.«

Während er sie zu ihrem Zimmer schob, kam ihr eine weitere Frage in den Sinn. »Hast du den Ring und den Schlüssel an dich genommen, Simon?«

»Nein! Ich kann mit beidem nichts anfangen. Ich habe sie ja kaum gesehen.« Das klang überzeugend, und Lilly glaubte ihm.

Er fand den Spiegel, der noch getarnt in der Schublade lag, mühelos und reichte ihn Lilly. »Wie oft hast du den Finger auf den Edelstein gelegt?«, wollte er wissen.

»Zweimal. Das hat gereicht.«

»Heute musst du ihn noch dreimal anfassen – nicht viermal, aber auch nicht weniger als drei.«

»Dreimal!«, rief Lilly erschrocken, und Simon legte warnend den Finger auf die Lippen. »Dreimal?«, flüsterte sie daraufhin. »Das Ding tut echt weh!«

»Alles, was sich lohnt, getan zu werden, tut weh.«

»Super!«, murrte Lilly. »Wenn das wahr ist, hat sich mein ganzes Leben gelohnt.«

»Dreimal. Vier ist zu viel.«

»Simon, woher weißt du das alles? Woher weißt du, dass ich in den Spiegel schauen muss, um den Lauf der Geschichte zu verändern? Woher weißt du, dass viermal zu viel ist?«

Simon zögerte, bevor er mit der Antwort herausrückte. »Karyn, meine Frau, hat ihn sechsmal angefasst.«

Lilly ließ den Spiegel in ihren Schoß sinken. »Das Ding hat deine Frau umgebracht? Und du willst, dass ich es anfasse? Bist du verrückt?«

»Nein, nein, das hast du falsch verstanden. Der Spiegel hat sie nicht umgebracht, aber sie hatte ihn bei sich, als ich sie zum letzten Mal sah. Als wir sie fanden, war sie nur noch eine Körperhülle, in der sich keine lebendige Person mehr befand. Die echte Karyn war fort und kam nicht mehr zurück. Sie hatte sechsmal auf den Stein gedrückt.«

»Und du erwartest, dass ich …«

»Was mit Karyn passiert ist, hat mit dir nichts zu tun. Ich hatte sie gewarnt, dass der Spiegel nicht für sie bestimmt ist. Sie war keine Zeugin. Der Spiegel ist für dich! Aber jetzt hat Karyns Opfer eine Bedeutung bekommen. Ihretwegen habe ich jetzt Antworten für dich. Du bist die Zeugin, die die Dinge ändern kann.«

Lilly zog vorsichtig den Spiegel aus seiner Hülle. Wie immer zeigte die Oberfläche einen sich ständig verändernden, wolkig grauen Wirbel, der keine erkennbare Form bildete.

»Du hast gesagt, Karyn sei an einem besseren Ort.«

»Ich weiß nicht genau, wo das ist. Wenn ich sie in meinen Träumen sehe, erkennt sie mich nicht, sieht aber glücklich aus.«

Lilly hielt den rechten Daumen über den roten Stein.

»Warte«, befahl Simon. Erleichtert zog Lilly die Hand zurück. »Vergiss nicht: dreimal, nicht viermal! Drei ist ausreichend, wenn du bestimmen willst, wo du bleibst.«

»Und wenn ich bestimmen würde, dass ich in Eden bleiben will?«

»Dann würdest du dortbleiben, solange du willst, und nicht zurückkehren. So würdest du in die Menschheitsgeschichte eintreten und die Welt verändern.«

Lilly verschlug es den Atem. So viel Macht wollte sie nicht. Aber Lilith wollte sie.

Zuletzt war es Lilly, die antwortete. »Sollten wir das nicht John und den anderen erzählen?«

»Das können wir nicht. Sie würden dir nie erlauben, ein solches Risiko einzugehen. Sie sind hier, um von dir zu bekommen, was sie brauchen.«

»Und du, Simon, warum bist du hier? Ich möchte es noch einmal hören.«

»Ich bin hier, um dir zu dienen und, wenn möglich, Karyn zu finden.«

Und nun war es Lilith, die ohne Umstände ihren Daumen auf den Stein drückte. Ein scharfer Schmerz schoss durch ihren Arm bis hinauf zur Schulter, als hätte sie in eine Feuerstelle gegriffen und glühende Kohlen herausgeholt. Der Stein absorbierte ihr Blut, und auf dem Spiegel zeigten sich erste Umrisse. Sie drückte noch einmal, und der Schmerz griff auf den anderen Arm und die Beine über. Lilly schnappte nach Luft, aber sie bekam sich wieder unter Kontrolle. Sie drückte ein drittes Mal gegen den Stein, und diesmal war der Schmerz so intensiv, dass sie sich ihm ausgeliefert fühlte. Das Feuer brannte überall in ihr, in den Füßen, in den Haaren, jede Nervenzelle und jede Zelle im Gehirn schien in Flammen zu stehen, und alles tat so weh, dass sie nicht einmal schreien konnte.

Doch sie konnte nicht widerstehen und warf einen Blick in den Spiegel. Ihr blickte eine Kreatur entgegen, die geradezu unvorstellbar widerwärtig war. Ihre Gesichtshaut hing in Fetzen von den Knochen, aus ihren gelben Augen tropfte der Eiter, und aus ihrem Mund quoll ein ständiger Strom von Flüchen. Lilly war mit dem konfrontiert, was sie am meisten fürchtete – einem ekelhaften Stück käuflichen Fleisches, das an den Höchstbietenden verhökert wurde. Doch hinter der Hässlichkeit sah sie die Wahrheit: Wahre Liebe hatte sie nicht verdient, sie war eine Missgeburt, ein Unfall, ein unnützes Stück Abfall. Nicht gut genug, nicht klug, nicht schön und nicht einmal weiblich. Doch merkwürdigerweise gab ihr diese widerliche Fratze auch Macht.

Sie hatte nichts zu verlieren, weil sie von Anfang an nichts besessen hatte.

Sie schob den Spiegel in die Hülle zurück und gab ihn Simon, der ihn eilig wegräumte.

Sie richtete sich auf. »Ich bin Lilith, und ich bin bereit. Und ich werde nicht zurückkommen.«

DER FALL

»Wo sind wir?«, fragte Lilith flüsternd Han-el, obwohl niemand sie belauschen konnte.

»In Eden, fast genau in der Mitte. Sieh her …«, der Sänger deutete auf drei Figuren, die nicht weit entfernt von ihnen durchs Gras gingen, »… dort kommt derjenige, der nun zwei ist, auf uns zu, und neben ihnen die Schlange.«

»Was macht die Schlange hier?«, fragte Lilith, aber dann kam sie selbst auf die Antwort. »Adam hat sie eingeladen?«

Han-el musste es ihr nicht bestätigen. Lilith beobachtete das Grüppchen beim Näherkommen genau, insbesondere Eva. Die junge Frau ging selbstbewusst und aufrecht neben Adam her, ein wenig größer und dunkler als er, schlank und wohlgeformt. Auch sie war nackt, abgesehen von dem transparenten Licht, das sie wie eine leuchtende Brise umwehte und umfloss und sich jeder Bewegung und jedem Schritt anpasste. Der Mann sah kaum älter aus als sie, doch sein Gesichtsausdruck verriet weniger Wachheit. Selbst wenn er lächelte, war sein

Blick von Trauer umschattet. Lilith war dieser Blick schon bei John aufgefallen, aber John war nicht Adam.

»Han-el, eines Tages wirst du ein Wächter sein.«

»Das wäre eine unbeschreibliche Ehre. Ich hoffe, dass du es sein wirst, der ich diene.«

»Ich werde es nicht sein, sondern jemand, der es … wert ist.« Dass sie auf diese Weise über John sprach, überraschte sie selbst, aber trotz allem, was Simon gegen John einzuwenden hatte, rückte sie nicht von dieser Einstellung ab.

Adam brachte der jungen Frau nicht die gleiche Aufmerksamkeit entgegen wie sie ihm. Eva war offensichtlich sehr in ihn verliebt, und sie hatte Adam gerade eine Frage gestellt, die er nicht gehört oder absichtlich überhört hatte. Sie wiederholte sie, doch er reagierte erst, als sie ihn an der Schulter fasste.

Die Schlange kam dem Mädchen heute besonders groß vor. Sie glitt über die Erde wie über ein Luftpolster. Plötzlich hielt sie inne und verschwand, schnell wie der Blitz, im Wald. Kurz darauf kam sie direkt vor Lilith wieder zum Vorschein.

Han-el wollte sich vor sie stellen, aber Lilith winkte ihn zurück und blieb stehen. Die Schlange trug eine Krone, die sie vorher noch nicht an ihr bemerkt hatte. In ihr waren Fassungen für zwölf Edelsteine eingearbeitet, von denen jedoch drei fehlten.

»Deine Krone steht dir nicht«, eröffnete Lilith das Gespräch.

»Ein Geschenk von Adam an mich, als Gegengabe dafür, dass ich mich seiner Herrschaft unterwerfe.«

Mit langsamen schaukelnden Bewegungen taxierte die

Schlange Lilith von Kopf bis Fuß. Das Gift, das in dem Mädchen brannte, reagierte auf ihre Gegenwart und pulsierte noch stärker.

»Du gehörst nicht hierher«, zischelte das Tier.

»Du auch nicht«, gab Lilith zurück.

»Ich bin auf Adams Einladung hier, und er ist der König der Schöpfung, der Sohn Gottes. Du bist eine von Adams Art, am richtigen Ort, aber zur falschen Zeit. Wer bist du und warum bist du hier?«

»Mein Name ist Lilith, aber ich bin niemand. Niemand ist hier, um dich aufzuhalten.«

»Ein Rätsel?«, fragte die Schlange und richtete sich unvermittelt auf. »Hör zu, Kleine, gib acht, wo du hintrittst und mische dich nicht ein.«

»Ist das eine Drohung?« Lilith ließ sich nicht einschüchtern.

»Nicht an dich. Du bist ganz und gar unwichtig.«

»Ich habe nichts zu verlieren«, konterte Lilith. »Was kannst du mir nehmen, das mir nicht schon gestohlen wurde?«

»Das interessiert mich nicht. Ich brauche nichts von dir. Du bist nichts und niemand.« Mit diesen Worten huschte die Schlange davon und tauchte hinter Adam und Eva wieder auf. Die beiden waren am Rand einer Wiese stehen geblieben.

»Bring mich zu ihnen«, bat Lilith Han-el. »Ich muss hören, worüber sie sprechen.«

Sofort stand sie nur wenige Meter von den Dreien entfernt, die einen mit Früchten beladenen Feigenbaum betrachteten. Die Schlange blickte Lilith unverwandt an, während sie zu Eva sprach.

»Isha, hat Gott selbst mit dir gesprochen und zu dir gesagt: ›Du darfst nicht von jedem Baum des Gartens essen‹?«

Eva war auf diese Frage nicht gefasst und sah hilfesuchend zu Adam. Lilith wusste aus Johns Schriften, dass nicht sie mit Gott über die Bäume gesprochen hatte, sondern Adam. Der junge Mann bedeutete ihr, sie solle eine Antwort geben.

»Wir dürfen von den Früchten aller Bäume essen, nur nicht von diesem hier, der in der Mitte des Gartens steht. Über ihn hat Gott gesagt: ›Ihr sollt nicht von ihm essen oder ihn berühren, oder ihr werdet sterben.‹«

Adam nickte zustimmend, sagte aber nichts. Eva lächelte zufrieden. Sie hatte genau die Antwort gegeben, die Adam ihr beigebracht hatte.

»Ihr werdet auf keinen Fall sterben!«, widersprach die Schlange.

Eva machte große Augen.

Was für eine ungeheuerliche Aussage, dachte Lilith. Das war keine verdeckte Anspielung, sondern ein offener, unerschrockener Angriff gegen Gottes Güte. Hatte dieses Biest gerade Gott einen Lügner genannt?

Eva warf Adam einen besorgten, auffordernden Blick zu, als erwartete sie, dass er die Schlange zurechtwies. Aber er tat es nicht, sondern stand stumm neben ihr. Eva senkte den Blick. Dadurch verpasste sie die stumme Verständigung zwischen Adam und dem Tier, die sich durch ein Nicken äußerte.

Die Schlange scheute sich nicht, das Dunkle, das Adam zu verheimlichen suchte, als Lockmittel einzusetzen: »Denn Gott weiß, dass an dem Tag, an dem ihr davon esst, eure Augen geöffnet werden und ihr wie Gott sein und bestimmen werdet, was Gut und was Böse ist.«

Stimmte das? Lilith war sich nicht sicher. In den Schriften, die John vorgelesen hatte, stand doch etwas anderes? Oder hatte sie es nur nicht richtig verstanden?

Adam sagte immer noch nichts und wartete auf Evas Antwort. Sie blickte von einem zum anderen und schließlich zu dem mit Früchten beladenen Baum.

Lilith wollte gerade den Arm ausstrecken, um Eva zu warnen, da spürte sie Han-els Hand an der Schulter.

»Du bist hier als Zeugin«, sang der Sänger leise klagend.

Lilith senkte den Arm und beobachtete hilflos, was als Nächstes geschah. Eva ging zögerlich auf den Baum zu, als müsse sie erst einen inneren Widerstreit überwinden, und Lilith spürte, wie in ihrem Herzen ein Krieg zwischen Bedenken und Verlangen tobte.

Hatte Gott nicht alle Bäume als den Augen wohlgefällig geschaffen? Hatte Gott ihre Früchte nicht als wohlschmeckend bezeichnet? Vielleicht hatten sie alle ihn missverstanden.

Adam folgte Eva, und das ermutigte sie weiterzugehen. Der Baum war hübsch anzusehen und verlockend, er verhieß Süße, aber noch mehr schien er eine Abkürzung zu berechtigten Wünschen und Sehnsüchten zu bieten.

Lilith spürte es genau. Wie konnte das Verlangen, wie Gott zu sein, etwas anderes sein als gut? War das nicht die Bestimmung der Menschen: das Gute vom Bösen zu unterscheiden, mächtig und weise zu sein? Hier bot sich eine einfache Möglichkeit, wie sie sich ihren eigenen Wert beweisen, den Absichten Gottes entsprechen und die *gesamte* Schöpfung rechtmäßig in Besitz nehmen konnten.

Wie schön war doch dieser Herzenswunsch, wie Gott zu sein!

Eva streckte zögernd die Hand aus, bis ihre Finger die Feige berührten, und nahm sie schnell wieder weg. Nichts geschah. Die Schlange hatte die Wahrheit gesagt. Das Anfassen jedenfalls brachte keinen Tod.

Wieder streckte sie die Hand aus, und diesmal ergriff sie die Feige und pflückte sie vom Ast. Lilith nahm einen sehr süßen Duft wahr, als Eva die köstliche Frucht teilte. Sie bot eine Hälfte Adam an, aber er lehnte ab und ließ sie zuerst kosten. Eva hob die Frucht an die Lippen und biss ab, kaute langsam und schluckte. Dann hielt sie Adam die andere Hälfte hin, und auch er biss ein Stück ab und kaute.

Als Adam der Saft der reifen Frucht vom Kinn tropfte, musste Eva lachen, kurz darauf jedoch biss sie sich auf die Lippen und legte die Hand auf den Magen. In ihren Augen stand Furcht. Auch Adam verzog das Gesicht. Was im Mund süß geschmeckt hatte, lag ihnen bitter und schwer im Leib.

Sie hatten die verbotene Frucht gegessen. Statt zu vertrauen, hatten sie gegen eine Regel verstoßen, und die Konsequenz dieser Entscheidung war der Tod.

Nun wurde ihnen bewusst, was sie getan hatten. Das transparente Licht, das sie umhüllt hatte, löste sich auf, und sie waren ganz und gar entblößt. Über Evas Gesicht rollten dicke Tränen, und sie sank verzweifelt zu Boden. Adam wollte ihr die Hand auf die Schulter legen, doch bei seiner Berührung zuckte sie zusammen. Er beugte sich über sie und sagte flehentlich: »Isha! Verstehst du nicht? Es ist getan, und unsere Herrschaft hat begonnen. Wir haben die Fesseln abgestreift, die uns in Unwissenheit und Abhängigkeit gehalten haben. Wie hätten wir herrschen sollen, ohne Gut und Böse unterscheiden zu können? Wir sind nun wie Gott, und diese Freiheit ist etwas Gutes.«

Als Eva wütend und beschämt den Blick abwandte, schlug Lilith die Hand vor den Mund. Alles fühlte sich so falsch an, dass sie glaubte, in einen bodenlosen Abgrund zu stürzen.

»Es ist nicht gut, unbedeckt und ungeschützt zu sein«, erklärte Adam und ließ Eva stöhnend auf der Erde liegen. Gleich darauf kehrte er mit seiner Klinge zurück. Mit Schrecken sah Lilith Machiara aufblitzen, und auch Eva fuhr ängstlich zurück. Adam ignorierte seine Gefährtin und begann, die untersten Zweige des Baumes abzuschneiden und an Eva weiterzureichen. Wortlos riss Eva die Blätter ab und verwob sie miteinander. Unter Tränen fertigten sie zusammen für jeden von ihnen einen Schurz an, mit dem sie ihre Blöße bedecken konnten.

»Wir mögen nun verlassen sein, aber wir sind nicht länger Narren«, sagte Adam schließlich. Eva blieb stumm. Sie saßen eine Zeit lang gegen den Baum gelehnt und starrten vor sich hin. Adam drehte stumm das Messer hin und her.

Auf einmal stand er auf. »Warte hier. Ich bin gleich zurück.« Er lief quer über die Lichtung und verschwand zwischen den Bäumen. Eva sah ihm nicht nach.

Als Lilith zum Baum laufen wollte, um die junge Frau zu trösten, zischte die Schlange warnend, und Han-el stellte sich zwischen das Tier und das Mädchen. Das Gift, das in Liliths Körper schwelte, erinnerte sie daran, was eine Schlange anrichten konnte, und sie zog sich zurück.

Lange Zeit später kam Adam zurück und ließ sich neben Eva auf den Boden fallen. Er war schweißnass und keuchte heftig, und auf seinem Körper klebte etwas, das wie Blut aussah.

Betroffen sprang Eva auf. »Was ist passiert?«

»Ich habe versucht, die Sache in Ordnung zu bringen.« Adam hatte Wunden an den Armen und auf der Brust und er umklammerte immer noch das blutbeschmierte Messer.

»Du hast versucht, die Sache in Ordnung zu bringen? Wo warst du? Ist das dein Blut?«

»Nein!«, stieß er hervor. »Das ist nicht mein Blut. Ich wollte den Baum des Lebens zerstören.«

»Bist du nicht ganz bei Trost? Was ist denn nur in dich gefahren?«

»Er stellt eine Versuchung dar, Isha. Wir brauchen diesen schwächlichen Baum des Lebens nicht, und auch nicht die Früchte, die er hervorbringt. Ich habe versucht, ihn aus dem Boden zu reißen, aber ich habe es nicht geschafft!« Er klang bitter und resigniert. »Also habe ich ihm seine Blätter und Früchte abgerissen. Ich habe auf ihn eingehackt, sodass er jetzt nur noch ein Stamm ist, aus dem auf jeder Seite ein kurzer, nackter Ast ragt.«

»Was hat dich denn auf diese Idee gebracht? Er ist der Baum des Lebens! Wenn es überhaupt eine Hoffnung für uns gibt ...«

»Das hier« – Adam schlug gereizt den Hinterkopf gegen den Baumstamm, an dem sie lehnten – »ist unser

Baum des Lebens, unsere Hoffnung. Er ist so kräftig, dass man ihn nicht zerstören kann. Seine Früchte und Samen sind tief in uns eingepflanzt.«

Eva schloss die Augen und rang nach Atem. Schließlich brachte sie mühsam ein paar Worte hervor. »Adam, was ist das für Blut?«

»Der wertlose Baum gehört Gott, der bald kommen und uns töten wird. Ich dachte, wenn ich dem Baum des Lebens ein anderes Leben stellvertretend für uns opfere, könnte sein Blut von unserer Verfehlung ablenken.«

»Was hast du getan?«, schrie Eva ihn an. »Wessen Blut ist das?«

Er legte ihr seine Hand auf den Mund, um sie zum Schweigen zu bringen. »Still«, fuhr er sie an, doch man merkte ihm seine Bestürzung an. »Hör doch!«

Auch Lilith hörte das Geräusch von Schritten, und ihr Herz zog sich zusammen.

Von Ferne näherten sich Adonai und Elohim, umgeben von Ruach. Was bisher als freundlich brausender Wind dahergekommen war, klang nun wie ein tosender Feuersturm. Entsetzt kletterten Adam und Eva in den Baum.

»Sie verstecken ihren Ungehorsam, sie schämen sich und fürchten, gefunden zu werden«, sang Han-el kummervoll. »Sie versuchen, unsichtbar zu werden, indem sie mit Gut und Böse verschmelzen.«

Aber kein Strafgericht näherte sich, sondern ein gebrochenes Herz. Und aus dem Wind erschallten nicht Wut und Empörung, sondern ein Klagelied. Und dann standen Elohim und Adonai am Rand der Lichtung und riefen aus dem Wind der Ruach: »Adam, wo bist du?«

Der Ruf drang aus dem Gewölbe herauf und veranlasste John, sich von seinem Bett hochzustemmen. »Der Zeugin ist etwas zugestoßen! Hilfe!«

Hastig streifte er sich seine Kleider über und eilte auf das Gewölbe zu, wo ihn eine außerordentlich beunruhigende Szene erwartete. Lilly lag in der Kammer der Zeugen auf dem Fußboden und hatte offensichtlich einen Krampfanfall, denn sie zuckte heftig mit Armen und Beinen. Ihr leerer Stuhl, dessen Rückenlehne in eine liegende Position gebracht worden war, stand neben dem Sofa, auf das sie sich offenbar hatte legen wollen. John rollte sie sanft auf die Seite und reinigte ihren Mund mit den Fingern von Speichel und Erbrochenem. Kurz danach stürzten Gerald und Anita herbei.

Simon, der vor den anderen da gewesen war, lief aufgeregt hin und her. »Ich wollte im Studierzimmer etwas nachsehen und hörte Geräusche. So habe ich sie gefunden. Ich wusste nicht, was ich machen sollte. Ich bin nicht geschult für solche … Vorfälle.«

»Schsch, Simon«, sagte Anita beschwichtigend. »Gott sei Dank warst du in der Nähe und hast sie gehört. Noch eine Minute und … nun, es wäre auf jeden Fall schlimmer geworden.«

»Sie glüht ja geradezu«, murmelte John, während sich Simon an den Rand des Geschehens zurückzog. Er war zwischen Angst und Zorn hin- und hergerissen. »Was hat sie sich dabei gedacht, allein hier herunterzukommen?«

»Meinst du, wir sollten sie von hier fortbringen?«, fragte Anita. »Sie braucht fachmännische Betreuung von einer Vertrauensperson, der du den Zutritt zum Gewölbe gestattest.«

»Am schnellsten könnten wir ihr durch einen Transport durch das Kartenzimmer helfen«, überlegte John laut. »Wir müssen etwas unternehmen, sonst überlebt Lilly das nicht.«

Sie hoben Lilly auf ihren Stuhl und schoben sie in aller Eile ins Kartenzimmer. John gab kurze, nervöse Anweisungen.

»Anita, Gerald, holt bitte unsere Sachen, auch die von Lilly und Simon, bevor ihr zur Oberfläche zurückkehrt.«

»Das kann ich doch machen«, bot Simon an. »Dieser Transfer ist mir ganz und gar nicht geheuer …«

»Nein, dich will ich bei mir haben. Möglicherweise brauche ich deine Jugend und Stärke. Wir wissen, dass die Zuflucht nicht mehr sicher ist, aber wir wissen noch nicht, was das bedeutet.« Simon wirkte alles andere als zufrieden, aber für John war die Angelegenheit geregelt.

»Wenn ihr so weit seid, Gerald und Anita, haltet unser Gepäck fest, nehmt euch jeder eines von den Dreiecken und legt sie an diese Stelle an der Wand.« John zeigte ihnen, welche Stelle er meinte. »Macht euch nicht die Mühe, eine Halterung zu finden, denn die Dreiecke werden nach zehn Minuten selbstständig hierher zurückkehren. Von uns wird keiner so schnell wieder ins Gewölbe kommen.«

Während das Paar davonhastete, trat John an eine Konsole an der Wand und schrieb etwas auf das Display.

»Was machst du da?«, fragte Simon ungeduldig. »Wir haben keine Zeit mehr, wir müssen los!«

»Nur noch einen Moment. Ich benachrichtige die Heiler und ändere den Zutrittscode für das Gewölbe. Wir können nicht vorsichtig genug sein, stimmt's?«

Die Tatsache, dass Simon Lilly entdeckt hatte und offensichtlich so ungern das Gewölbe verließ, hatte John stutzig gemacht, aber er hatte jetzt keine Zeit, darüber nachzudenken. »Du zuerst, Simon. Wir bleiben direkt hinter dir.«

Simon nahm eines der Dreiecke in die Hand. »Hierher«, instruierte ihn John, und als der Gelehrte seiner Aufforderung folgte, löste er sich allem Anschein nach in Luft auf.

»Ich hätte dich am liebsten gleich auf einen anderen Planeten geschickt«, knurrte John. Als Nächstes legte er der bewusstlosen Lilly ein Dreieck in die Hand und führte ihres und seines gleichzeitig an die Karte.

Im nächsten Augenblick befanden sie sich in dem Raum, in dem Lilly während ihrer Genesung so viele Monate verbracht hatte. Letty erwartete sie dort schon mit mehreren Heilern und Erneuerern. Simon, der ebenfalls auf sie gewartet hatte, entschuldigte sich, und John sah ihm nachdenklich hinterher. Und betete um eine weise Entscheidung.

Lilith fröstelte, und ein Schauer überlief sie, der tief aus ihrem Inneren zu kommen schien, aber sie ignorierte ihn bewusst.

»Adam, wo bist du?« Dieser traurige Ruf war als eine Einladung gemeint, aber Lilith wusste, dass er für den gedemütigten Mann und die Frau nach drohendem Unheil klang. Der Wind rauschte durch das Astwerk und durch die Blätter, mit denen sie sich bekleidet hatten, und Lilith wusste so gut wie sie, dass niemand sich vor diesem Gott verstecken konnte.

Adam kletterte vom Baum herab und stellte sich neben die Schlange, als könne das Tier ihm Schutz bieten. Auch Eva stieg herab und fiel auf die Knie. Tränen der Verzweiflung und Verwirrung strömten ihr übers Gesicht, ihre natürliche Anmut war vom Unglück getrübt.

Adam war bemüht, sich von seinem Handeln zu distanzieren, aber nicht einmal in diesem kritischen Moment sprach er frei von versteckten Andeutungen.

»Ich habe mich versteckt, weil ich Dich im Garten hörte. Ich war nackt und ungeschützt und fürchtete mich vor Deiner Gegenwart, deshalb habe ich mich versteckt.«

Der Ewige sprach, und seine Frage war durchdrungen von väterlicher Güte. »Wer hat dir gesagt, dass du nackt bist?« Er streckte die Hand nach Adam aus, aber der junge Mann wich zurück. Schweigen war seine Antwort auf die neuerliche Einladung, sich wieder der Liebe zuzuwenden, weil er das Schweigen als Schutz empfand.

»Adam, hast du von dem Baum gegessen, von dem zu essen Wir dir verboten haben?«, fragte der Ewige wohlwollend. Doch Adam reagierte auf dieses Angebot zur Versöhnung mit defensiver Wut.

Er zeigte mit dem Finger auf Adonai. »Die Frau, die *Du* mir zugesellt hast, hat mir eine Frucht von dem Baum gegeben. Deshalb habe ich gegessen!«

Die Anschuldigung hing schwer in der Luft. Der Mann hatte sich zum Richter Gottes aufgeschwungen, hatte Gott in Tat und Absicht Unlauterkeit vorgeworfen. Durch diesen unverfrorenen Angriff wurde endgültig das Dunkel offenbar, das in seiner Abkehr lag, und die finsteren Absichten der Schlange offenbart. Adams stolze, selbstgerechte Rebellion kam unverhüllt ans Tageslicht.

In seinem Angriff auf Gott hörte Eva die Stimme der Anklage, die Stimme der Schlange, der Quelle all ihrer Verwirrung. Die Frau verstand. Sie war verraten worden, und nun gab Adam ihr die Schuld an dem, was er in seinem eigenen Herzen ersonnen hatte.

Lilith bebte vor Zorn, aber sie konnte nichts tun, außer zuhören und innerlich toben. Wie hatte Eva nur so naiv sein können, ihr Herz Adam anzuvertrauen? Und wie konnte sich Adam gegen seine größte Freude wenden und ihr die Verantwortung aufbürden?

Gott reagierte nicht so, wie Lilly erwartet hatte. Adonai äußerte keinen Vorwurf und kein Urteil. Stattdessen wandte er sich an Eva und reichte ihr Seine Hand. »Was hast du getan?«, fragte Er ohne eine Spur von Anklage.

Eva blickte auf Adam, der mit gekreuzten Armen neben der Schlange stand, die er als Verbündete betrachtete. Ihre Wangen glühten vor Zorn. Dann wandte sie sich Gott zu, ergriff Seine ausgestreckten Hände, legte sie an ihr Gesicht und küsste sie weinend. Sie hob den Blick zu Adonai und gestand ihm die herzzerreißende Wahrheit: »Die Schlange hat mich getäuscht. Ich habe gegessen.«

Gott küsste sie auf die Stirn, zum Zeichen, dass er ihr Geständnis annahm, und stellte sich vor die Schlange. Das Tier wich zurück. In ihren Schuppen spiegelten sich das Feuer und der Wind von Gottes Gegenwart, und die neun Steine in ihrer Krone reflektierten das gleißende Licht.

Nur wenige Zentimeter vom Kopf der Kreatur entfernt gab der Ewige eine Erklärung ab, die sich nicht nur an das Geschöpf vor Ihm richtete, sondern auch an alle anderen dunklen Mächte, denen die Schlange in der Folge von Adams Abkehr in Zukunft Kühnheit und Macht verleihen würde.

»Auf Grund dessen, was du dieser Frau angetan hast, banne ich dich und binde ich dich wie kein anderes Tier der Schöpfung. Du sollst auf dem Bauch kriechen und vom Staub des Todes fressen, dem Staub der Abkehr dieses Mannes.«

Die Schlange schrumpfte und fiel mit einem harten Schlag zu Boden. Ihre Krone rollte auf Adonai zu, der sie mit dem Fuß zum Stillstand brachte.

»Und des Weiteren«, gelobte der Ewige, »werde ich offene Feindschaft zwischen dir und der Frau säen, zwischen deinem Samen und ihrem Samen, und ihre Nachkommen sollen dir den Kopf zertreten, und du wirst sie in die Ferse stechen.«

Lilith ahnte, dass da ein Krieg ausgerufen, Fronten gezogen und Seiten gewählt worden waren. Die Frau stellte sich an der Seite von Gott gegen Adam und die Schlange. Lilith hatte noch nicht gewählt.

Gott wandte IHR Gesicht der Frau zu und sagte betrübt: »Dieser hinterhältige Verrat wird dir viel Kummer und Pein bereiten. Mit Zittern und Zagen wirst du deine Kinder gebären, und wenn du dich dem Mann zukehrst, wird er über dich herrschen.«

Ein kalter Schauer lief Lilith den Rücken hinunter, und sie spürte, wie eine eisige Hand nach ihrem Herzen griff. Was Adonai da sagte, war doch unmöglich, oder etwa nicht? Wie konnte Eva zu Adam zurückkehren, nach allem, was er ihr angetan hatte? Doch gleichzeitig erkannte Lilith ihre Chance: Endlich eröffnete sich ihr ein klar erkennbarer Weg, in den Lauf der Geschichte einzugreifen. Sie hatte zwar Adam nicht an seiner Abkehr hindern können, aber sie konnte Eva von der Rückkehr abhalten.

Adonai wartete, bis die Frau seine Worte aufgenommen hatte, und ging erst dann auf Adam zu. Er näherte sich ihm mit ausgestreckten Händen, wie zuvor Eva. Mitfühlende Liebe und zarte Zuneigung flossen aus Seinen Worten, und Tränen rannen aus Seinen Augen.

Adam ließ die Arme hängen und wandte sich ab.

»Mein Sohn, weil du auf die Stimme der Frau gehört hast und nicht auf Meine, und weil du von dem Baum gegessen hast, von dem zu essen ich dir verboten habe, habe ich die Erde gebannt und gebunden. Du hast nicht nur mein Gebot übertreten, sondern auch Unrecht in deinem Herzen verborgen. Mit Zittern und Zagen wirst du dich mühen, der Erde, der du entstammst, das Brot des Lebens zu entreißen, aber sie wird sich mit Disteln und Dornen gegen dich wehren. Im Schweiße deines Angesichts wirst du Meine Ruhestätte verlassen und dich von deiner Hände Arbeit nähren, bis die Erde dich wieder aufnimmt. Aus Staub wurdest du geschaffen, zum Staub wirst du zurückkehren.«

Als Gott sowohl Sein Versprechen als auch dessen Folgen benannte, glaubte Lilith zu spüren, wie die ganze Schöpfung aufstöhnte und nachhaltig erschüttert wurde.

Adam ging zögernd auf Eva zu. In ihren Augen brannte die Wut, und er konnte ihrem Blick nicht standhalten. Mit flehentlich erhobenen Händen bat er sie um Verzeihung. Sie verweigerte ihm jede Berührung.

»Ich bekenne vor der Schöpfung«, sagte er schließlich mit niedergeschlagenem Blick, »dass dein Name nicht

Isha ist. Ich bin nun tot, du aber bist Eva, denn du bist die Mutter der Lebendigen.«

Seine Demutsgeste dämpfte die Intensität ihres Zorns keineswegs. Sie war noch nicht einmal der Grundstein einer Brücke über den Abgrund, der sich zwischen ihnen aufgetan hatte.

»Dies ist für euch beide.« Adonai reichte ihnen Kleidungsstücke aus Tierfell. »Bedeckt eure Blöße damit, das ist besser, als euch im Laub des Baumes zu verstecken, von dem ihr euch Schutz erhofft.«

Beklommen nahm Adam die Gabe entgegen. »Woher stammt das?« Aber er wusste es bereits.

»Adam, diese Felle stammen von den Tieren, die du verflucht und umgebracht und an den Baum des Lebens gespießt hast. Du bist bereits von ihrem Blut befleckt, darum sollen sie dich bekleiden.«

»Ich hatte Angst und schämte mich«, versuchte Adam, sein Handeln zu erklären. »Ich wusste nicht, was ich tun sollte. Ich dachte, durch das Lebendige, dessen Blut ich vergieße, könnte ich meinen Tod verschleiern und Dich besänftigen. Leben gegen Tod, verstehst Du?« In seinen rau hervorgestoßenen Worten klang immer noch eine Spur Vorwurf mit, aber auch eine Bitte.

»Nicht Wir, sondern du brauchst ein Opfer«, sagte Adonai, sanft wie eine laue Abendbrise. »Adam, was du begonnen hast, werde ich eines Tages zu Ende bringen.«

Dann hob Adonai die Hände und gab einen zweiten Beschluss bekannt: »Seht, Adam ist einer von Uns geworden, der Gut und Böse kennt, aber er darf nicht die Hand ausstrecken und vom Baum des Lebens essen, oder er wird Licht und Dunkel, Leben und Tod, Freiheit und Auflehnung vermischen. Und er wird auf immer tot bleiben.«

Dann wandte er sich an Adam und sagte freundlich: »Mein Sohn, du kannst nicht mit Freuden in der Gegenwart des Einen verweilen, den du nicht länger liebst und dem du nicht länger vertraust. Die Dunkelheit deiner Abkehr befindet sich im Krieg mit allen Dingen des Lichts. Um einst zurückkehren zu können, musst du fortgehen, aber ich verspreche dir, dass Ich dich nicht verlassen werde.«

Der Wind erhob sich und begann, den großen Baum zu umkreisen. Lilith wich ein Stück zurück und beobachtete erstaunt, wie Ruach, eben noch ein sanftes Lüftchen, sich in einen brausenden Tornado verwandelte. Sie wand sich um den Stamm und riss ihn mit all seinen Wurzeln, Ästen und Blättern aus der Erde. Wie ein Grashalm wurde er hochgehoben und zur westlichen Grenze des Gartens getragen.

»Adam«, erklärte Adonai, »in deinem Reich hast du dir diesen Baum erwählt, deshalb gehört er dir. Der Baum des Lebens wird für immer in Eden wachsen, und er wird der Baum des Heils für alle Nationen sein.«

Adam verstand. »Was soll ich tun?«, fragte er.

»Du wirst mit Mühsal den Erdboden bearbeiten, dem du entstammst. Du wirst in ihm dein Leben und deinen Ursprung suchen. Du wirst von ihm verlangen, dass er dir alles gibt, was du nur von Angesicht zu Angesicht mit Uns finden kannst. Und du und deinesgleichen, ihr werdet um die Erde kämpfen bis zum Tage deiner Rückkehr.«

Anschließend begaben sich Adam, Eva und Gott gemeinsam zur Westgrenze von Eden, und Lilith folgte mit der Schlange als stummer Begleiterin. Noch einmal streckte der Ewige die Hand nach der Hand Seines Sohnes aus, und noch einmal entzog sich Adam.

»Du hättest mich davon abhalten sollen«, murrte er. »Ich hätte lieber nie gelebt, als von nun an vom Tod umgeben zu sein, allein.«

»Nicht allein, mein Sohn. Wir werden dich nie verlassen oder aufgeben. Doch durch das Dunkel deiner Abkehr wird Unser Antlitz vor dir verborgen sein.«

Adam war tief getroffen, doch sein Stolz hielt ihn aufrecht. Nach einer Weile fragte er: »Und die Schlange?«

»Das Tier geht mit dir. In Eden ist kein Platz für Ankläger und Intriganten. Dadurch, dass du deine eigenen Lügen geglaubt hast, hast du Betrug und Gewalt entfesselt und den Schrecken als Begleiter und Ernährer gewählt. Er wird für dich zerstörerische Bestien von verheerender Kraft schaffen. Er wird dir Sicherheit und Einfluss versprechen, und dafür wirst du ihm untertan und gehorsam sein. Adam, Unsere Liebe wird dich vor den Folgen deiner Entscheidungen nicht bewahren. Wir ehren und achten dich, und darum beugen wir uns deiner Wahl. Doch Wir werden auch in deiner Abkehr und im Staub des Todes eine dem Leben und der Liebe zugekehrte Absicht enthüllen. Eines Tages werden wir dich aus deinem Unglück erlösen, und die Schlange in dir wird vollständig vernichtet werden.«

Nun standen sie vor der hoch aufragenden Wand aus herabrinnendem Licht, das wie ein Wasserfall toste, und durchquerten sie mit Leichtigkeit.

Eva und Lilith blieben im erhabenen Schutz von Eden zurück.

»Eva?«, rief Adam, und der Name formte sich zu einem Laut des Jammers. Lilith hörte, dass er etwas begriffen hatte. Die Frau war ihm die Fleisch und Blut gewordene Liebe Gottes gewesen, aber er hatte sich für das Alleinsein entschieden. Der Verlust dieser Liebe, die er durch seine eigenmächtige Abkehr verraten und verwüstet hatte, war einer seiner schmerzlichsten Verluste.

»Du hast versprochen, dass Evas Nachkommen der Schlange den Kopf zertreten werden«, sagte Adam unter Tränen. »Wie?«

»Das, mein Sohn, ist ein Geheimnis, das noch gelüftet werden wird.«

Zwei mächtige Cherubim erschienen, zogen ihre Schwerter und berührten mit ihnen den Grenzwall. Was wie Wasser ausgesehen hatte, wurde zu einem lodernden Flammenmeer. Die Cherubim stellten sich als Wächter auf.

»Von innen könnt ihr hindurchgehen wie durch Wasser, aber die Rückkehr nach Eden wird durch Feuer geschehen«, erklärte Adonai. »Adam, dies ist ein weiteres Versprechen. Die Wächter halten den Rückweg zum Baum des Lebens offen.«

Der Ewige legte Seine Hand auf Adams Schulter, und diesmal entzog IHR Sohn sich nicht und versuchte nicht, sie abzuschütteln. Doch er sah IHNEN auch nicht ins Gesicht.

»Adam, Wir haben dich vor deiner Schöpfung schon geliebt. Mit der Zeit wirst du das vergessen, aber was immer du tust, es wird dadurch nicht weniger wahr sein. Wir werden dich nun und für immer lieben, und Wir werden der Weg sein, der zu deiner Rückkehr führt.«

Als Adam die Hand auf seiner Schulter fassen wollte, war sie fort. Aufseufzend sank er zu Boden. Die Schlange hielt sich fern von ihm.

In Eden hob Adonai die Krone der Schlange auf und entfernte nacheinander die neun Steine aus ihrer Fassung. Aus Seinem Licht brach Er einen weiteren Stein, den zehnten. Elohim gab noch einen hinzu, und Ruach, heranbrausend als Wind, reichte IHNEN den zwölften. Dann sang Adonai Sein Lied gen Himmel und drehte und wirbelte im Kreis, bis Er zu einem Dunstgebilde geworden war. Aus Seinem Inneren brachen zwölf Edelsteine in glänzenden Farben hervor, in jeder Himmelsrichtung drei. Als sie auf die Grenzen von Eden trafen, drangen sie tief in die Lichtwälle ein und barsten in einem Regenbogen aus farbensprühender Musik und kunstvoll arrangiertem Glanz.

Adam jedoch stand auf der anderen Seite der Feuerwand und schrie. »Eva!« Er schrie und schrie, bis ihm die Stimme versagte. »Wenn es irgend möglich ist«, flüsterte er heiser, »würdest du mir bitte vergeben?«

Eva und Gott – und neben ihnen Lilith – lauschten Adams herzzerreißenden Schreien.

Erschöpft wandte Adam Eden den Rücken zu und stellte sich seiner Verlassenheit.

REUE

»Hat jemand Simon gesehen?«, fragte Anita, als sie das Zimmer betrat, in dem die bewusstlose Lilly unter einem Gewirr von Schläuchen und Schalen lag.

»Er war hier, als ich mit Lilly ankam, aber seitdem habe ich ihn nicht mehr gesehen«, erwiderte John mit einem angedeuteten Grinsen, das Anita nicht entging.

»Was hast du getan, John?«

»Oh, nichts Besonderes, eine reine Sicherheitsmaßnahme. Alles Routine.«

»Willst du es mir erzählen?«

»Nun ja, ich dachte mir, keiner von uns hat einen Grund, ins Gewölbe zurückzugehen, es sei denn, er hätte etwas zu verbergen, deshalb habe ich möglicherweise die Rückkehr-Koordinaten auf Simons Dreieck verstellt.«

»Du hast ihn weggeschickt?«

»Die Dreiecke sind alle verschwunden, das hat seine Richtigkeit, und Simon scheint auch verschwunden zu sein. Ein Rätsel …«, sagte John achselzuckend.

»Willst du damit sagen, dass *er* dahintersteckt?« Anita blickte zu Lilly hinüber. »Ich mache mir seit der schlimmen Geschichte mit Karyn Sorgen um seinen Geisteszustand.«

»Meiner Ansicht nach hat er Geheimnisse. Und solange ich nicht mehr darüber weiß, möchte ich sicher sein, dass er nicht stört.«

»Eine kluge Maßnahme«, lobte Anita. »Darf ich fragen, wo sich Simon befindet?«

»In einer befreundeten Gemeinschaft, Hunderte von Kilometern südlich von uns. Er wird für den Rückweg Monate brauchen. Sobald ich es einrichten kann, werde ich nach unten ins Gewölbe gehen. Vielleicht kann ich etwas über seine wahren Absichten herausfinden.«

Gerald kam ins Zimmer. »Wie geht es Lilly?«

»Leidlich stabil«, erwiderte John. »Es ist wieder dieser Schwebezustand. Ich glaube, Lilly nannte ihn Koma. Ihr Körper ist von etwas befallen, das wir noch nicht identifiziert haben. Vermutlich wurde sie im Gewölbe infiziert. Würdest du mir bei meinen Nachforschungen helfen? Die gute Nachricht ist, dass der Kurator noch nicht wegen Lilly gekommen ist, was bedeutet, dass wir noch Zeit haben.«

Gerald nickte.

»Ich bleibe bei ihr«, erklärte Anita. »Einer von uns sollte da sein, wenn sie aufwacht.«

»Dieser Ansicht bin ich auch, ich danke dir! Und wir, Gerald, holen uns am besten etwas zu essen und Wasser für die Reise nach unten.«

Die beiden Männer verließen den Raum.

»Wonach suchen wir?«, fragte Gerald.

»Das werden wir wissen, wenn wir es finden.«

Im Verlauf der drei Tage hatte Lilith gespürt, wie sie in Eden immer präsenter wurde, wie ihre Fähigkeit, mit ihrer Umgebung in Kontakt zu treten, zunahm und sie an Substanz gewann. Sie konnte Früchte essen und Wasser trinken. Sie konnte schlafen, jede Nacht ruhiger. Han-el war immer in ihrer Nähe, und gelegentlich wurde ihr seine Anwesenheit schon fast lästig. Die meiste Zeit hielt sie sich in der Nähe von Eva auf, die das Mädchen jedoch noch nicht wahrnehmen konnte. Und selbst wenn es ihr möglich gewesen wäre, hätte der Kummer sie für ihre Umgebung blind gemacht. Liliths Anspannung nahm zu – sie wollte handeln, und zwar bald.

Jeden Tag, wenn die Nachmittagssonne langsam zum Horizont herabsank, kam Adam aus dem Wald, stellte sich so nahe an den Grenzwall, wie er es wagte, und bat Eva, zu ihm zurückzukommen. Von Eden aus war es problemlos möglich, die Umgebung des Gartens zu beobachten. Lilith sah genau, wie Adam auf den Knien lag und seine Verzweiflung herausschrie. Adam dagegen konnte nicht in den Garten hineinsehen, was noch zusätzlich Salz in seine Wunde streute.

Am dritten Tag beobachtete Eva, die Hände gegen den Dunstschleier der Grenze gelegt, wie Adam auf einem schmalen Pfad zu einem nahe gelegenen Teich ging. Lilith war ihr so nahe, dass sie hören konnte, wie Eva, das Gesicht an Adonais Schulter verborgen, laut wehklagte und auf Ihn einschlug. Er hielt sie in Seinen starken Armen, bis sie sich beruhigt hatte.

»Ich hasse ihn«, schluchzte sie, »ich hasse ihn!«

»Du hasst das, was aus ihm jetzt geworden ist«, sagte Adonai. »Er ist nicht das, was aus ihm geworden ist. Das

Sehr Gute wird immer tiefer in ihm verwurzelt sein als seine Abkehr.«

»Liebst Du ihn auch noch?«

»Das war für Uns nie eine Frage, im Gegensatz zu dir. Wir wussten immer, was geschehen würde, und Wir liebten ihn dennoch.«

»Wenn Du das wusstest, warum hast Du es dann zugelassen?«

»Wahre Liebe verlangt nach offenen Händen. Ohne die Möglichkeit, Nein zu sagen, wird Liebe nie Wirklichkeit sein, dann bleibt sie eine Illusion.«

»Und trotzdem hast Du dies alles erschaffen?«

»Du bist ein wunderbares Geschöpf, Eva, nach Unserem Bild geschaffen. Diese Schöpfung ist der Höhepunkt, und der Mensch ist das Wunder aller Wunder. Wir haben erschaffen, um mit euch die Liebe und das Leben zu teilen, das Wir schon immer gekannt haben. Wir hatten immer das Wissen. Aber Wir wussten auch immer, dass ihr unserem Ja ein Nein entgegenhalten würdet.«

»Aber warum überhaupt erschaffen, wenn Ihr das bereits wusstet?«

Adonai umarmte sie fest. »Eines Tages wirst du Mutter werden, Eva, und es besser verstehen. Bei der wahren Liebe geht es nicht um die Entscheidung des anderen, sondern um das, was man in ihm erkennt. Aber wie du siehst, wird eine Beziehung unweigerlich auch von den Entscheidungen des anderen beeinflusst.«

»Belüge ich mich selbst? Ich habe ihm das doch angetan. Ich hätte ihn davon abhalten können. Ich hätte Dich fragen können, aber ich tat es nicht. Stattdessen wollte ich mehr sein, als ich schon war, für ihn, für Dich. Ich

wollte Dir gleichen.« Sie legte die Hand an den Grenzwall und wusste, dass sie jederzeit hindurchgehen konnte,
wenn sie es wünschte.

»Adam«, flüsterte sie. Lilith wusste, dass der Mann sie
nicht hören konnte. »Bitte vergib du mir auch.«

Doch gleich darauf regte sich in Eva wieder der Zorn.
»Gott, ich bin so wütend! Er hat mich aufgezogen, für
mich gesorgt und mich dann verraten. Es ist nicht aus-
zuhalten!« Doch auch dieses Gefühl war nicht von langer
Dauer. »Ich ertrage es aber auch nicht, dass er da draußen
ist, allein, ohne mich.«

»Er ist ohne dich«, bestätigte Adonai, »aber er wird nie
allein sein. So mächtig ist er nicht.«

Eva lächelte matt. »Das tröstet mich, aber nicht ihn.
Was wird er jetzt tun?«

»Adam wird mit seiner Hände Arbeit und im Schweiße
seines Angesichts arbeiten, um Eden ohne Unsere Anwesenheit und Unser Wort auszudehnen. Er wird sein
Augenmerk auf die Erde richten und von ihr Sicherheit
und Geltung, Identität und Bedeutung erwarten, auch
wenn sie ihm nicht geben kann, was sie nicht hat.«

»Aber du sagtest, dass ich einen Samen haben würde,
ein Mann-Kind. Wie ist das möglich, wenn …?« Sie
blickte auf die Barriere zwischen ihr und Adam.

Gott lächelte. »Was das betrifft, so musst du Mir vertrauen. Ich habe dich aus Adams Lende geformt und ihn
aus dem Staub der Schöpfung. Mein Versprechen und
Mein Wort sind eins. Es wird dich noch überraschen.«

»Du sagtest, ich würde mich eines Tages ihm wieder
zuwenden. Ich glaube nicht, dass ich das kann oder will.
Sollte ich?«

»Würdest du dich dem Mann zuwenden, so wie Adam sich der Erde zugewandt hat, und von ihm verlangen, was er nicht geben kann, würdest du ihn in seiner Schande gefangen halten. Da er nicht weiß, wer er ist, würde er entweder davonlaufen oder Herrschaft über dich ausüben. Das ist das tiefe und zuweilen schmerzliche Mysterium der Gemeinschaft und Liebe.«

»Werde ich immer diese beängstigende Freiheit haben?«

»Immer! Das ist Liebe.«

In diesem Augenblick liebte Lilith Eva mehr denn je und empfand unendliches Mitgefühl mit ihr. Sie musste sie vor Adams Schicksal bewahren. Eva durfte Eden nicht verlassen. Wenn Lilith Evas Weg ändern konnte, dann konnte sie auch den Lauf der Geschichte ändern, der großen und ihrer eigenen. Sie konnte Simons Frau retten und zahllose andere Mädchen. Vielleicht gab es doch eine Chance, noch etwas anderes zu sein als immer nur wertlos. Es war an der Zeit.

»Bleib hier«, wies sie Han-el an. »Komm nicht mit mir mit.« Der Engel verneigte sich und blieb stehen. Lilith schlüpfte mit Leichtigkeit durch die Lichtgrenze aus dem Garten. Und sie wusste, dass sie nie wieder dorthin zurückkehren würde.

»Wir haben es gefunden!«, rief Gerald aufgeregt. »Was Simon versteckt hat. Wir haben es gefunden!« Anita, die gerade einen Happen aß, fuhr erschrocken auf. Sie starrte die beiden Männer an, die atemlos vor ihr standen. John hatte die Faust erhoben, als wolle er ihr etwas zeigen, aber in der Faust war … nichts.

»Glückwunsch!« Sie wischte sich den Mund und verdrehte die Augen. »Ich schicke zwei Männer los, damit sie etwas finden, und sie kommen zurück und sind begeistert wegen nichts.«

»Mein liebster Schatz«, sagte Gerald, »das ist ein magisches Futteral! Es absorbiert das Licht, bis es fast unsichtbar wird, deshalb haben wir es nicht früher entdeckt. Aber als wir diesmal Lillys Zimmer durchsucht haben, lag es auf ihrem Tagebuch.«

Anita legte den Löffel nieder. »Und? Was steckt darin? Habt ihr den Ring und den Schlüssel gefunden?«

»Nein«, erwiderte Gerald. »Etwas Dunkles, einen alten Blutstein-Spiegel.«

John zog ihn vorsichtig mit zwei Fingern am Griff aus der Hülle und legte ihn auf den Tisch. Die drei beugten sich darüber.

»Ich habe mich mit diesen Objekten beschäftigt«, sagte Gerald. »Sie sind sehr selten, ein bevorzugtes Requisit der dunklen Künste – Spiegel, die einen belügen.«

Anita gluckste. »Das tut doch praktisch jeder Spiegel, oder nicht?«

»Nicht so wie dieser«, widersprach Gerald. »Wie ihr seht, zeigt die Oberfläche kein Bild, nur ein wirbelndes Grau, und hier« – er deutete auf eine Stelle am Griff, achtete aber darauf, sie mit dem Finger nicht zu berühren – »ist der Blutstein, in diesem Fall ein Diamant. Den dürft ihr nicht anfassen, denn er durchsticht die Haut. Wenn ihr genauer herschaut, seht ihr hier und hier getrocknetes Blut. Lillys, vermute ich. Wir werden es testen. Der Stein soll angeblich dein Leben in sich aufnehmen und dir die tiefste Wahrheit über dein inneres Wesen spiegeln.«

»Kann er das wirklich?«, fragte Anita erstaunt.

»Natürlich nicht«, versicherte Gerald. »Das ist alles Hokuspokus. Es geht darum, deine Aufmerksamkeit auf das Blut zu lenken, aber das ist nur eine Irreführung. In Wirklichkeit wird dir ein spezielles Gift injiziert, eine halluzinogene Droge oder ein Nervengift oder eine Kombination aus beiden, und du wirst in höchstem Maße beeinflussbar. Der Spiegel treibt sein böses Spiel mit deinen schlimmsten Ängsten und deinem Selbsthass.«

»Ich bringe ihn gleich zu den Wissenschaftlern«, sagte John, schob den Spiegel in die Hülle und legte ihn in ein Kästchen. »Wir können nicht überprüfen, was Lilly gesehen hat, aber etwas Gutes war es garantiert nicht.«

Lilith musste die Schlange nicht lange suchen. Kurz nachdem sie das Heiligtum Eden verlassen hatte, tauchte das Tier wie aus dem Nichts neben ihr auf.

»Nenne deine Absicht«, forderte es, und Lilith lächelte. Sie war jetzt viel größer als die Schlange, die am Boden entlangkroch und kaum den Kopf heben konnte.

»Ein Win-win-Plan«, antwortete sie. Lilith hatte direkt zu Adam gehen wollen, aber es konnte nützlich sein, das Tier als Verbündeten zu haben, wenn es galt, Adam zu überzeugen.

»Ich höre«, sagte die Schlange.

»Ich weiß, dass Adonai Eva versprochen hat, ihr Kind werde eines Tages deinen Kopf zertreten.«

»Ich hatte schon bessere Zeiten. Wie lautet dein Vorschlag?«

»Solange Eva in Eden bleibt, kann sie kein Kind gebären. Könnte einer, der die Macht hat, deinen Kopf zu zertreten, ohne Adam geboren werden? Wenn die beiden getrennt bleiben, würdest du dann nicht ungefährdet herrschen?«

Der Schlange zögerte sehr lange mit ihrer Antwort. Schließlich sagte sie: »Adam ist untröstlich. Er will sie mit allen Mitteln herholen.«

»Er hat sein Gesicht von Gott und von seinem Ebenbild abgewandt. Er ist allein, ich jedoch könnte seine Einsamkeit lindern.«

Das Tier verstand. »Du? Du würdest dich ihm anbieten? Warum?«

»Damit Mutter Eva und viele andere in Sicherheit sind.«

»Ah, du bist Evas Tochter. Aber das macht dich umso gefährlicher, für Adam und für mich. Adonai hat gesagt, ihr Samen werde meinen Kopf zertreten, aber könntest nicht du dieser Samen sein?«

Lilith hatte ihre Antwort parat: »Nein! Eva sprach von einem männlichen Kind. Ich bin für so etwas gut geeignet. Ich kann kein Kind gebären und werde nie eine Bedrohung sein. Ich kann beiden dienlich sein, Adam und Eva.«

»Und warum sollte Adam ein elendes Nichts wie dich haben wollen, das sich aus freien Stücken verkauft?«

Die Schlange hatte sie durchschaut. Lilith blieb stehen und blickte drohend auf das Tier hinunter. »Du hältst mich für eine Hure? Und wenn ich eine wäre, spielt das eine Rolle? Nein. Von Bedeutung ist doch nur, dass wir alle genau das bekommen, was wir wollen.«

Die Schlange rollte sich zusammen, als wolle sie angreifen, doch dann legte sie den Kopf auf den Boden.

»Adams Dunkelheit nimmt zu, aber sie ist nichts, verglichen mit deiner. Du hast entweder keine Vorstellung davon, wer du bist, oder es ist dir gleichgültig geworden. Ich werde Adam für dich suchen.«

Die Schlange glitt davon, und Lilith stand zitternd in der Abendkühle.

Sie setzte sich auf einen Stein und senkte den Blick auf ihre schmutzigen Hände und Beine. Ihr Kleid war von Disteln und Dornen zerfetzt. In der Nähe sang ein Bach, der in einen Teich floss, sein unschuldiges Lied, und Lilith wusch sich Gesicht und Hände. In den letzten Sonnenstrahlen, die auf die spiegelglatte Wasserfläche fielen, sah sie das Gesicht eines jungen Mädchens, das Kraft und Zuversicht ausstrahlte. Als sie die Hand ins Wasser tauchte, legten sich Wellen über das Bild und es zerfloss. *Es zeigt nur die Lüge*, dachte sie, *nicht die darunterliegende Wahrheit.*

Bald darauf hörte sie Adam näher kommen, in ein hitziges Gespräch vertieft. Als er sie bemerkte, blieb er stehen und starrte sie so unverwandt an, dass Lilith sich unwohl zu fühlen begann.

»Wer hat dich hergebracht?«

»Eva. Sie liebt dich und ist traurig, weil du so einsam bist.« Das war keine glatte Lüge, nur ein wenig von der Wahrheit entfernt und gerade noch halbwegs vertretbar. »Ich werde deine Gefährtin sein, Adam. Lass Eva bei Gott in Eden. Es geht ihr dort besser. Zusammen mit mir wirst du dich nicht so allein fühlen. Ich kann dir Zufriedenheit geben. Lass sie bei Gott, ich bitte dich.«

Adam hob die Hand, damit er in Ruhe über Liliths Worte nachdenken konnte. Schließlich sagte er: »Du hast recht. Ich habe nur an mich gedacht und an meinen Verlust. Das verstehe ich inzwischen sehr gut. Ich werde nicht mehr jeden Tag zum Garten gehen und sie anflehen, dass sie zu mir kommt. Sie ist an einem besseren Ort, wo ihre Existenz nicht aus Mühsal besteht und sie von Gottes Liebe umgeben ist.«

Er setzte sich auf den Boden und streute sich stöhnend Erde aufs Haupt: »Ich vermisse sie so unendlich. Jeden Tag finde ich weniger Gründe, warum ich am Leben bleiben sollte.«

Lilith setzte sich neben ihn, aber so, dass sie sich nicht berührten. Adams Tränen vermischten sich mit der Erde, und der Schlamm wurde sein Trauergewand. Ohne Lilith anzusehen, ergriff er ihre Hand.

»Die Schlange sagt, du seist Evas Tochter. Stimmt das?«

»Ja.«

»Und du würdest so etwas für deine Mutter tun? Meine Frau werden?«

»Ja, aus freiem Willen.«

»Kannst du mir einen Sohn versprechen?«

Lilith saß in der Falle. Wusste Adam Bescheid? Hatte die Schlange es ihm erzählt? Wenn sie log und er sie durchschaute, konnte das ihre Absichten zunichtemachen. Doch das konnte ebenso gut passieren, wenn sie die Wahrheit sagte.

»Manche Dinge brauchen Zeit und …«

»Lilith.« Adam drückte ihre Hand. »Kannst du mir einen Sohn versprechen?«

Ihr Herz krampfte sich zusammen, und sie brachte die entscheidenden Worte kaum heraus. »Nein, Adam, das kann ich nicht.«

»Sieh mich an«, bat Adam zärtlich. Obwohl es ihr sehr schwerfiel, hob sie den Kopf und sah in seine dunklen, goldgesprenkelten Augen, die sie aus einem von Schlamm und Tränen verschmierten Gesicht anlächelten.

»Selbst wenn du mir einen Sohn versprechen könntest, würde ich ablehnen. Eva ist meine Geliebte, und ich will lernen, ohne sie zu leben. Ich werde sie kein zweites Mal verraten. Für Eva gibt es keinen Ersatz, Lilith, und für dich auch nicht. Die arglistige Dunkelheit, die ich an dir wahrnehme und die dich dazu veranlassen könnte, dich für weniger als Liebe zu verkaufen, hat eine Ursache: mich. Eines Tages wirst du vielleicht einen Platz in deinem Herzen finden, der mir vergeben kann, denn ich muss dein Vater sein.«

Lilith brach in Tränen aus. Sie war zurückgewiesen worden. Die Wut auf die Männer, die sie zugrunde gerichtet hatten, nährte ihren Selbsthass. Sie riss sich von Adam los und stand auf.

»Ich hasse dich«, fauchte sie, drehte sich um und rannte in den dunklen Wald. Adam ließ sie gehen. Jetzt blieb ihr nur noch eines – sie musste einen Ort zum Sterben finden.

John lief in das Zimmer, in dem Gerald und Anita über ihren Büchern saßen.

»Lilly geht es schlechter«, keuchte er.

Anita fuhr hoch wie eine aufgescheuchte Henne. »Wer ist bei ihr?«

»Letty ist bei ihr.«

Gerald war so vertieft in sein Buch, dass er ihr Gespräch nicht mitbekommen hatte. »Das hatte ich befürchtet!«, ächzte er und knallte den Folianten, in dem er gerade geblättert hatte, wütend auf den Tisch. »Ich finde einfach nicht heraus, was auf das Gift einwirken könnte. Wir kennen seine chemische Zusammensetzung, wir kennen die Pflanzen, aus denen es hergestellt wurde, wir haben Lilly jedes erdenkliche Gegengift gegeben, und trotzdem liegt sie im Sterben, und ich stehe vollkommen ohnmächtig daneben. Gebetet habe ich auch, falls es euch interessiert, ich bete in einem fort.«

»Ich auch, Gerald, ich auch«, sagte Anita leise.

Sie schlang die Arme um ihren Mann, und er lehnte sich hilflos schluchzend an sie und ließ zu, dass seine aufgestaute Enttäuschung sich Bahn brach.

»Vielleicht gibt es kein Heilmittel«, sagte John niedergeschlagen.

»Was soll das heißen?«, sagte Anita. »Es muss eines geben!«

»Nicht wenn es keine biologischen, chemischen oder neurologischen Wirkstoffe sind, die sie vergiftet haben ... Was, wenn das, was Lilly im Spiegel gesehen hat, ihr jede Hoffnung raubte? Oder jeden Lebenswillen?«

»Oder Sinn oder Liebe«, ergänzte Anita. »Das könnte sein. Ohne Hoffnung kann sogar ein ansonsten gesunder Mensch sterben. Und bei Lilly hatte die körperliche Genesung gerade erst begonnen, ganz zu schweigen von der seelischen.«

»Und wenn das so ist«, sagte Gerald, »was machen wir dann?«

»Du hast es selbst schon angedeutet, Gerald«, erwiderte John. »Wir tun, was in unserer Macht steht und überlassen Gott den Rest. Wir werden beten und singen und mit ihr sprechen und sie mit Öl salben. Sind wir nicht Älteste?«

Letty streckte den Kopf durch die Tür. »Verzeiht, dass ich störe, aber ich habe Neuigkeiten. Schau mich nicht so an, Anita. Ich lasse Lilly nie ohne Betreuung. Was ich sagen wollte: Der Kurator hat sich für morgen angesagt, aber wir wissen nicht, wegen wem er kommt. Möglicherweise wegen Lilly.«

Das war ein unerwarteter Schlag. John fasste sich als Erster. »Dann sollten wir so schnell wie möglich mit dem Beten und Salben beginnen, nicht wahr? Ich weiß, dass Gebete keine Zaubersprüche sind und man Gott nicht manipulieren kann, aber in diesem Fall bin ich bereit, mein Leben zu verpfänden.«

Liliths letzte Hoffnung war, dass der Tod sie schnell fand und schmerzlos sein würde. Sie rollte sich unter einem gewaltigen, uralten Baum zusammen. Dass sie versuchte, sich warm zu halten, obwohl sie doch sterben wollte, kam ihr selbst widersinnig vor. Manchmal waren die Überlebensinstinkte ziemlich lästig.

Sie spürte, wie sich ihre Seele langsam von ihrem Leben löste, das von Rissen durchzogen war, die nicht einmal Lügen noch kitten konnten. Die letzten Worte, die sie Adam ins Gesicht geschleudert hatte, waren der endgültige Beweis für die Sinnlosigkeit ihres Lebens. In diesem Moment war sie brutal ehrlich gewesen: Sie hasste alles. *Du sollst verflucht sein, Adam! Du sollst verflucht sein, Gott! Fluch über mich! Fluch über uns alle!* Doch wer war sie schon, dass sie so vernichtende Sätze ausstoßen konnte? Sie war nichts und niemand.

Es war, als hätte jemand ihr gesamtes bisheriges Leben in einer Serie von Fotografien eingefangen. Während sie sterbend auf der Erde lag, konnte sie nicht anders – sie musste sich jede Einzelne ansehen. Jedes Bild und jede Erinnerung war eine Anklage. In ihr war nichts Gutes.

Ob es ein Traum war oder eine Sinnestäuschung, wusste sie nicht: Sie tanzte in Fetzen zwischen kaputtem Spielzeug, während Schlüssel sich in Türschlössern drehten. Gefangen in einem Kaleidoskop bunter Farben, glaubte sie Adonais Gegenwart wahrzunehmen, doch sie wandte den Blick von Ihm ab. Während die Musik allmählich verklang, breitete sich ein Gefühl von Frieden in ihr aus. Sie war froh, dass sie sterben würde. Endlich würde sie die Ruhe finden, in der sich alle Sorgen auflösten. Der Himmel würde sich nicht für sie öffnen, aber die Hölle konnte nicht schlimmer sein als das Leben, das sie geführt hatte.

Dann war Er wieder da und schenkte ihr ein Lächeln, einen freundlichen Blick und eine kurze Berührung.

Die belaubten Zweige, die sie sich als letzte Ruhestätte gesucht hatte, kamen ihr nun vor wie ein lebendiges Kissen, die Last ihres Lebens hob sich von ihr und fand eine Zuflucht in barmherziger Gnade. Als die Dunkelheit des Unbewussten auf sie herabsank, war ihr letzter Gedanke: »Wenn Sterben so leicht ist, hätte ich es früher tun sollen.«

VON ANGESICHT
ZU ANGESICHT

Es waren keine weichen Zweige, die sie umfingen, sondern die starken, zärtlichen Arme von Adonai. Er saß unter dem uralten Baum und sang ihr ein uraltes Lied von Sternen und Anfängen, von Freude und Hoffnung und allem, was Liebe ausmacht. Er sang eine süße Melodie von Heilung und Seelenfrieden. Sie sprach ihre tiefsten Sehnsüchte an und hieß sie willkommen, so wie eine Heimat einen willkommen heißen sollte.

Lilly nahm einen tiefen Atemzug und öffnete die Augen. An einem anderen Ort und zu einer anderen Zeit hätte sie Seine Gegenwart geleugnet, aber hier und jetzt fühlte es sich an, als hätte es nie eine andere Wirklichkeit gegeben. Sie war gerannt, bis sie nicht mehr konnte, dann war sie gestürzt und hatte am Ende einen Ort gefunden, an dem sie ausruhen konnte.

Und so tat sie, was jedes Kind getan hätte: Sie wandte sich ihm zu und vergrub schluchzend ihr Gesicht an Seiner Brust. Ihre Tränen strömten frei aus ihr heraus, während Er sie mit Seinem Frieden und Seiner Liebe umhüllte.

Ein Leben lang hatte sie darauf gewartet. Sie erkannte und wurde erkannt, jenseits alles Vorstellbaren, und begriff, warum Musik die Seele erfasst, entzündet und in Besitz nimmt, in ihr auf geheimnisvolle Weise ganz und gar heimisch wird. Nichts anderes wollte sie mehr, als in diesem Ewigen auf immer heimisch zu sein, von Ihm gefunden, gehört, gesehen und gewürdigt.

»Lilly, du bist es, die ich liebe«, erklang die Stimme wie Wasser aus einer Heilquelle. Die Worte selbst waren lebendig und erlösend. Lilly wusste, dass sie nie wieder einen anderen Klang und andere Worte hören musste. Und mehr brauchte sie nicht, denn in dieser starken, immerwährenden Umarmung konnte alles, was je zerstört oder geraubt worden war, wiedergefunden, geheilt und anerkannt werden.

»Lilly, vertraust du mir?« Bei dieser Frage ging es nicht um den Glauben, sondern um die Person, den Charakter und die Beziehung, und sie galt nur für diesen einen Moment im Gefüge der allumfassenden Zeit. Sie brauchte keine Rechtfertigung, keinen Grund, keinen Vorwand. Sie war schlicht und rein, und genauso war Lillys spontane Antwort, die sie schniefend und unter Tränen hervorstieß.

»Ja.« Und sie meinte es ernst, auch wenn sich unwillkürlich ein leiser Widerstand regte. »Das heißt, ich will es so gerne.«

Adonai nahm sie nur noch fester in die Arme. »Lilly, du warst es immer wert, geliebt zu werden, und ich habe dich immer geliebt. Das war immer die Wahrheit, aber du hast es nicht gewusst.«

Lilly hatte sich nicht vorstellen können, dass es ganz

tief in ihr, auf dem Grund ihres Selbstbilds, noch uner-
löste Lügen, Andeutungen und Beschuldigungen gab.
Sie ließ es zu, dass die Wogen sie überrollten und sie
wieder zu einem Ganzen zusammenfügten und dass die
lodernde Flamme Seiner Zuneigung alles auflöste, was
nicht Liebe war. Vorübergehend schien es so, als ob nichts
zurückbleiben würde, aber dann stand auch diese Be-
fürchtung in Flammen und verglühte, und Lilly sorgte
sich nicht länger, denn sie hatte Vertrauen.

Als der innere Aufruhr nachließ, merkte Lilly, dass sie
immer noch zusammengerollt in Adonais Schoß lag.

»Lilly«, sagte der Ewige mit sanfter Stimme, »Vertrauen
hat mit Beziehung zu tun, nicht mit Macht. Wenn zwei
tanzen, ist einer immer respektvoll auf den anderen ein-
gestimmt. Die Zeit spielt in Beziehungen eine wichtige
Rolle, und sie ist der Spielplatz von Ruach.«

»Und Du vertraust dem Heiligen Geist?«

»Ja«, lachte Adonai, »das heißt, ich will es so gern!«

Nun musste auch Lilly lachen, als sie ihre eigenen
Worte wiedererkannte. »Vertrauen war nie eine leichte
Sache«, seufzte sie.

»Vertrauen ist keine Sache, Lilly. Vertrauen bedeutet,
dass du dein wahres Selbst einem anderen gibst, dass du
schwach und nackt bist und dich nicht schämst. Du hast
eine Geschichte und Erfahrungen, durch die du gelernt
hast, dass Vertrauen ein unbezwingbarer Berg ist. Aber
du kannst und wirst ihn bezwingen.«

»Bist du sicher, Adonai? Werde ich wirklich diesen
Berg bezwingen?«

»Ja, mein liebes Kind, du bist schon auf dem Weg,
Schritt für Schritt, und nicht allein.«

Sie lehnte sich an seine Brust, schloss die Augen, ließ sich von der warmen Sonne bescheinen und lauschte den Geräuschen der Insekten.

»Wie hast Du mich gefunden? Ich war mir sicher, dass ich sterben würde. Das schien mir für alle leichter, besonders für mich.«

»Für Mich warst du nie verloren. Für dich selbst, aber für Mich nie.«

Das tröstete und beruhigte Lilly, und sie lächelte versonnen. »Und jetzt? Können wir für immer so sitzen bleiben?«

»Komm«, sagte Adonai und stand auf. Er reichte ihr die Hand und half ihr, sich aufzurichten. »Vertraust du mir, Lilly?«

»Ja!« Sie gingen Hand in Hand, bis sie hinter einer Flussschleife die feurige Grenze von Eden erblickten.

»Was machen wir hier?«, fragte Lilly verdutzt und nervös.

»Ich will dich wieder in den Garten bringen. Vertraust du mir, Lilly?«

»Ich kann da nicht durch«, japste das Mädchen. »Ich gehöre da nicht hin.«

»Nur zum Teil hast du recht. Lilith kann nicht durch das Feuer gehen, aber Lilly kann es, und es ist Lilly, die schon immer hierher gehört hat.«

Schon wieder eine Entscheidung, schon wieder ein Scheideweg. Wenn sie es wagte, den Garten durch den Grenzwall zu betreten, würden alle Lügen verbrennen. Konnte sie Lilith aufgeben? Es kam ihr vor, als würde Lilith sie anflehen, bleiben zu dürfen. Der Konflikt zerriss sie innerlich.

»Lilly«, sagte Adonai, »sieh Mich an. Ich bin hier und werde dich nie verlassen. Beim Tanzen ist es so, dass du zwar manchmal führst, aber beide müssen sich hingeben. Jetzt musst du deine Wahl treffen, liebe Lilly, und Ich füge Mich dir.«

Der Ewige streckte beide Hände aus und ging rücklings ins Feuer. Seine Augen verwandelten sich in Flammen, Sein Gewand wurde zu einer Kaskade aus Licht, Seine Füße gerannen zu poliertem Messing.

Dreimal hatte er sie um ihr Vertrauen gebeten, und beim dritten Mal traf sie ihre Wahl. Sie ergriff Seine Hände, und Er führte sie ins gleißende Feuer, bis sie beide ganz davon verschlungen wurden. Der Schmerz des heiligen Richtspruchs brauste durch sie hindurch wie ein tobender Fluss, und sie gab sich ihm hin und erlaubte ihm, ihr die Lügen zu entreißen, die ihren Geist, ihre Seele und ihren Körper besetzt gehalten hatten.

Und als alles von ihr genommen war und nichts mehr blieb, verkündete die Allmächtige Stimme der rasenden Liebe einen letzten Beschluss:

»Was immer lebt, wird niemals sterben, und was tot ist, wird vollständig verbrannt werden.«

Lilly trat durch den Wall und öffnete die Augen.

»Letty«, sagte sie heiser. »Was machst du denn hier?«

»Ich stricke. Siehst du das nicht? Ich stricke!« Als wäre nichts geschehen, hob die winzige Alte demonstrativ ihr Strickzeug hoch und summte vor sich hin.

»Wo sind wir?«

»Wir sind in deinem Zimmer in der Zuflucht. Die anderen haben sich für ein Weilchen schlafen gelegt. Du hast sie lange auf den Beinen gehalten, aber dann ist dein Fieber endlich gesunken und nun machst du schon große Fortschritte, Gott sei gelobt. Wir dachten, du wärst hinüber.«

Lillys Lachen klang heiser. »Hinüber? Ehrlich? Und du hast die Nachtschicht abgekriegt? Den kürzesten Strohhalm gezogen?«

»Ich habe mich angeboten. Ich brauche keinen Schlaf.« Letty ließ ihre Stricknadeln für ein paar Sekunden in den Schoß sinken und beugte sich zu Lilly vor. »Was ist passiert, Lilly? Was hat dich zurückgebracht? Wir dachten, du hättest jede Hoffnung verloren, und wussten nicht, wie wir zu dir durchdringen sollten.«

»Adonai.« Lilly räusperte sich. »Adonai hat das gemacht. Er ist gekommen und hat mich gefunden und mich im Feuer geheilt.«

»Ah ja!« Letty lächelte. »Jeder geht durchs Feuer, meine Liebe, aber die Flamme Seiner Zuneigung brennt *für* und nicht *gegen* dich. Sie läutert alles, was nicht Liebe ist.«

»Ist sie … von Dauer?«

Darüber musste Letty lachen. »Ha, mein liebes Kind, die Wahrheit ist immer von Dauer, aber du wirst dir trotzdem dein neues Leben mit Zittern und Zagen einrichten müssen, weil du so anfällig und nackt bist.«

»So sind wir doch geschaffen worden, oder nicht? Nackt und anfällig.«

»So ist es.« Die kleine Frau konzentrierte sich wieder auf ihr Strickzeug.

»Was machst du da, Letty?«, fragte Lilly neugierig. »Irgendwie scheint Stricken bei den Leuten hier nicht gerade das angesagte Ding zu sein.«

»Ehrlich gesagt, habe ich keine Ahnung, aber es hilft mir beim Denken und Beten. Ich habe Dutzende von diesen … *Dingern* gestrickt, die weder Hand noch Fuß haben. Eines Tages werde ich sie alle zusammenlegen und herausfinden, ob etwas Sinnvolles daraus wird.«

»Du bist wirklich die Größte«, kicherte Lilly. Sie legte sich bequem zurecht und ließ sich von der Stille der Nacht umfangen. Nach einer Weile legte Letty ihr Nadelspiel beiseite und begann zu sprechen. Ihre Stimme klang auf einmal ganz anders.

»Lilly, ich muss dir ein Geständnis machen.«

»Hast du etwas angestellt?«

»Oh nein, nicht diese Art von Geständnis. Eher so, als würde man etwas aussprechen, das man lange für sich behalten hat.«

»Super, schon wieder Geheimnisse. Ich habe genug davon.«

»Nein, auch kein Geheimnis. Eine angenehme Überraschung, die auf den richtigen Zeitpunkt gewartet hat.«

»Und jetzt ist die richtige Zeit?«

»Ja. Lilly, ich bin nicht … wie soll ich sagen … ich bin eigentlich kein Mensch.«

»Echt?« Lilly lachte und tat schockiert. »Das ist deine Überraschung? Ich war mir nie sicher, was du bist, Letty, aber an einen Menschen habe ich dabei sowieso nie gedacht. Aber wenn du kein Mensch bist, was bist du dann?«

»Naaa?« Letty schien sich köstlich zu amüsieren. Sie kicherte leise vor sich hin, und Lilly ließ sich von ihr anstecken.

»Los, sag's mir endlich.«

Die kleine Frau griff nach ihren Stricknadeln und nahm klickend ihre Arbeit wieder auf. »Du weißt, dass Han-el Johns Wächter ist, oder?« Lilly nickte. »Ja, siehst du, und ich bin deiner.«

»Meiner?« Lilly staunte. »So etwas wie ein Schutzengel?«

»Darauf warst du nicht gefasst, wie?«

Lilly ließ den Kopf auf ihr Kissen sinken. »Aber bist du nicht so was wie eine Bürgermeisterin oder Ratsälteste oder etwas in der Art?«

»Multitasking.«

»Warst du schon immer meine Wächterin?«

»Ja, immer.«

»Aber ich dachte, dass Wächter … na ja, bewachen.«

Letty blickte auf. »Hat jemand behauptet, ich würde meine Sache gut machen?« Sie lachte schrill. »Was wir tun, wäre einfacher, wenn die Menschen nicht so kompliziert wären. Die meisten von euch haben eine so schlechte Meinung von sich selbst, dass ihr nicht erkennt, wie wirksam eure Entscheidungen und eure Regentschaft sind. Jede menschliche Entscheidung, die aus der Schattenkrankheit hervorgegangen ist, muss mit Respekt behandelt werden, weil Menschen sie getroffen haben. Also sehen wir euch zu und wachen über euch und greifen ein, wenn es erlaubt ist – was zugegebenermaßen meine Lieblingsbeschäftigung ist. Das ist einer der Gründe, warum eure Gebete so mächtig sind. Sie erlauben es uns, endlich mal durchzugreifen.«

Sie hörten Johns Schritte auf dem Flur und sein gewohnt melancholisches Pfeifen.

»Weiß er Bescheid?«, fragte Lilly rasch.

»Nein.« Letty grinste. »Er hält mich für alt und wunderlich. Ich glaube, er nennt mich Griesgram.«

John betrat das Zimmer, und sein erster Blick galt sofort Lilly. Danach sah er so erleichtert aus, dass ihr die Tränen kamen.

»Lilly!«, rief er und umarmte sie herzlich. Etwas in ihr hatte sich verändert, sie spürte nichts mehr von ihrer alten Zurückhaltung oder Vorsicht. »Dich wach und munter zu sehen ist das beste Geschenk, das ich mir vorstellen kann! Ihr zwei habt euch gut unterhalten, wie ich sehe.«

»Schon«, gab Lilly zu. »Aber ich habe immer noch viele Fragen. Ich nehme an, du weißt das von Simon und dem Spiegel?« Es war ein gutes Gefühl, keine Geheimnisse mehr haben zu müssen, und Lilly war entschlossen, es auch dabei zu belassen.

»Ja, das wissen wir«, erwiderte John. »Simon war bereits schattenkrank, als er mit Anita und Gerald zusammen hier ankam.«

»Das wusstet ihr und habt es mir nicht gesagt?« Lilly war entrüstet.

»Hättest du es uns geglaubt?«

»Wahrscheinlich nicht«, musste sie zugeben. »Warum habt ihr ihn nicht aufgehalten?«

»Wir brauchten eine Weile, um herauszufinden, was er vorhatte. Wenn wir es dir ohne jeden Beweis erzählt hätten, wärst du dadurch nur noch mehr in das Dunkle getrieben worden, gegen das du gekämpft hast.«

»Na ja, er hat ein paar ziemlich schreckliche Dinge über dich und die anderen gesagt.«

»Und das im liebenswürdigsten Tonfall, nehme ich

an«, grummelte John. »Er hat sich Mühe gegeben, das muss man ihm lassen.«

»Und wo ist Simon jetzt?«, fragte Lilly.

»Ich habe ihm eine Falle gestellt, in die er bedenkenlos getappt ist. In diesem Moment ist er im Süden, weit, weit weg, in guter Gesellschaft, und Karyn ist im Norden. Sie müssen erst noch entdecken, dass sie nicht allein sind, bevor sie wirklich zusammen sein können.«

»Karyn? Seine Frau? Aber ich dachte, sie wäre …«

»Karyn war die Gelehrte, die auf dem Weg hierher schattenkrank wurde. Der Spiegel – er hat ihr gehört – hat wahrscheinlich viel damit zu tun. Ein schreckliches Ding! Jedenfalls hoffen wir, dass die beiden, sobald sie einzeln geheilt sind, wieder zusammenfinden können – etwas kleinlauter, aber gestärkt.«

»Und warum wollte er, dass ich in den Spiegel schaue?«

»Als ich ihn darauf ansprach, sagte er, er habe ehrlich geglaubt, du könntest mithilfe des Spiegels auf den Lauf der Geschichte einwirken und ihm seine Frau zurückgeben.«

»Wo ist der Spiegel jetzt?«

»An einem entlegenen Ort der Zuflucht, weggesperrt. Gelehrte würden sonst versuchen, seinen Geheimnissen auf die Schliche zu kommen. Eine Vorsichtsmaßnahme.« John klatschte in die Hände. »So, Lilly von den letzten Fragen, willst du noch etwas wissen, bevor wir dich in die Küche schieben und dir etwas zu essen geben? Ach, und übrigens bin ich auch gekommen, um zu sehen, ob die Heiler recht hatten. Sie sagten, du hättest bemerkenswerte Fortschritte gemacht. *Beispiellos* war ihr Begriff, glaube ich, ein großes Wort für Experten. Sie sagten, du könntest sogar versuchen, ein paar Schritte zu gehen, wenn du magst. Aber sehr langsam und mit viel Unterstützung.«

Lilly war begeistert. Zuerst half ihr John, sich an den Bettrand zu setzen, dann senkten sie die Liegefläche so lange ab, bis ihre Füße den Boden berührten.

Zum ersten Mal, seit sie hergekommen war, stand sie auf ihren eigenen Füßen – noch etwas wackelig, aber schon dieser kleine Erfolg gab ihr einen ersten Geschmack von Freiheit. Nach ein paar unsicheren Schritten kehrte sie zum Bett zurück, das inzwischen in einen Stuhl umgewandelt worden war.

»Erstaunlich!«, sagte John. Letty grinste von einem Ohr zum anderen. »Wir werden daran arbeiten, und auch an anderen Dingen! Was, glaubst du, hat eine so *beispiellose* Genesung ausgelöst?«

»Adonai«, antwortete Lilly schlicht.

»Natürlich«, bestätigte John. »Adonai und der richtige Zeitpunkt. Etwas, das ich nie wirklich verstehen werde, für das ich aber sehr dankbar bin!« Seine Worte schienen an einen Unsichtbaren gerichtet zu sein, denn er sagte sie weder zu Letty noch zu Lilly.

Als Gerald und Anita in den Essensbereich kamen, wohin Lilly von John inzwischen geschoben worden war, liefen sie sofort auf Lilly zu und umarmten sie, und das Mädchen konnte ihre Herzlichkeit mühelos und offen erwidern.

Sie saßen kaum, da platzte Lilly heraus: »Mein dankbares Herz ist heute mein größtes Geschenk.« Sie erntete erstaunte Blicke. »Na ja, ich dachte mir, wenn ich beten lernen will, kann ich damit schon mal anfangen.«

Bei einer entspannten Mahlzeit, die aus weichen Eiern und gebuttertem Toast bestand – Lilly glaubte, noch nie so etwas Köstliches gegessen zu haben –, erzählten sich alle gegenseitig ihre Version der vergangenen Tage. Es wurde viel gelacht und gelegentlich auch eine Träne vergossen.

»War ich eklig zu euch?«, fragte Lilly. »Ja, das war ich, oder? Es tut mir so leid.«

»Denk nicht mehr daran, Liebes«, antwortete Anita. »Wir wussten alle, dass hinter den Kulissen mehr vor sich ging, als wir sehen konnten.«

»Oh ja«, rief Lilly, »es war viel schlimmer, als ihr euch vorstellen könnt! Simon und der Spiegel haben mich davon überzeugt, dass ich Lilith bin.«

»Lilith? Wirklich?« Gerald war sichtlich empört. »Reine Phantasiegespinste! Historisch völlig unhaltbar!«

»Mir war bewusst, was du von ihr hältst, aber das hat für mich keine Rolle gespielt«, erklärte Lilly. »Der Spiegel und das Gift haben mir die Lügen bestätigt, die ich ja selbst schon geglaubt habe! Dass ich ein wertloses, hässliches Mädchen bin, das seine Schuld ein wenig tilgen kann, wenn es wenigstens einmal etwas richtig macht – nämlich die Welt rettet, indem es Mutter Eva an der Abkehr hindert.«

»Wow!«, entfuhr es John. »Und wie wolltest du das anstellen?«

»Ich spreche nicht gern darüber«, sagte Lilly langsam. »Ich dachte, wenn ich mich Adam als Ersatz für Eva anbiete, würde er sie nicht mehr auffordern, den Garten zu verlassen und zu ihm zu kommen, und dann würde sich die Welt verändern.«

»Davon wusste ich nichts«, sagte Anita, »aber ich glaube nicht, dass sich etwas verändert hat.« Sie sah Lilly an. »Oder doch?«

»Ich glaube nicht.« Nun war sich Lilly selbst ein wenig unsicher.

»Und dann?«, fragte John betroffen.

»Adam hat mich abgewiesen, oder, besser gesagt, er hat Lilith abgewiesen. Er hat sich für Eva entschieden. Danach dachte ich, ich würde sterben, bis Adonai gekommen ist und mich gefunden hat.«

»Aber wenn sich nichts geändert hat«, spekulierte Gerald, »dann muss Eva irgendwann den Garten verlassen haben.«

»Ich weiß es nicht«, sagte Lilly traurig. »Es kommt mir auch plausibel vor. Und Adonai schien es zu wollen. Aber warum nur?«

Niemand hatte eine Erklärung, die zu dem passte, was Lilly über Eva wusste.

Im Verlauf des Gesprächs merkte Lilly immer deutlicher, dass Anita und Gerald das Ende des Essens offenbar hinauszögern wollten. Hatten sie ihr noch etwas zu sagen? Schließlich ergriff sie die Initiative: »Was ist mit euch beiden?«

Anita biss die Zähne zusammen und brachte kein Wort heraus, deshalb versuchte es Gerald, aber auch ihm kamen beim Sprechen die Tränen.

»Wir haben einen Ruf, eine Aufforderung und Einladung in eine andere Zeit und an einen anderen Ort erhalten und haben sie angenommen. Wir wussten nicht, wie wir es dir beibringen sollten. Ich glaube, wir haben gehofft, dass der Abschied sich hinauszögern lässt, wenn wir einfach immer weiterreden. Ich weiß, das ist albern, aber das ist eben mein … unser Gefühl.«

»Ihr geht fort von hier?« Lilly hatte einen Kloß im Hals. »Wann?«

»Bald«, sagte Anita traurig. »In wenigen Stunden. Es kam sehr plötzlich, aber wir waren uns einig, dass eine schnelle Antwort erforderlich wäre. Es tut mir so leid, Lilly, wenn es eine andere Möglichkeit gäbe …«

»Nein, es ist schon okay, ehrlich. Ich habe es nur nicht erwartet. Ihr beiden seid für mich … ihr seid mir so nahe, und ich …« Lilly wusste nicht, wie sie in Worte fassen sollte, was die beiden ihr bedeuteten.

»Wir lieben dich auch«, sagte Gerald.

»Und Lilly«, fuhr Anita fort, »Ich habe im Lauf meines Lebens gelernt, alles, was mir kostbar ist, vertrauensvoll in Gottes Hand zu legen, und das gilt auch für dich, mein Liebes. Wir stehen erst am Anfang unserer Geschichte. Wenn wir uns dessen nicht sicher wären, würden wir nicht fortgehen.«

Lilly war still. Nach einer Weile sagte sie: »Ich möchte etwas holen, das ich euch gerne geben würde. Bitte geht nicht weg, ohne auf Wiedersehen zu sagen, ja?«

»Natürlich nicht. Außerdem haben wir erfahren, dass der Kurator am späteren Nachmittag kommen wird, und wir haben beschlossen, dass er, wenn er einen von uns will, sich ein bisschen mehr anstrengen muss.«

»Das verstehe ich nicht. Wer ist dieser Kurator?«

»Das erkläre ich dir später, Lilly«, sagte John. »Erst einmal müssen sich Gerald und Anita auf ihre nächste Reise vorbereiten. Treffen wir uns doch alle in etwa einer Stunde wieder, dann können wir Abschied nehmen.«

»Letty, würdest du mich in mein Zimmer bringen?«, bat Lilly, und die Wächterin schob sie ohne ein weiteres Wort den Flur hinunter.

»Danke.« Lilly seufzte. »Ich wusste nicht, wie ich meine Gefühle ausdrücken sollte. Es ist … als hätte ich endlich eine Familie gefunden, und schwupps, wird sie mir schon wieder weggenommen.«

»Nichts bleibt, wie es ist, Liebes. Vertrauen ist keine Entscheidung, die man einmal trifft und die dann für alle Ewigkeit gilt. Man entscheidet sich immer wieder dafür, sobald es notwendig ist. Wir sind dankbar für die Schönheiten, die uns umgeben, und dann lassen wir sie gehen und vertrauen darauf, dass nichts verloren geht, selbst wenn wir es für eine gewisse Zeit verlieren.«

»Ich versuche das zu verstehen. Ehrlich. Du denkst bestimmt, ich bin total durcheinander.«

»Ich denke, du bist ein Teenager, ganz einfach.« Letty lachte. »Das eine passt zum anderen.«

Darüber musste auch Lilly lachen und fühlte sich gleich besser.

Als sich alle wieder im Wohnraum versammelt hatten, um Abschied zu nehmen, überreichte Lilly Anita ihr Tagebuch. Die Gelehrte nahm es fast widerstrebend entgegen.

»Dein Tagebuch? Lilly, was bedeutet das?«

»Es ist mein Geschenk an dich, mein wichtigster Besitz, und ich möchte, dass du und Gerald es bekommen. Ihr beide bedeutet mir mehr als der kostbarste Gegenstand.«

Anita und Gerald fanden keine Worte. John strahlte wie ein stolzer Vater.

»Danke«, sagte Gerald. »Das ist wahrlich das größte Geschenk, das wir je bekommen haben.«

»Das Tagebuch habe ich von John, es ist eigentlich ein Gerät, das aufzeichnet, genau wie das im Gewölbe. Ich habe alles aufgezeichnet, was ich bezeugt habe, das Gute und das weniger Gute, weil ich will, dass ihr das auch bekommt. Ich habe mein Teil getan, und jetzt ist es vielleicht an der Zeit, dass ein paar Gelehrte ausknobeln, was das alles zu bedeuten hat.«

John zeigte Lilly, wie sie die Handabdrücke der beiden Gelehrten hinzufügen konnte, damit auch sie Zugang zum Inhalt des Tagebuchs erhielten. Er wandte sich an Gerald und Anita. »Sicher wird es an dem Ort, an den ihr nun geht, auch eine Art Gewölbe geben. Dort könnt ihr es aufbewahren und abspielen, wenn ihr es studieren wollt.«

Die beiden nickten. »Wir werden uns bald wiedersehen, Lilly. Es ist nur eine Frage der Zeit.« Sie legten noch einmal nacheinander die Stirn an die des Mädchens und verließen dann den Raum ohne weiteres Aufsehen und ohne einen Blick zurück. Lilly verstand genau, warum sie das taten.

Sie stellte ihren Stuhl in der Nähe des Fensters ab, das auch hier aus flexiblen Fasern bestand, und versuchte aufzustehen. John stellte sich neben sie, aber er ließ sie allein die wenigen Schritte zum Fenster tapsen, durch das sie auf die Buchten hinunterblicken konnte. »Ich hab's geschafft!«, verkündete sie stolz, und John klatschte zustimmend in die Hände.

Vorsichtig tastete sie sich zurück, schwer atmend, aber in Hochstimmung. »Fährst du mich auf den Ausguck,

John, damit ich den Wind und die Sonne auf der Haut spüren kann?«

John zögerte fast unmerklich. »Das mache ich sehr gern.« Er schob sie zur Rampe und die Schräge hinauf, und sie wollten gerade durch die Tür in die helle Sonne treten, als plötzlich Han-el vor ihnen stand.

Der Sänger lächelte. »John«, grüßte er melodiös, »ich werde anwesend sein.«

John blieb stehen und senkte den Kopf. »Ich danke dir.«

»Wobei anwesend sein?«, fragte Lilly, von einer bösen Vorahnung überkommen.

Ohne zu antworten schob John sie an dem Engel vorbei in die strahlende Sonne. Doch Lilly spürte die Wärme kaum, es kam ihr vor, als würde sie von einem kühlen Lufthauch gestreift. Sie wollte, wie üblich, aufs Meer blicken und hielt erschrocken den Atem an. Seitlich am Geländer stand ein Fremder. Er trug einen Anzug mit Weste und einen schwarzen Zylinder, der seinen bleichen Teint und seine tiefliegenden Augen betonte. Zu seiner schwarz-weißen Kleidung trug er ein außerordentlich auffälliges Accessoire – eine blutrote Samtfliege.

»Du bist der Kurator«, sagte Lilly, mutig gegen ihre Angst ankämpfend.

Der Fremde drehte sich nicht um, aber er antwortete kühl und geschmeidig: »Ich bin seit Langem auf der Suche nach einem Freund, einem ganz besonderen Freund. Einem Bewahrer. Ich glaube, du kennst ihn. Ist er in der Nähe?«

»Ich bin hier, Kurator. Als ob du das nicht wüsstest«, erwiderte John ausdruckslos.

Auf dem Gesicht des Mannes deutete sich ein Lächeln an, aber er wurde sehr schnell wieder ernst.

Sein Verhalten und auch seine unübersehbare Autorität waren Lilly unheimlich, und sie rückte ein Stück von ihm ab. In seiner Nähe war ihr unbehaglich zumute, nicht so sehr, weil sie eine akute Bedrohung fürchtete, sondern weil er eine tiefe Beklommenheit und Unsicherheit in ihr auslöste. Sie konnte sich kaum vorstellen, dass dieser Mann irgendeiner Person nahestand, und schon gar nicht John, dem Bewahrer.

»Er mag ja dein Freund sein«, flüsterte sie John zu, »aber ich kriege eine Gänsehaut, wenn ich ihn nur sehe.«

John lächelte. »Das ist wohl eine Frage der Perspektive.«

»Ich muss an einen Totengräber denken«, flüsterte Lilly weiter. »Nur die Fliege passt nicht.«

Jetzt musste John lachen. »Die Fliege? Die fand ich auch immer unpassend.«

Er wandte sich an den Fremden. »Du bist also meinetwegen gekommen?«

Lilly konnte sich nicht zurückhalten. »Moment mal – du hast gewusst, dass er hier sein würde? Warum hast du dich nicht geweigert, als ich dich gebeten habe, mich hier hochzubringen?«

»Lilly, ich habe dir nicht ein einziges Mal vorgeschrieben, was du zu tun hast. Weshalb sollte ich jetzt damit anfangen?« Er beugte sich vor und küsste sie auf die Stirn.

Der Kurator hatte sich zu ihnen umgedreht. Er sah erst John an und nickte dann Han-el zu.

»Hallo, alter Freund«, begrüßte er John. »Du bist gerissen, es war schwer, dich aufzuspüren.«

»Ich hatte Hilfe.« John deutete auf Han-el, der mit gekreuzten Armen hinter ihnen stand.

»Das ist wahr, aber nun ist die letzte Seite voll. Es ist an der Zeit zu gehen.«

»John«, zischte Lilly dazwischen, »wovon redet der? Wohin sollst du gehen?« Sie hatte Angst vor der Antwort.

»Wohin gehe ich?«, fragte John den Besucher an Lillys Stelle. »Auf eine andere Insel zwischen den Welten oder zwischen den Dimensionen?«

»Nein, diesmal nicht. Heute gehst du nach Hause.«

Als wäre nicht alles schon kompliziert genug, brach John bei diesen Worten in Tränen aus.

»Nach Hause? Du bist gekommen, um mich nach Hause zu führen?«, schluchzte er. Seine Knie gaben nach, und er sank neben Lillys Stuhl zu Boden. Sie legte ihm schützend den Arm um die Schulter, aber zu mehr war sie nicht imstande. Zum zweiten Mal an einem Tag würde sie jemanden verlieren.

»Ich weiß, warum du hier raufgekommen bist«, sagte sie durch zusammengebissene Zähne. »Du wirst sterben, John, habe ich recht?«

John nahm sich zusammen und stand auf. Sein Gesicht war tränenüberströmt, aber er lächelte. »Habe ich noch Zeit, mich zu verabschieden?«

»Ich werde warten und danach mit dir nach Hause tanzen.«

John kniete sich vor Lilly und suchte ihren Blick. »Ich war mir nicht sicher, Lilly. Ich hatte einen Verdacht, aber ich wusste es nicht genau. Es tut mir leid, dass es so plötzlich kommt.«

»Ich hasse das!«

»Das weiß ich und verstehe ich. Hör mir zu, Lilly. Durch Adonai wird das, was für dich wie der Tod aussieht, für mich ein Mehr an Leben sein.«

»Das verstehe ich nicht!«

»Das wirst du, Lilly, das wirst du.«

»Aber bist du denn nicht traurig? Ich bin so traurig, dass ich es kaum aushalte.«

»Es ist immer traurig, wenn man einen Ort und eine Zeit verlässt und in eine andere eintritt, besonders wenn man etwas oder jemanden zurücklässt, der einem viel bedeutet. In meinem Alter spürt man es, wenn ein neuer Anfang nahe ist – wie eine Art Vorahnung. Loslassen ist auch eine Rückkehr.«

»John, du hast mir geholfen, mein Herz wieder ganz zu machen. Weißt du, dass du der erste Mann bist, dem ich je vertraut und den ich je geliebt habe?«

»Es ist mir eine Ehre und ein Privileg«, antwortete John leise. »Gott ist ein so großartiger Künstler, dass niemals nur eine Person geheilt wird. Eines Tages wirst du begreifen, wie viel Heilsames du mir gebracht hast.«

»Ich?«

»Lilly, ich bitte dich nicht, mir ein Leben lang zu vertrauen, sondern nur heute, in diesem Augenblick. Vertraust du mir?«

Es dauerte eine Weile, bis sie sich die Tränen vom Gesicht gewischt hatte und wieder normal atmen konnte. »Ja, jetzt, in diesem Augenblick vertraue ich dir.«

»Dann sag mir Lebewohl.«

Und das tat sie.

Sie umarmte ihn und küsste ihn auf die Wangen und weinte, bis sie keine Tränen mehr hatte. Dann sagte sie ganz leise: »Leb wohl, John. Ich werde dich bald wieder-sehen.«

»Das wirst du!«, bestätigte er und stand mit einem tie-fen Atemzug auf.

»Warte! Eine letzte Frage habe ich noch!«

John lachte fröhlich. »Aber natürlich. Wie lautet sie?«

»In Eden gibt es so viele Namen für Gott. Wie nennst du Ihn?«

»Das ist leicht zu beantworten. Mein Lieblingsname für Gott ist Cousin.«

»Cousin?«

»Ja. Ich habe immer allen, die mich gefragt haben, er-zählt, dass Gott mein Cousin ist!« John strahlte und sah gleich viel jünger aus. »Adonai, Jeshua, Jesus, der zweite Adam – mein Cousin, du wirst es selbst sehen!«

Als er sich zu dem Kurator umdrehte, stellte sich Han-el neben ihn und nahm ihn bei der Hand.

»Ich liebe dich auch, Lilly Fields!«, rief John im Gehen, unbeschwert lachend wie ein Kind.

Der Kurator streckte die Hand aus und öffnete über dem Geländer eine Art Tür, die sich in der Luft materi-alisiert zu haben schien. Er nahm Johns andere Hand, und die drei traten einen einzigen raschen Schritt vor und verschwanden. Lilly starrte mit offenem Mund das Portal an, das zu flimmern begann und sich auflöste, wie ein Bild auf einer glatten Wasseroberfläche, in das jemand einen Stein geworfen hat.

»So ein Angeber!«, schnaubte Letty, die auf einmal neben dem Mädchen stand. »Komm, Lilly, wir haben noch viel zu tun. Wie gut, dass ich keine Stufen und Rampen brauche. Lass uns von hier verschwinden.«

DIE DREI

Als sich der Nebel verzog, stellte Lilly fest, dass sie neben Letty vor der Tür zum Gewölbe saß.

»Hab ich's dir nicht gesagt?«, kicherte Letty. »Geht doch viel flotter als bei John!«

Obwohl Lilly ein flaues Gefühl im Magen hatte, musste sie lachen. »Was machen wir hier?«

»Du hast eine Verabredung«, verkündete die Wächterin mit einem schiefen Grinsen.

»Ich soll jemand im Gewölbe treffen?«

»Ach wo, besser als das.« Letty machte eine bedeutungsschwere Pause und fuhr mit der Hand über die schwere Tür. »Hier durch!«

»Durch die Tür?« Lilly sah sich das Portal von Nahem an, während Letty fröhlich summend neben ihr wartete. Die Bilder, die eingraviert waren, kannte sie schon: Adam auf den Knien, Erde zusammenscharrend, Eva, die Hände nach ihm ausgestreckt, die Schlange, die sich in ihren eigenen Schwanz biss, als Symbol der Unendlichkeit, der Eine Berg mit dem allsehenden Auge an der Spitze. Es kam ihr unendlich lange vor, seit sie das letzte Mal hier gewesen war, dabei handelte es sich nur um wenige Tage.

»Ich dachte, die Gelehrten hätten gesagt, dass mich niemand zurückholen kann, wenn ich durch diese Tür gehe.«

»Deshalb bin ich ja da!« Letty klatschte in die Hände. »Ich weiß alles über solche Türen, und ich kann dich rein- und rausbringen. Eine meiner Spezialitäten.«

»Ich verstehe. Und was habe ich zu tun?«

»Du nimmst meine Hand und tippst das Bild an, das den Ort zeigt, zu dem du willst«, wies Letty sie an.

»Ich will zu Eva.«

»Das dachte ich mir.« Letty strahlte. Ohne ein weiteres Wort stand das Mädchen auf, ergriff die kleine, weiche, runzlige Hand des Engels und tippte auf das Bild von Eva. Ein plötzlicher Windstoß ergriff sie, und alles verschob sich.

Als Lilly die Augen aufmachte, stand sie auf einem Tafelberg, oberhalb einer Ebene, durch die sich mehrere Täler bis zum Horizont zogen. Entlang der Bäche und Flüsse, die durch eine ansonsten unfruchtbare Wildnis führten, schlängelten sich grüne Bänder aus unregelmäßigem Pflanzenbewuchs. Ein heißer Wind fuhr ihr in die Kleider und trug ihr den Geruch von Äckern und Nutztieren zu.

Im Westen stieg Rauch auf.

»Sie kämpfen um Weideland«, erklärte Letty.

Die Hand, die Lilly hielt, fühlte sich anders an als vorher, und als Lilly sie betrachtete, war es nicht die von Letty. Sie drehte sich zu dem kleinen Weiblein um und fuhr zurück.

Da stand keine winzige Alte mehr, sondern ein pracht-volles, beeindruckendes blaues Lichtwesen, irgendetwas zwischen einer schimmernden Substanz und einer trans-parenten Energiewoge. Es erinnerte Lilly sofort an die blauen Wächter, die sie bei der Feier anlässlich Adams Geburt im Hintergrund gesehen hatte.

Die Energien, die von diesem Wesen ausgingen, kamen aus dessen Zentrum; von dort flossen sie nach außen und versetzten alles, was sich in seiner Nähe befand, in har-monische Schwingungen. Das also war der Ursprung des Summtons.

»Wow«, japste Lilly. »Letty, bist du das?«

»Was? Hast du gedacht, ich sehe wirklich aus wie eine vertrocknete Zwetschge?« Das war definitiv Lettys Hu-mor, aber die Stimme war jünger und voller Vitalität. »Man kann sich viel freier bewegen, ohne aufzufallen, wenn man äußerlich keinem imponiert.« Lettys Geläch-ter tanzte um das Mädchen herum wie ein ausgelassenes Kind.

»Ich weiß nicht«, gluckste Lilly, »mich hat das brum-mige kleine Ding immer ziemlich beeindruckt!«

»Wir gehen in diese Richtung«, kündigte Letty an und deutete auf einen Punkt hinter Lilly. Diese folgte ihrem Blick und sah nicht weit entfernt eine mehrere Hundert Meter hohe Felswand. An ihrem Fuß standen nahe bei einem Wasserfall Dutzende von Zelten, die sich im Wind blähten. Ab und zu zerrten Böen so stark an den Seilen, dass es schien, als wollten sie sie von den Pflöcken reißen. Trotz der Distanz hörte man klar und deutlich das Knal-len der Zeltbahnen.

»Ist sie in den Zelten?«, fragte Lilly.

»Ja. Möchtest du zu Fuß hingehen oder sofort dort sein?«

Lilly überlegte. »Lass uns laufen. Schlangen gibt es hier wohl nicht, oder?«

»Ich bin hier«, sagte Letty, »deshalb gibt es im Umkreis von hundert Kilometern keine Schlangen!« Lilly glaubte ihr. Die Luft war warm und trocken, und die Sonne tat Lilly gut.

Letty ging voraus. Die Strahlen des Engels legten sich wie eine flimmernde Fata Morgana über die Erde. Hinter der Wächterin sprossen Pflanzen aus dem Boden und bildeten eine Gasse, Knospen öffneten sich zu winzigen Schirmen und entfalteten ihre verborgene Innigkeit, die im Sand geschlummert hatte.

»Das kommt von mir«, erklärte Letty. »Ich bringe die Wüste zum Blühen. Leichter als Stricken.«

»Letty, du steckst voller Überraschungen!«

»Deshalb komme ich so gut mit Kindern aus«, erwiderte der Engel. »Ein Kind ist eine einzige Überraschung.«

Als sie sich den Unterkünften näherten, bemerkte Lilly auf der anderen Seite des Tafelbergs einen ähnlich grünen Pfad voller Blumen. Er endete genau dort, wo sie hingingen – vor dem größten der Zelte.

»Noch ein Wächter«, sagte Letty lakonisch.

Die Zelte standen in einer talartigen Mulde, die zu einer schattenspendenden Felswand hin abfiel. Jede Menge Pflanzen und kleine Bäumen wuchsen dort, Sträucher blühten in allen Farben, Früchte und Gemüse lagen originell arrangiert zwischen den Zelten im Gras. In der Nähe des Wasserfalls verengte sich das Tal und öffnete sich dann zu einer Wiese, auf der Schafe weideten, füllte das idyllische Fleckchen, das von Felshängen geschützt war wie von Wachposten, mit seinem fröhlichen Geplätscher.

Als Lilly und der Engel näher kamen, stand eine Frau vor dem Zelt. Lilly erkannte sie sofort: Mutter Eva. Sie war älter als in Eden, aber nicht so alt wie bei ihrem Besuch in der Zuflucht. Lilly rannte die restlichen Meter auf sie zu, und Eva schloss sie stürmisch in die Arme. Wenn es in einer anderen Umarmung als der von Adonai ein Zuhause gab, dann bei Eva.

»Ich habe so lange darauf gewartet, dich endlich kennenzulernen«, sagte Eva und drückte sie noch fester an sich.

»Was meinst du denn damit?«, fragte Lilly. »Wir haben uns doch ganz oft gesehen, auch wenn du damals älter warst.«

Die Frau lachte. »Nun ja, für dich mag das zutreffen, aber nicht für mich.«

Eva blickte den Engel an und verneigte sich leicht. »Es ist lange her, Letitia. Deine Anwesenheit ehrt mich sehr.«

»Es ist mir eine Freude, Mutter Eva, diesen Tag zu erleben. Es ist ein Ereignis von großer Tragweite.«

»So ist es.« Eva hob die Hände. »Tretet nun ein und ruht euch eine Weile aus. Für dich, Lilly, haben wir Essen und Überraschungen bereit.«

Lilly folgte ihr durch wehende Zeltbahnen hindurch in einen reich geschmückten Wohnbereich. Dort waren mehrere Frauen mit den unterschiedlichsten Arbeiten beschäftigt. Die meisten saßen auf Matten und bereiteten Nahrung zu oder zerstießen Würzkräuter. Eine spielte mit kleinen Kindern, eine andere saß an einem Webstuhl.

»Das sind meine Töchter«, erklärte Eva lächelnd. »Adonais Versprechen, mein ganzes Glück. Und diese junge Frau«, Eva hob die Stimme und ergriff Lillys Hand, »ist ebenfalls meine Tochter.«

Trotz der regen Betriebsamkeit zirkulierte die Luft frei und leicht in diesem abgeteilten Bereich, und die Kühle war nach der Hitze des Tages sehr erfrischend. Auf einer Seite des Raums waren kleine Brotlaibe und Süßigkeiten, Früchte und Nüsse und eine Auswahl an getrocknetem Fleisch und anderen Köstlichkeiten angerichtet. Eva lud Lilly mit einer Handbewegung ein, sich einen Platz auf den auf dem Boden verstreuten weichen Teppichen und Kissen zu suchen.

»Lass mich dich anschauen«, sagte Eva. Die beiden Frauen nahmen sich ausgiebig Zeit für ihr Wiedersehen. Eva traten Tränen in die Augen. »Ich kann nicht glauben, dass du es wirklich bist!«, sagte sie mit bewegter Stimme. »Seit den Anfängen wurde mir versprochen, dass es immer drei sein würden, aber ich hatte nicht gedacht, dass ich die anderen beiden zu Lebzeiten noch kennenlernen würde.«

»Verzeih mir, Mutter Eva«, sagte Lilly, »aber ich verstehe nicht, was du meinst.«

»Es stimmt, sie weiß es nicht«, bestätigte Letty, die neben dem Eingang stehen geblieben war.

Eva legte die Hand über die Lippen und begann zu lachen. »Sie weiß es nicht? Das ist das größte Geschenk von allen. Sie weiß es nicht!« Da sie merkte, dass Lilly verlegen wurde, ergänzte sie rasch: »Meine liebste Lilly! Ich bin außer mir vor Freude, dass ich diejenige sein darf, die es dir sagt.«

»Mir was sagt?«, fragte Lilly neugierig.

Aber Eva antwortete nicht gleich. »Zuerst einmal musst du mir verraten, warum du gekommen bist.«

»Ich wollte mit dir reden! Ich habe so viele Fragen, aber jetzt, wo ich weiß, dass du mich gar nicht kennst, weiß ich nicht recht …«

»Oh, Lilly!«, rief Eva. »Ich kenne dich, auch wenn wir uns meines Wissens nie getroffen haben.«

Eine von Evas Töchtern brachte Lilly eine Tasse warme, schaumige Ziegenmilch. Lilly nahm sie dankbar entgegen und nippte daran.

»Wo sind wir denn überhaupt?«

»Wir sind vor den Toren von Eden«, antwortete Eva, »ein Stück westlich, aber nicht weit.«

»Und welche Zeit ist es?«

Eva hob den Blick zur Zeltspitze. »Wie soll ich darauf antworten? Ich rechne nach Jahreszeiten, und vier sind ein Jahr. Für mich begann die Zeit mit meiner eigenen Abkehr, mit dem Tag, an dem ich den Garten verließ, um Adam zu suchen.«

Dass sie mit diesen Worten Geralds Theorie bestätigte, traf Lilly schwer. »Wie viele Jahre ist das her?«

»Fast vierhundert, seit …«

»Aber warum?«, unterbrach Lilly sie bestürzt. »Warum hast du dich abgekehrt und bist aus dem friedlichen Eden fortgegangen? Warum bist du nicht in der Fürsorge Gottes geblieben?« Sie sprach heftiger, als sie vorgehabt hatte, aber Eva schien nicht gekränkt zu sein.

Die Frau holte tief Luft und seufzte. Lilly sah, dass die Frage sie traurig stimmte. Die Antwort war tief in das noch jugendliche Gesicht eingegraben und schimmerte in den grauen Haaren, an die sich Lilly noch so gut erinnerte.

»Ich hatte kein Vertrauen«, sagte sie schließlich. »Ich konnte nicht darauf vertrauen, dass Adonai allen meinen Sehnsüchten genügen würde, dass alle meine Wünsche anderswo als bei Adam erfüllt werden könnten. Ich konnte nicht darauf vertrauen, dass Gott einen Weg finden würde, IHR Versprechen zu halten. Ich begann zu glauben, dass ich das alles selber in die Hand nehmen müsste. Adam fühlte sich von dem Ort angezogen, von dem er stammte, und suchte in ihm und seiner Hände Arbeit Sinn, Identität, Sicherheit und Liebe. Ich verhielt mich ganz ähnlich. Ich wandte mich dem Ort zu, von dem ich stammte. Adam.«

»Was ist passiert?« Lilly war enttäuscht von Eva ... und von sich selbst.

»Die Erde kann dem Menschen nicht geben, was nur Gott gewähren kann, und nur von Angesicht zu Angesicht mit Ihm. Darum reagierte die Erde mit Dornen und Disteln. Adam quält sich mit kummervollen Gedanken und bearbeitet die Erde unter Mühen. Unsere männlichen Kinder bekriegen sich gegenseitig in ihrer Gier nach mehr Land, weil sie sich selbst betrügen, indem sie glauben, dass das Land ihnen das geben kann, was sie ihrer Meinung nach brauchen.«

Lilly stellte ihre Tasse ab. »Und du, Mutter Eva, was ist mit dir passiert?«

»Als ich mich Adam zuwandte, in der Hoffnung, er könne mir geben, was nur Gott gewähren kann, und nur von Angesicht zu Angesicht, reagierten Adam und seine Söhne mit Machtansprüchen. Nun quäle ich mich und habe Mühe mit den Männern, um meine Kinder auf die Welt zu bringen.« Eva senkte die Stimme und blickte zu den anderen Frauen hinüber. »Meine Töchter wetteifern miteinander um einen Mann und eine Familie, als ob diese ihnen das geben könnten, was wir uns erhofft hatten und nun verlangen.«

Lilly fühlte sich schier erdrückt. So vieles Zerstörerisches entsprang der Abkehr von Gott.

»Warum hast du den Garten verlassen?«

»Adam kam jeden Tag an die Grenze von Eden, und ich saß jeden Tag da und hörte mir seine flehentlichen Bitten an. So wütend ich wegen seines Verrats auf ihn war, so wenig wollte ich ihm das Gefühl geben, ich hätte ihn im Stich gelassen. Vielleicht ist dieses Bedürfnis, den anderen zu erreichen, etwas wiedergutzumachen, Schaden abzuwenden, Brücken zu bauen und zu heilen, ein Teil von Gottes mütterlichem Wesen, das in uns allen existiert. Der liebende Mutterschoß. Erbarmen.«

Eva seufzte. »Aber nach einer Weile kam er nicht mehr. Adam blieb weg, und nun ging ich Tag für Tag an die Grenze und wartete. Jeden Tag fragte ich Gott, was ich tun sollte, und Gott forderte mich jeden Tag auf zu vertrauen, was ich auch tat – bis zum nächsten Tag. Doch die Tage kamen und gingen, und Adam kehrte nicht zurück. Ich fing an, über Gottes Versprechen nachzudenken, dass ich einen Nachkommen haben würde, der das Haupt der Schlange zertreten würde. Je mehr ich daran dachte, desto einsamer fühlte ich mich und desto weniger konnte ich das Antlitz Gottes sehen. Nach und nach wandte ich mein Gesicht von Ihm ab. Ich wollte nicht mehr vertrauen, ich wollte Antworten.«

»Warum hat Gott dir keine Antworten gegeben?«, fragte Lilly.

»Gott will Vertrauen«, erklärte Eva. »Es war falsch von mir, mich abzuwenden.«

»Und warum hat dich Gott nicht daran gehindert? Warum hat Gott es zugelassen, dass du dein Gesicht von Ihm abgewendet hast?«

»Lilly, ich habe erfahren, dass Gott mich mehr achtet, als ich mich selbst achte, und dass Gott sich den Entscheidungen fügt, die ich treffe. Meine Fähigkeit, Nein zu sagen und mein Gesicht abzuwenden, ist eine unerlässliche Voraussetzung dafür, dass Liebe Liebe sein kann. Adonai hat Sein Gesicht nie vor mir versteckt oder mir die Folgen meines Handelns erspart. Deshalb verfluchten viele meiner Söhne und Töchter das Antlitz und den Namen Gottes. Doch Gott weigert sich, so zu werden, wie wir geworden sind, und Macht und Herrschaft zu beanspruchen. Er besitzt die Kühnheit, all unsere Entscheidungen zu akzeptieren und sich ihnen sogar zu beugen. Dann kommt Er zu uns in die Dunkelheit, die wir aufgrund unserer Abkehr geschaffen haben.«

Lilly brach in Tränen aus. »Das ist alles meine Schuld!«.

Eva war sofort an ihrer Seite, schloss sie in die Arme und wiegte sie wie eine Mutter ihr Kind. Eine andere Frau brachte warmes, nach Olivenöl duftendes Brot, als könne das helfen. »Deine Schuld, mein Liebling? Was sagst du denn da?«

»Ich bin doch der Grund, warum Adam nicht mehr an die Grenze von Eden gekommen ist!«

»Schsch, Lilly, ich habe dir gesagt, dass ich weiß, wer du bist.«

»Du weißt es?«, fragte Lilly schniefend. »Woher kennst du mich?«

»Adam hat es mir erzählt.«

Lilly starrte Eva an, die ihr ein Tuch hinhielt. »Adam hat es dir erzählt?« Sie putzte sich ausgiebig die Nase.

»Natürlich hat er es mir erzählt.« Eva lächelte. »Er dachte, du heißt Lilith, aber in einem Traum hat mir Adonai dein wahres Wesen enthüllt.«

»Hat Adam dir auch erzählt, was ich gemacht habe?« Lilly wurde knallrot vor Scham.

»Ja, jedes Detail, aber Adonai hat mir den Grund dafür erklärt und auch, wer du wirklich bist. Du warst nie diese Lilith. Sie war von Anfang an eine Lüge.«

Endlich war Lilly von ihrer schweren Last befreit. Sie fing an zu lachen, und sie lachte und weinte gleichzeitig, und Eva lachte und weinte mit ihr. Ein Kind mit großen, dunklen Augen brachte Lilly zum Trost eine weiße Wüstenblume, die Lilly dankbar entgegennahm. Sie zog das kleine Mädchen auf ihren Schoß, und Eva streichelte ihm mit ihren eleganten Händen das krause Haar.

Als Lilly sich ein wenig beruhigt hatte, wollte sie noch mehr wissen. »Ich verstehe immer noch nicht, warum du den Garten verlassen hast. Hattest du ein schlechtes Gewissen wegen Adam?«

»Ach, wären es nur so edle Gründe gewesen! Die Wahrheit ist viel komplizierter. Im Rückblick musste ich erkennen, dass ich es um meinetwillen getan habe. Ich habe versucht, die Leere zu füllen, die ich durch meine eigene Abkehr geschaffen hatte, und ich musste etwas gegen die Angst unternehmen, die Angst davor, dass alle meine Sehnsüchte unerfüllt bleiben würden.

Damals konnte ich mir das nicht eingestehen. Ich rechtfertigte mein Handeln als überaus achtbar und gottgefällig. Ich fragte mich, wie ich getrennt von Adam einen Nachkommen hervorbringen sollte. Es dauerte nicht lange, bis ich glaubte, Gott wolle mich auf die Probe stellen, um zu sehen, ob ich schon reif genug sei, eigenständig Entscheidungen zu treffen. Und statt Gott zuzutrauen, dass er das Unmögliche möglich machen konnte, glaubte ich, sein Versprechen ließe sich nur außerhalb von Eden einlösen. Ich brauchte keine Schlange, die mich täuschte – ich belog mich selbst und glaubte anschließend an meine eigene Lüge. Ich hielt es für eine gottgefällige Tat, Eden zu verlassen, für eine Mitwirkung an Gottes Plan.«

»Ach du meine Güte!«, entfuhr es Lilly. »Ich habe genau dasselbe gemacht, als ich aus Eden wegging und mich Adam anbot.«

»Du und ich, wir sind wahrscheinlich nicht die Einzigen, die versuchen, unsere Sehnsüchte zu befriedigen. Adam war am Boden zerstört, als er mich sah, aber nachdem wir wieder einen Weg zueinander gefunden hatten, zeugten wir ein Kind, das Monate später auf die Welt kam.«

»Das Kind, das Gott dir versprochen hatte?«

»Ich redete mir ein, es sei der versprochene Nachkomme. Damit wollte ich meine Entscheidung rechtfertigen. Als er geboren wurde, rief ich: ›Ich habe ein männliches Kind zur Welt gebracht, Adonai!‹ Auch nach Kains Geburt klammerte ich mich noch jahrelang blind an diese Hoffnung, bis ich auch in meinem Sohn den Willen zur Abkehr erkannte. Als sein Bruder geboren wurde, nannte ich ihn Abel, ›Hauch‹, weil meine Hoffnung schwand.

Obwohl Adonai ihn warnte, tötete Kain seinen Bruder Abel. Adonai wollte ihm die Hand reichen, aber Kain wies Gottes Zeichen und Schutz zurück. Stattdessen trennte er sich von uns und führte ein unstetes Nomadenleben. Er baute hier die erste Stadt und nannte sie nach meinem Enkel Enoch, was Neubeginn bedeutet. Er spricht nicht mehr von Adonai, sondern nur von dem Einen Gott, Elohim. Für ihn ist Ruach nur noch eine vage Erinnerung. Kains Nachkommen sind voller Finsternis, Mordlust und Falschheit.«

Eine Zeit lang gaben sich die Frauen still ihrem Kummer und ihrer Reue hin.

Lilly war die Erste, die etwas sagte. »Gibt es überhaupt Hoffnung für uns?«

Eva seufzte wehmütig. »Oh ja, Adonai ist unsere sichere Hoffnung, und deshalb bist du hier.«

»Ich verstehe immer noch nicht, was das alles mit mir zu tun hat.«

»Ich habe dir gesagt, dass es drei gibt, Lilly.«

»Drei was?«

»Drei Frauen, die der Menschheitsgeschichte Gestalt geben. Die Eine, der das Versprechen der Nachkommenschaft gegeben wurde – das bin ich. Die Eine, durch die das Versprechen in die Welt gebracht wurde. Und das ist …« Sie drehte sich um und deutete auf eine kleinere Frau, die in der Nähe saß und Teig zu Brotlaiben formte. Auf den ersten Blick wirkte sie nicht viel älter als Lilly. In ihrem glatten, jungen Gesicht schimmerten dunkle Augen.

»Das bin ich!«, erklärte die junge Frau mit einem ver-
schmitzten Lächeln.

»Wie du siehst, Lilly, bist du nicht die Erste, die heute
hergekommen ist«, sagte Eva.

Die Frau stand auf und klopfte sich das Mehl von den
Händen, bevor sie auf Lilly zutrat. »Genau wie Eva habe
ich mein ganzen Leben lang darauf gewartet, dich kennenzulernen.« Als Lilly zur Begrüßung aufstand, sprang
das Kind von ihrem Schoß und lief zu seinen Spielge-
fährten.

»Es hat mich einige Mühe gekostet, den Mund nicht
aufzumachen!«, sagte die Frau und umarmte Lilly fröhlich.

Zum ersten Mal bemerkte Lilly in der Nähe von Letty
ein zweites Geistwesen. Von ihrer Gestalt her ähnelten
sich die zwei, doch sie schillerten in unterschiedlichen
Farben.

»Wer bist du?«, fragte Lilly die junge Frau schüchtern.

»Ich bin Maria, die Mutter des Samens, der uns versprochen wurde, des zweiten Adam – Jesus.«

In Lillys Kopf fügten sich die Bruchstücke wie Puzzle-
teile zu einem Bild zusammen. »Ich fasse es nicht! Du
bist Maria, die Mutter von Jesus? John hat versucht, mir
das mit dem zweiten Adam zu erklären, aber ich habe es
nicht verstanden!«

»John lässt dich grüßen, Lilly. Er vermisst dich schon
jetzt, obwohl eure letzte Begegnung noch gar nicht lange
her ist«, sagte Maria.

»John? Er hat mir eine ganz neue Welt eröffnet.«

»So ist John. Als Zeuge hat er das schon des Öfteren
getan.«

»Und wer ist die Dritte?«

»Du!«, antworteten Eva und Maria wie aus einem Mund.

Lilly kniff ungläubig die Augen zusammen. »Ich?«

»Du, Lilly. Du bist die Braut, die Eine, mit der der versprochene Samen für immer vereint sein wird.«

»Ich?« Erneut stiegen Lilly Tränen in die Augen, die aus einer unergründlichen Quelle aufstiegen, aus einem heiligen Ort in den Tiefen der Seele, zu dem nur Gott Zugang hat. »Mich will niemand. Ich bin zu kaputt.«

»Mein Sohn will dich«, sagte Maria. »Und um dir Seine Liebe und unverbrüchliche Zuneigung zu beweisen, hat er dir ein Geschenk gesandt. Letitia?«

Letty holte aus ihrer wallenden Lichtrobe den Ring hervor, den Gerald Lilly geschenkt hatte.

Lilly fiel aus allen Wolken. »*Du* hast meinen Ring genommen?«

»Besser, als ihn der Schlange zu überlassen!«, erwiderte Letty.

»Er war immer für dich bestimmt.« Maria nahm den Ring und hielt ihn Lilly entgegen. »Er ist ein Brautring, ein Eheversprechen.«

»Adonai will mich heiraten? Warum?«

»In dir sind wir alle enthalten, Lilly. Du verkörperst sowohl unser Auseinanderbrechen wie auch unsere Heilung.« Eva und Maria stellten sich neben das Mädchen. »Du bist die Auserwählte!«

»Aber ich kann keine Kinder bekommen!«

»Das habe ich auch einmal geglaubt«, sagte Eva. »Ich hatte kein Vertrauen, aber Maria hatte Vertrauen. Verstehst du? Als ich zwischen Vertrauen und Entmutigung schwankte, wählte ich die Abkehr. Maria dagegen blickte weiter auf Elohim, und durch ihr Vertrauen konnte sie mitwirken. Gott machte das Unmögliche möglich, und bald darauf wurde das Versprechen geboren.«

Sanft nahm Eva Lillys Hand in ihre. »Hast du aus meiner Abkehr nichts gelernt, Tochter? Gott will, dass du von Angesicht zu Angesicht mit Ihm lebst. In Ihm mit Ihm zu sein ist das größte Gut.«

»Wie hast du das gemacht? Wie hast du vertraut, als es unmöglich war?«, wollte Lilly von Maria wissen.

»Ich hatte einen Helfer«, antwortete Maria. Sie blickte zu dem Engel hinüber, der neben Letty stand. »Stimmt's, Gabriel?«

»Nicht der Rede wert«, erwiderte eine klare, kräftige Stimme.

»Immer so bescheiden«, nörgelte Letty zärtlich.

»Ist das dann so wie eine arrangierte Ehe?«, fragte Lilly.

»Gibt es denn andere?«, fragte Maria zurück, und alle lachten.

Lilly dachte lange nach. »Ich habe da noch eine letzte Frage.«

»Ah, davor hat John mich gewarnt!«, lächelte Maria.

»Was soll ich jetzt machen?«

»Du wartest«, sagte Maria. »Auf die festgesetzte Zeit. Und während du wartest, hast du jeden Tag die Aufgabe, Ihm zu vertrauen, bei allem, was auf dich zukommt. Wenn die Zeit erfüllt ist, wird mein Sohn dich zur größten aller Hochzeitsfeiern abholen, der Hochzeit, nach der sich die Schöpfung sehnt.«

»Nimmst du die Einladung an?«, fragte Eva. »Zu warten und zu vertrauen, jeden Tag aufs Neue?«

Es war alles ganz einfach. »Ja«, sagte Lilly und steckte sich den Ring an den Finger. Maria und Eva legten ihre Hände auf Lillys Hand, und Maria legte die Stirn an Lillys Stirn. »Gott hält Seine Versprechen, mein Kind.«

Lilly schloss die Augen. »Heute vertraue ich IHNEN.«

DAS ENDE BEGINNT

Als Lilly die Augen aufschlug, stellte sie fest, dass sie wieder einmal vor der Pforte zum Gewölbe stand. Letty, in ihrer altvertrauten winzigen Gestalt, war neben ihr und hielt ihre Hand.

»Ist das alles wirklich passiert?«, fragte Lilly.

»Es war unsagbar schön!«, erwiderte Letty mit ihrer hohen, schrillen Stimme, die Lilly mittlerweile liebte.

»Und jetzt?«

»Das weißt du doch schon«, antwortete die Wächterin. »Jetzt fängt die eigentliche Arbeit an! Aber das hier wirst du brauchen.«

Lilly sah, was Letty ihr entgegenhielt, und lachte. Anitas silberner Schlüssel. »Ich hätte es wissen müssen, als du mir den Ring gegeben hast. Den Schlüssel hast du also auch genommen!«

Letty zuckte die Achseln. »Ich wusste besser als die Schenkenden, wozu du ihn brauchen würdest.«

Das Mädchen drehte und wendete den Schlüssel in der Hand. »Ich glaube, ich weiß wozu, aber ich habe Angst.«

»Angst haben ist menschlich. Aber denk daran, du wirst geliebt!«

»Keiner wird mir glauben, was ich hier unten erlebt habe. Werde ich mich später daran erinnern?«

»Gott wird dir die Weisheit schenken zu wissen, was du den anderen zu sagen hast – und keine Sorge, das hier wirst du nie vergessen.«

»Danke, Letitia.«

»Letty reicht, meine Kleine.«

»Letty, eines Tages wirst du mir erzählen müssen, wie oft du mich gerettet hast.«

»Teenager!« Letty lachte. »Wir Wächter nennen euch manchmal unsere Arbeitsplatzsicherung.«

Lilly wagte einen Schritt von der Wächterin weg. Der neue Fuß war noch nicht voll belastbar und knickte unter ihr weg.

»Du wirst eine Weile brauchen, bis du dich an dieses Ding gewöhnt hast«, sagte Letty und schlug mit dem Stock gegen Lillys Bein. Es entstand ein hohles metallisches Geräusch.

»Was ist das?« Lilly zog den Rock hoch und starrte ihr Bein an. »Was ist mit meinen Sommersprossen passiert?«

»Prothese!«, knurrte Letty. »Die beste, die deine Welt und deine Zeit zu bieten haben, du wirst damit klarkommen müssen.«

Lilly beugte sich hinunter und zog die Alte an sich. Letty erwiderte die Umarmung.

»Lass mich nicht allein, okay?«

»Ich werde immer in deiner Nähe sein, Lilly. Aber Adonai wird dich auch nicht alleinlassen oder aufgeben.

Wie Maria es ausgedrückt hat: SIE halten immer IHRE Versprechen.«

»Okay, dann los.«

Lilly humpelte den Gang entlang. Sie musste nicht weit laufen, aber dennoch war sie außer Atem, als sie vor der verschlossenen Tür stand, vor der John sie gewarnt hatte, als sie sie an ihrem ersten Tag im Gewölbe aufstoßen wollte.

Sie drehte am Türknauf. Immer noch abgeschlossen.

Sie blieb vor der Tür stehen und starrte sie unschlüssig an. Wenn sie hindurchging, würde nichts mehr so sein wie bisher. Aber es war ja sowieso nichts mehr wie bisher. Was sie früher für wahr gehalten hatte – in Bezug auf sich selbst und auf andere –, war auf den Kopf gestellt worden; was sie zu beherrschen versucht hatte, lag nun in Adonais Hand. Gewissheiten hatten sich als trügerisch erwiesen und Kontrolle als hohle Phantasie. Was hatte sie zu verlieren? Sie hatte keinen Grund, in der Zuflucht zu bleiben. Wenn Gott sie nie verlassen würde und Letty in ihrer Nähe blieb, und wenn es damit getan war, Adonai immer nur für einen Tag zu vertrauen, konnte sie es schaffen. Wenigstens heute.

Lilly steckte den Schlüssel ins Schloss und drehte ihn. Dann öffnete sie die Tür.

Der Raum – ein Wohnzimmer – wirkte warm und einladend und war mit Stühlen und einem Sofa, einem Schreibtisch und einem gut gefüllten Bücherschrank möbliert. Lilly erkannte das Zimmer. Sie war schon oft hier gewesen. Es war ein sicherer Ort, an dem der Heilungsprozess gefördert wurde, soweit Lilly dies zuließ.

»Guten Morgen, junge Dame! Bitte tritt ein.« Die Frau, die sie ansprach, saß am Schreibtisch hinter einem Laptop, aber sie klappte das Gerät sofort zu. Sie nahm die Brille ab, legte sie auf den Tisch und stand mit ausgestreckter Hand auf.

Sie war groß, schlank und tiefschwarz und trug einen farbenfrohen Rock zu einer bunten Bluse. Sie hatte etwas Königliches an sich, und ihr Auftreten ließ auf Klugheit und Güte schließen.

»Bitte setz dich. Kann ich dir etwas anbieten?«

»Nein, danke«, antwortete Lilly und suchte sich einen bequem aussehenden Stuhl. Die Frau zog einen zweiten Stuhl heran, aber nicht so nahe, dass Lilly sich bedrängt gefühlt hätte.

»Ich weiß nicht, ob du dich an mich erinnerst. Ich bin die Ärztin, die dir hilft, die Tragödien zu verarbeiten, die du erlebt hast, und mit deinen Verlusten und deiner Genesung umzugehen. Mein Name ist Evelyn.«

Das Mädchen lächelte. »Und mein Name ist Lilly Fields.«

Die Ärztin machte ein erstauntes Gesicht. »Das ist gut, Lilly. Seit du hier bist, hast du manchmal zu deinem Schutz andere Persönlichkeiten angenommen, was aufgrund der Intensität deiner Erfahrungen absolut verständlich ist.«

»Persönlichkeiten?«

»Ja. Es gibt Kris, und es gibt die Prinzessin.«

»Oh, das verstehe ich«, sagte Lilly. Sie erkannte die Namen, die sie von ihrer haltlosen Mutter und den Männern, die sie missbraucht hatten, bekommen hatte. »Aber ich glaube, ich brauche sie nicht mehr. Wenn ich ganz gesund werden will, muss ich wahrscheinlich herauskriegen, wie es ist, als nur eine Person zu leben.«

Evelyn schwieg ein paar Sekunden, als hätte Lilly sie schon wieder überrascht. »Ausgezeichnet. Manche Menschen brauchen Jahre, bis sie an diesen Punkt kommen.«

»Wie lange bin ich schon hier?«

»Ungefähr ein Jahr, aber die meiste Zeit auf der chirurgischen Station. Einige der besten Ärzte des Landes haben daran gearbeitet, dich körperlich wiederherzustellen. Ich weiß nicht, woran du dich noch erinnerst – du warst fast tot, als sie dich gefunden haben.«

»Ich erinnere mich«, sagte Lilly. »Schiffscontainer. Menschenhändler. Ich erinnere mich.«

Evelyn sagte eine Weile nichts, aber ihr Lächeln verbreitete Wärme und Hoffnung. »Gut, damit können wir arbeiten.« Sie griff nach einer Mappe, die auf dem Schreibtisch lag, und zog ein Blatt heraus. »Wir haben eine Anfrage deiner biologischen Mutter erhalten, Lilly. Es hat lange gedauert, bis wir sie finden konnten. Sie hat eine Entziehungskur gemacht und lebt in einer betreuten Wohnung. Sie hat um Erlaubnis gebeten, dich zu sehen. Sofern du dazu bereit bist.«

Dieser Wunsch traf Lilly unvorbereitet. Zorn und Verbitterung stiegen in ihr hoch und brachten sie aus dem Gleichgewicht. *Vertrauen*, dachte sie, und der Raum stabilisierte sich wieder. Sie konzentrierte sich auf die Sonnenstrahlen, die schräg durch die Fenster einfielen. »Muss ich mich gleich entscheiden? Ich glaube nicht, dass ich schon so weit bin.«

»Nein, ganz und gar nicht. Ich wollte nur, dass du es weißt. Ich mag keine Geheimnisse. Ich habe lieber …«

»Schöne Überraschungen für einen späteren Zeitpunkt, stimmt's?«, vollendete Lilly den Satz, und die Frau lachte.

»Genau! Du kannst anscheinend Gedanken lesen. Außerdem werden zwei neue Therapeuten zum Team stoßen. Ein Ehepaar, bekannte Spezialisten. Heute werden sie herumgeführt, morgen werden wir sie treffen. Nach allem, was ich so gehört habe, glaube ich, dass wir beide gut mit ihnen auskommen werden.«

»Und John?«, fragte Lilly impulsiv.

Evelyn ließ sich gegen die Lehne zurücksinken, als müsse sie über die Antwort nachdenken. »John? Der ehrenamtliche Pfleger?«

»Genau.«

»John war schon älter und ist vor ein paar Tagen gestorben, Lilly. Er ist einfach eingeschlafen. Es tut mir leid, dass es dir niemand gesagt hat.«

»Schon gut«, entgegnete Lilly, aber ein paar Tränen rollten ihr über die Wangen. Sie versteckte sie nicht und wischte sie nicht weg. »John hat oft bei mir vorbeigeschaut. Ich mochte ihn. Er war nett, auch wenn ich es nicht war, und lustig und wahnsinnig hilfsbereit. Ich werde ihn vermissen.«

Die Ärztin nickte. »Es ist menschlich und wichtig, um die Dinge und Menschen zu trauern, die wir verloren haben oder die aus unserem Leben verschwunden sind.«

»Und was ist mit Letty?«

»Letty? Ach so, du meinst Letitia, die Nachtpförtnerin? Wo man auch hintritt, stolpert man über sie. Diese Frau! Ständig schenkt sie mir gestrickte Sachen, und ich bringe es nicht übers Herz, ihr zu sagen, dass ich keine Ahnung habe, wozu sie gut sind.« In Evelyns Lachen schwang viel

Zuneigung mit. »Das hier zum Beispiel …«, sie griff hinter sich und zog ein undefinierbares Strickteil vom Regal, »…hat sie mir erst gestern geschenkt.«

»Ich nehme es gern!«, sagte Lilly und streckte die Hand danach aus. »Wenn Sie etwas nicht wollen, können Sie es mir geben. Ich sammle die Sachen und bewahre sie auf.«

»Du bewahrst die Sachen auf? Gut, abgemacht.« Evelyn reicht ihr das wollige Etwas. Dabei fiel ihr Blick auf Lillys Hände. »Das ist aber ein ungewöhnlicher Ring! Ich kann mich nicht erinnern, ihn schon einmal gesehen zu haben.«

Lilly drehte den Ring am Finger hin und her. »Es ist ein besonderer Ring. Ich habe ihn von einem der wenigen vertrauenswürdigen Männer, die ich kenne. Er ist eine Erinnerung daran, dass ich es immer wert war, geliebt zu werden.«

»Wenn du diese grundlegende Wahrheit kennst, Lilly, dann gibt es nichts, was wir nicht gemeinsam erreichen können.«

Lilly lächelte. »Ich weiß!«

Evelyn nahm Papier und Stift zur Hand. »So, Lilly, bist du bereit, mit dem schwierigen Teil unserer Arbeit zu beginnen? Es wird nicht leicht werden, aber es wird sich lohnen.«

»Ich bin bereit. Wo fangen wir an?«

LILLYS GEDICHT

Ein Wahres
gibt es,
über, zwischen,
jenseits der
Eins und
Zwei.
Wohl Eins
und Zwei,
sind SIE
zugleich
die Drei,
in DEREN Liebe
Sie dich
Ins Sein
und Werden
singen.

Dort ruh' ich
von den
Weisungen
des Todes,
von Werken, die
mein Angesicht
abkehren,
ich atme Leben,
leicht und
frei,
und höre, bei der
Rückkehr,
die Stimme,
der ich vertraue,
und werd' erkannt,
befreit,
um jetzt
und immerfort
am Sehen
teilzuhaben.

BRIEF DES AUTORS

Liebe Leser,

auf dem Umschlag des Buches, das Sie in den Händen halten, ist ein Motiv abgebildet, das mich vom ersten Moment an fasziniert hat – umso mehr, als es bei Simon & Schuster, meinem amerikanischen Verlag, zu einer intensiven internen Diskussion führte. »Ich mag Ihr Buch sehr«, sagten einige der ersten Leser, »aber warum ist auf dem Umschlag ein Apfel zu sehen, obwohl doch Adam in Ihrem Roman eine Feige isst?«

»Ah ja«, gab ich zur Antwort, »das ist eine großartige Frage. Ich liebe gute Fragen. Im Grunde sind sie es, die mich zum Schreiben veranlassen. Ich möchte die Gefühle und Überzeugungen erforschen, die wir mitbringen, wenn wir uns den ganz großen Fragen annähern. Und welches Symbol ist mehr mit Theorien befrachtet als der Apfel? Den Apfel, der auf dem Umschlag von *Eva* abgebildet ist, glauben wir alle zu kennen, dabei wird er in der biblischen Schöpfungsgeschichte nicht einmal erwähnt, und möglicherweise hat er seinen Ursprung in einem Wortspiel mittelalterlicher Mönche, denn »Apfel« heißt auf Lateinisch *malus*, und das »Böse« heißt *malum*.

Über Jahrhunderte hinweg wurden im Midrasch, der Auslegung religiöser Texte im rabbinischen Judentum, verschiedene Früchte und Nüsse als *die verbotene Frucht* im Garten Eden angesehen, aber es gibt nur eine Frucht, die in der Schöpfungsgeschichte und im Midrasch tatsächlich vorkommt, und dies ist nicht der Apfel, der in unserer Phantasie herumspukt, sondern die Feige. Die Feige symbolisiert in den heiligen Schriften die Gespaltenheit.

Nehmen Sie beispielsweise die Textstellen im Neuen Testament, in der Jesus den Feigenbaum verflucht, oder die Tatsache, dass Adam und Eva sich aus Feigenblättern Schurze anfertigten. Eine reiche Tradition, nicht wahr? Wenn man einen Apfel isst, verzehrt man den Samen nicht mit, man nimmt den Kern nicht in sich auf. Bei einer Feige kann man es nicht vermeiden, den Samen mitzuessen. Und damit wird die Frucht – die symbolische »Gespaltenheit« – zu einem Teil der eigenen Person. Das scheint mir eine tiefe Wahrheit zu enthalten.

Außerdem zeigt das Bild auf dem Umschlag einen ganzen Apfel, von dem noch nicht abgebissen wurde, das heißt, er ist ein perfektes, geradezu ideales Symbol für das alte Verständnis der biblischen Geschichte – die Sichtweise, die Lilly am Beginn des Romans hat. Er repräsentiert meine eigenen Überzeugungen – die Überzeugungen, mit denen ich aufgewachsen bin und die vielleicht auch die Ihren waren, als Sie zu diesem Buch gegriffen haben.

Ich hoffe sehr, dass ich einige der existierenden Theorien in Frage stellen und durch das Ende der Geschichte, bei dem Lilly und womöglich sogar der Leser zu einer bedingungslosen und tieferen Vereinigung mit Gott findet, in einem neuen Licht darstellen konnte. Dieser Roman ist eine Einladung, von Angesicht zu Angesicht mit dem Göttlichen zu leben, und ein Plädoyer für die Anschauung, dass jeder von uns ein einzigartiges Kunstwerk ist, das nicht durch kulturelle Normen oder Einschränkungen eingeengt werden sollte.

Die Auseinandersetzung um den Apfel ist also Teil dessen, was ich mir für *Eva* in einem größeren Maßstab erhoffe.

Möge das Buch unsere oft festgefahrenen Gedanken – und Herzen – auf eine Weise öffnen, die es ermöglicht, dass sich in jedem Individuum und in uns allen als Gemeinschaft etwas Grundlegendes bewegt.

Mit großer Zuneigung,

DANK

Kein anderes kreatives Werk hat mich bisher so viel Anstrengung gekostet wie der Roman *Eva* – es war ein vierzig Jahre währender Prozess des Fragens, Studierens und Lebens. Eine solche Aufgabe bewältigt man nicht allein. Ich bin umgeben von zahlreichen Familienangehörigen und Freunden sowie von einer Myriade von Wissenschaftlern und Denkern, Träumern, Planern und Künstlern, die alle auf ihre einzigartige und besondere Weise einen Beitrag zu diesem Buch geleistet haben.

Im Zentrum von allem steht Kim, durch die ich geerdet bleibe; sie glaubt an mich, ist aber nicht leicht zu beeindrucken. Unsere Kinder mit ihren Ehepartnern, unsere Enkel und die Freude, die sie alle uns machen, wiegen sämtliche Mühen, Plagen und Gebete auf.

Im weiteren Umkreis werden wir getragen von der unschätzbaren Freundschaft all derer, die uns schon so lange mit ihrer Zuneigung und ihren Gebeten unterstützen. Sie einzeln zu nennen würde ein weiteres Buch füllen, deshalb beschränke ich mich auf einige wenige: Closner, Weston, Foster, die Ninjas und die Posse, Scanlon, Linda

Yoder, Graves, Troy Brumell, Miller, der andere Miller, Garratt, die Minions aus Toronto und Vancouver, Huff, die TCK-Familie, Larson, Wards, Sand, Jordan, die Familie aus NE Portland, Gillis, meine kanadische Familie (Young und Bruneski), darunter Mom und Dad, Debbie, Tim und ihre Familien, der Warren-Clan, besonders »The Force« Goff, Marin, Gifford, Henderson und Mac-Murray.

Ein besonderer Dank geht an C. Baxter Kruger, der mich ein paarmal vom Abgrund zurückgeholt hat, wenn der kreative Prozess mich an den Rand geführt hatte, und der ein verlässlicher und ermutigender Resonanzboden für meine Bemühungen war, wesentliche Elemente wissenschaftlicher Theorien mit einer gut zugänglichen Geschichte zu verweben.

Ein Dank geht auch an Howard Books und Simon & Schuster, ein Verlagshaus, das mich unermüdlich ermutigte, mit einem besonderen Kompliment an Jonathan Merkh und Carolyn Reidy, die dieses Projekt von Anfang an ohne Wenn und Aber mitgetragen haben.

Ich habe immer gesagt, dass eine gute Lektorin ihr Gewicht in Gold wert ist, deshalb vielen Dank, Ami McConnell, Becky Nesbitt, Amanda Rooker und insbesondere Erin Healy (Erin, du warst ein Geschenk des Himmels!).

Ich danke den unzähligen Stimmen auf der ganzen Welt, die das gegenwärtige Jahrhundert zum Jahrhundert der Frau machen werden, so zum Beispiel Jimmy Carter, Stephen Lewis und Emma Watson (deren Rede vor der UNO mich sehr beeindruckte); ich danke Organisationen wie Opportunity International, Stop Demand sowie zahllosen religiösen, politischen und karitativen

Organisationen, die sich mit der massiven Ungerechtig-
keit auf der Welt nicht zufriedengeben, insbesondere
jenen, die sich mit Frauenrechten und Frauenfragen be-
fassen.

Beim Schreiben habe ich von der Arbeit vieler Wis-
senschaftler und Gelehrter profitiert, die in den unterschiedlichsten Fachgebieten geforscht haben, von der
Linguistik und Altertumswissenschaft bis hin zu Philosophie, Psychologie, Theologie und Naturwissenschaft.

Auch hier würden die Namen ein ganzes Buch füllen,
aber einige möchte ich doch anführen. Ein großer Dank
geht an Jacques Ellul, der mittlerweile auf der großen
Wolke der Zeugen sitzt, neben Katherine Bushnell. Ich
danke William Law, Keith Barth und George MacDonald,
aber auch Fuz Rana, Hugh Ross und den Leuten von
Reasons to Believe, die mir halfen, die Schöpfungstage
so darzustellen, dass der Respekt vor der Schrift und der
Naturwissenschaft gleichermaßen gewahrt blieb.

Zu lang wäre auch die Liste der Musikstücke, die ich
als Soundtrack meiner Arbeit anführen müsste, und die
Sänger, Melodien und Worte, die meine ständigen Begleiter waren. Die Dankbarkeit, die ich ihnen gegenüber
empfinde, soll in meinem Dank an den Poeten Bruce
Cockburn ausgedrückt sein. Hätte ich rechtzeitig die
Erlaubnis dazu erhalten, so wäre der Text von »Creation
Dream« und »Broken Wheel« am Schluss des Romans
abgedruckt.

Danke, Biliske Meiers (Spokane) sowie Jay und Jeni
Weston (Mt. Hood) für die Räume und Zeiten, in denen
ich mich ganz auf die Arbeit konzentrieren konnte.
Solche Geschenke sind unschätzbar.

Den Rahmen dieses Projekts bildeten zwei Männer und ihre Familien, ohne die es nie in Schwung gekommen wäre. Ich danke euch, Dan Polk und Wes Yoder, für eure Integrität und euer Mitgefühl, und dafür, dass ihr jedes Detail sorgsam herausgemeißelt und überprüft habt. Keiner versteht besser als ihr beide, wie es in meinem Herzen aussieht.

Und ich danke Ihnen, liebe Leserinnen und Leser und liebe Zuhörer. Ich hoffe, diese Geschichte findet einen Platz in Ihrer Welt, an dem Sie sich aufgehoben fühlen und spüren können, dass Sie es immer wert waren, geliebt zu werden, und es immer sein werden.

Ein Dank gebührt den Verlagen und Lesern weltweit: Wir sitzen alle im selben Boot. Ich bete darum, dass diese Geschichte uns allen, Männern wie Frauen, ein Stückchen mehr Freiheit bringen wird.

Im wahren Mittelpunkt steht schließlich die uneigennützige, selbstlose Liebe von Vater, Sohn und Heiligem Geist, die uns auf so vollkommene und außergewöhnliche Art in der Gestalt Jesu sichtbar gemacht wurde. Wir sind dabei zu lernen, wie wir zurückkehren und dir vertrauen können und dabei auch zueinander Vertrauen entwickeln.

Danke!

William Paul Young

Der Weg

Wenn Gott Dir eine
zweite Chance gibt

Auch als E-Book und als
Hörbuch erhältlich.
www.ullstein-buchverlage.de

Vom Autor des Weltbestsellers »Die Hütte«

In seinem Bestseller erzählt William Paul Young von der
wundersamen Wandlung eines Mannes, der irgendwo
zwischen Himmel und Erde feststeckt und von Gott die
allerletzte Möglichkeit erhält, endlich einmal das Richtige zu tun.

Nach einem Unfall fällt der skrupellose Multimillionär
Tony Spencer ins Koma und »erwacht« in einer surrea-
len Zwischenwelt. Dort trifft er auf einen Fremden, der
sich als Jesus zu erkennen gibt und eine alte Dame, die
sich als der Heilige Geist entpuppt. Tony fleht um eine
zweite Chance – und die göttlichen Mächte erhören ihn
tatsächlich. Er darf auf die Erde zurück, allerdings unter
einer Bedingung: Er muss einen Menschen auswählen
und diesen heilen – um damit die eigenen Vergehen zu
sühnen. Wird Tony die richtige Entscheidung treffen
und diese Prüfung des Himmels bestehen?